ADA BAILEY

THE CROWN BETWEEN US

ROYALE PFLICHT

IMPRESS

© privat

Ada Bailey wurde 1996 in einer kleinen Hafenstadt geboren. Dort lebt sie noch heute mit ihrem Freund und ihren beiden Katzen »Kater« und »O'Brian«. Die Kreativität beherrscht ihr Leben und sie braucht immer etwas zu tun. Ihre Freizeit investiert sie in ihren Instagram-Buchblog »Its. me.the.reading.fox«, auf dem sie ihre Liebe zum Lesen und Schreiben mit anderen teilt.

KAPITEL 1

Als ich meine Augen öffnete, sah ich die panische Menge aus dem Saal rennen. Sie schubsten sich und schrien wie wilde Tiere bei einem Feuer. Nur dass es hier nicht brannte. Der Schütze hatte das Gewehr an seine Schulter gelehnt und lachte boshaft, bevor er sich die schwarze Skimaske vom Kopf zog. Es waren Cosmos wilde Augen, die mir so wütend entgegensahen.

»Ich kriege dich schon noch, Prinzessin. Du bist tot«, rief er. Dann richtete er die Waffe wieder auf mich und drückte ab. Ich schloss die Augen, in der Erwartung, sie nie wieder zu öffnen. Ich spürte, wie ich immer tiefer fiel. Es wurde heißer und heißer. Ein dumpfer Aufprall ließ mich aufstöhnen. Um mich herum hörte ich das prasselnde Feuer. Feuer. Wie ich es hasste. Panische Angst kroch durch jede Faser meines Körpers wie eine Spinne durch dunkle Ritzen. Ich musste hier weg. Vorsichtig tastete ich um mich. Der steinerne Boden, auf dem ich lag, war so heiß, dass ich spüren konnte, wie sich kleine Bläschen auf der Haut meiner Handflächen bildeten. Den Schmerz ignorierte ich, er war nicht wichtig. Wichtig war nur, dass ich hier so schnell wie möglich wegkam. Ich tastete mich voran und zog mich über den Steinboden, bis ich auf etwas stieß. Die heiße Luft sorgte dafür, dass alles vor meinen Augen verschwamm. Doch ich musste unbedingt rausfinden, was da vor mir lag und mir den Weg versperrte. Meine brennenden Hände fuhren über das Hindernis und ließen mich schlucken. Ich fühlte seidenfeinen Stoff, glatte Haut und dichtes Haar.

Ich zwang meine Augen sich zu öffnen.

Aaron sah mir entgegen. Sein Blick war glasig und leer. Aarons sonst so ebenmäßige Haut war von Blasen übersät. Er rührte sich nicht.

»Aaron, wir müssen hier raus. Kannst du aufstehen?«, fragte ich ihn mit zittriger

Stimme. »Aaron, bitte«, flehte ich leise, doch er reagierte nicht. Tränen rannen über meine Wangen und verloren sich in meinem mit Ruß beschmutzten Kleid.

Ein leises Summen drang an mein Ohr und ließ mich aufblicken. Vor mir lag ein Berg aus Leichen. Ich sah Anila, die Li umschlang, Nate, Matt, Eris und Cosmo. Eine Lache aus Blut hatte sich wie ein dünner Fluss um ihre leblosen Körper gelegt. Ein Schaudern durchfuhr mich und plötzlich verwandelte sich die sengende Hitze im Raum in klirrende Kälte.

»Das ist alles deine Schuld, Alpha«, flüsterte eine vertraute Stimme. Es war die meiner Mutter. Ich drehte mich um und sah sie auf einer Bahre liegen. Ihre Hand hing schlaff hinunter und direkt darunter lag eine Waffe.

»Nein«, hauchte ich. Mein Atem verwandelte sich in weißen Rauch und versperrte mir die Sicht.

»Keine Angst, mein Kind, ich werde dir helfen alles wiedergutzumachen. Ich werde dich erlösen.«

Als der Rauch sich lichtete, spannte sich meine Brust an. Zwei schwarze Punkte waren vor meinen Augen aufgetaucht – der Lauf einer Waffe und ich blickte direkt hinein. Meine Mutter lächelte liebevoll. Dann drückte sie ab.

Schweißgebadet schreckte ich hoch. Ein Albtraum, schon wieder. Nach dem Attentat vor einigen Wochen hatten sie begonnen mich heimzusuchen. Der Traumatherapeut Perry hatte mir versichert, dass das nach so einem traumatischen Erlebnis ganz normal sei und irgendwann wieder abklinge. Ich war schon einige Male bei ihm gewesen und musste gestehen, dass seine Sitzungen mir wirklich halfen. Nur die Albträume wurde ich irgendwie nicht so richtig los.

Ich stand auf und machte mich auf den Weg ins Bad. Der Mond erhellte den Raum, weshalb ich das Licht nicht einschalten musste.

Ein Blick in den Spiegel sagte mir aber, dass es vielleicht doch nicht so schlecht gewesen wäre. In dem weißen Mondlicht wirkte meine Haut fahl und angespannt. Mein Gesicht brüllte mich quasi durch den Spiegel an: »Nimm dir Urlaub, verdammt!«

Es hatte vielleicht recht, auch wenn momentan nicht an Urlaub zu denken war. Ich hatte so unglaublich viel zu tun, seit bekannt geworden war, dass ich die gelarische Thronerbin war. Ich. Es kam mir manchmal immer noch wie ein schlechter Witz vor. Es gab im Grunde kein normaleres Mädchen als mich und ich hatte wirklich Probleme, mich in diese royale Welt einzufinden, die seit meinem Auftauchen so plötzlich erblüht war wie eine Wüstenrose.

Natürlich machte es mich stolz, dass gerade ich Normalo vielen Menschen in Gelaria Hoffnung gab. Das allerdings machte es nur noch schwieriger, den Anforderungen gerecht zu werden, zumal der Großteil des Volkes mir gegenüber noch skeptisch war. Wundern tat es mich nicht, ich meine, ich wäre auch skeptisch, wenn man mir erzählen würde, eine gerade einmal neunzehnjährige junge Frau, aus normalen Verhältnissen, solle über meine Zukunft entscheiden.

Gut, ganz so einfach war es nicht. Momentan war ich noch dabei, mich überall einzufinden und eine Menge über das Land, die Menschen und die Politik hier zu lernen. Politik war noch nie meine Stärke gewesen.

Morgen würde ich das letzte Parlamentsmitglied kennenlernen. Mit allen anderen hatte ich bereits in den letzten Wochen die Ehre gehabt. Nur Lord Triburry war kurzfristig zu einer Hilfsmission nach Afrika gerufen worden, weil er einer der hiesigen Organisationen vorstand. Seit vorgestern war er wieder im Lande, was seine Frau dazu veranlasst hatte, eine monströse Grillparty zu veranstalten. Ganz spontan, verstand sich.

Schnell wusch ich mir das Gesicht, wischte mir den Angstschweiß von der Haut und wechselte den Pyjama. Ein Blick auf die kleine Uhr im Bad verriet mir, dass ich nicht mehr besonders viel Schlaf bekommen würde, ehe mein Wecker klingelte.

Morgen würde ich definitiv eine Menge Make-up brauchen.

***

»Warum grillt man Mitte Februar, und dann auch noch vormittags?«, fragte ich leicht genervt, während ich in die schwarze Limousine einstieg, mit der Nate meine Grandma und mich abholte.

»Kann ich dir nicht sagen. Aber ich habe die Vermutung, dass Lady Triburry möglichst wenig Zeit allein mit ihrem Gatten verbringen möchte«, antwortete Nate mit einem leichten Schmunzeln auf den Lippen.

»Wieso sollte sie das nicht wollen?«

»Lord Triburry hat die Angewohnheit, immer über dieselben drei Themen zu sprechen«, antwortete Nate auf meine neugierige Frage.

»Komm schon, Nate, spuck's aus. Wir haben nicht ewig Zeit.«

»Setz den armen Jonathan doch nicht so unter Druck, meine Liebe. Das ist er nicht gewohnt«, schaltete sich meine Grandma ein. Ihr ironischer Unterton lockerte die Situation auf. Sie wusste einfach, wann sie was sagen musste, um mich aufzumuntern. Meine Laune besserte sich. Jedem von uns war klar, dass Nate permanent unter Druck stand. Irgendwie schaffte er es, sich gleichzeitig um die Anliegen des Volkes und seinen Abschluss zu kümmern. Im Gegensatz zu mir hatte er nämlich weiterhin gute Noten. Ich hingegen war mit dem Spagat zwischen dem Lernen für die Abschlussprüfungen und der ganzen Königinnensache superüberfordert. Gott sei Dank half er mir bei allem. Spagat und ich waren schon im Schulsport keine Freunde.

»Pferde, Sportwagen und seine Sammlung antiker Kerzenhalter. Letzteres davon ist sein Lieblingsthema. Ach so, und verliere besser kein Wort über Haustiere. Lady Triburry hat in seiner Abwesenheit seinen heiß geliebten Perserkater überfahren. Das würde für eine unangenehme Stimmung sorgen.«

»Okay, danke. Jetzt weiß ich, wonach ich Lord Triburry absolut nicht fragen werde. Immerhin ein Fettnäpfchen weniger, in das ich treten kann«, witzelte ich und rang Nate damit ein weiteres Lächeln ab.

»Du machst das schon. Lord Triburry ist sehr freundlich, seine Frau hingegen würde ich als eher schwierig bezeichnen.«

In Nate hatte ich wirklich jemanden gefunden, der hinter mir stand und dabei seinen Humor bewahrte.

Seine blonden Haare hatte er akkurat zurechtgemacht und sein Anzug ließ ihn ziemlich offiziell wirken. Ich hatte mich für ein geblümtes Sommerkleid und eine rote Wildlederjacke entschieden, weil ich bei einem Grillfest eine eher ungezwungene Atmosphäre erwartet hatte.

Als ich die ersten Male mit Nate und Matt nach Gelaria fuhr, war ich jedes

Mal verwundert darüber gewesen, wie nah sich die wichtigsten Punkte von Gelaria und Antira waren. Vom Hof meiner Grandma benötigte man keine Dreiviertelstunde zum Schloss des gelarischen Königshauses, was in den letzten achtzehn Jahren als Museum fungiert hatte. Als Mr Brown mir sagte, dass ich nach meiner Krönung in den Palast ziehen würde, hatte ich mich überrumpelt gefühlt. Bis auf meine Grandma hatte ich niemanden mehr, der dort mit mir einziehen könnte. Und die würde ihren Hof sicher nicht verlassen, um in einen großen, leeren Palast zu ziehen. Zumindest konnte ich mir das nicht vorstellen.

Auch das gelarische Parlament war nicht weit vom Palast der Kingstons entfernt. Nate hatte mir vor einigen Wochen erklärt, dass Gelaria und Antira bis zum Tod meines Vaters wie Brüder nebeneinandergelebt hatten und deshalb alles so dicht beieinanderlag. Das Attentat, bei dem mein Vater gestorben war, hatte das aber verändert. Viele kritische Stimmen aus dem Volk hatten sich gemeldet und vermutet, dass der König von Antira hinter allem stecke und es von Anfang an sein Plan gewesen sei, Gelaria zu annektieren. Das antiranische Volk war empört darüber gewesen, dass die Gelarier ihrem geliebten König so schwere Vorwürfe machten. So waren aus Freunden Feinde geworden. Nate hatte gehofft diese Vorwürfe nach meiner Offenbarung abschütteln zu können.

Leider hatte das bisher nicht so gut geklappt.

Im Gegensatz zu den ganzen offiziellen Gebäuden Gelarias waren die Anwesen, Landsitze und Häuser der Parlamentsmitglieder im ganzen Land verstreut. Als wir nach zwei Stunden Fahrt dann endlich auf eine lange Kieseinfahrt einbogen, wurde ich nervös.

Links und rechts wuchsen in gleichmäßigen Abständen akkurat gestutzte Büsche. Das Anwesen der Triburrys war gigantisch. Wir fuhren durch das elektrische Stahltor und kamen in einen Kreisel, in dessen Mitte eine riesige Pferdestatue prangte. Als wir vor einer breiten Treppe hielten, die hinauf zu einer mit Gold verzierten Glastür führte, überkam mich eine leichte Unsicherheit.

Was, wenn die Triburrys mich nicht mochten? Viele der Parlamentsmitglieder waren noch immer verhalten mir gegenüber. Nate hatte mir aber klargemacht, dass ich das Parlament unbedingt hinter mir brauchte, um etwas bewegen zu können. Ich hatte mich in letzter Zeit viel mit den alten Projekten meines Vaters auseinandergesetzt und war fest entschlossen sein Werk fortzuführen. Dadurch habe ich angefangen mich ihm verbunden zu fühlen. Er war mir nicht mehr fremd. Und auch wenn ich ihn nicht gekannt hatte, konnte ich fühlen, was für ein wunderbarer Mensch er gewesen war. Er hatte sein ganzes Herzblut in seine Projekte gesteckt, um dem Volk zu helfen. Er hatte dafür gesorgt, dass die Menschen Arbeit hatten, dass die Medikamente nicht mehr ganz so teuer waren und alle ein geregeltes Grundeinkommen bekamen. In seiner kurzen Amtszeit hatte er so viel erreicht, dass es mir schwerfiel, meine Zweifel abzuschütteln.

Was, wenn ich nichts erreichte? Was, wenn ich alles nur noch schlimmer machte?

Sein letztes Projekt war die Einführung einer staatlichen Krankenversicherung gewesen. Leider gab es noch immer viel zu viele Länder, in denen es kein Gesundheitssystem gab, in dem jeder dieselben Chancen hatte. Jeden Tag starben Menschen, weil sie sich keine ausreichende medizinische Versorgung leisten konnten. Das war in Gelaria nicht anders und seit Antira die politischen Geschäfte für das kleinere Nachbarland übernommen hatte, noch schlimmer geworden. Nate hatte mich vor Kurzem darüber informiert, dass Gelaria die meiste Zeit nur mit zweitklassigen Medikamenten beliefert worden war. Außerdem war es in den letzten Jahren leider immer wieder zu Lieferengpässen wichtiger Medikamente gekommen. Das sorgte wiederum für horrende Preise.

Mich hatte diese Nachricht ziemlich mitgenommen. Mann, war ich froh, dass ich nicht an einer chronischen Erkrankung wie Epilepsie oder Diabetes litt.

Gerade diese Menschen hatte es hart getroffen. Kein Wunder, dass es immer wieder zu Aufständen und Demonstrationen kam.

Mr Brown hatte mir deshalb die alten Unterlagen zu dem letzten unfertigen Projekt meines Vaters gegeben. Ich nahm mir fest vor dem Volk das zu ermöglichen. Aber dafür brauchte ich Hilfe, denn ich hatte absolut keine Ahnung, wie man so was anstellte. Nates Hilfe allein würde nicht ausreichen.

Also brauchte ich möglichst viele Parlamentsmitglieder hinter mir.

***

Als man uns die Tür öffnete und wir von einem freundlichen Butler durch das dekadente Anwesen in den Garten geführt wurden, verschlug es mir den Atem.

Der Garten erinnerte mich eher an einen öffentlichen Park als an ein privates Grundstück. Und überall standen Frauen und Männer in Kostümen, Kleidern und Anzügen. Darüber trugen sie Jacken und Mäntel, die die kühle Februarluft abzuwehren schienen. Zumindest machte niemand den Eindruck zu frieren. Ich war so was von underdressed. Mist.

Ich tackerte mir mein schönstes unechtes Lächeln ins Gesicht und schritt an Nates Seite so anmutig, wie ich konnte, die Treppe zum Rasen hinunter. Mit leicht zusammengekniffenen Augen sah ich der Frühlingssonne entgegen und versuchte das Geschehen zu überblicken.

Links hatten sich einige Leute in kleinen Grüppchen zusammengefunden und unterhielten sich angestrengt, während sie sich immer wieder an den reich gedeckten Grillplatten bedienten, die alle naselang von den unscheinbaren Bediensteten aufgefüllt wurden.

Weiter rechts waren hübsche weiße Metalltische und Stühle aufgestellt worden, an denen sich einige Frauen niedergelassen hatten und Tee tranken.

»Nate, was tun wir jetzt?« Mein Ton klang so unsicher, wie ich mich fühlte.

»Als Allererstes entspannst du dich erst mal. Du möchtest diese Menschen für dich einnehmen, also solltest du selbstsicher auftreten.« Sanft legte er mir seine Hand auf die Schulter und Wärme durchfuhr mich. Denn egal was passierte, Nate würde zu mir stehen. In den letzten Wochen hatte sich unsere Beziehung zunehmend verändert. Seit unserem Kuss im letzten Herbst war eine Menge passiert. Ich denke, uns war klar geworden, dass wir keine Beziehung führen sollten. Gerade in Momenten wie diesen brauchte ich ihn als meinen Freund: meinen besten Freund.

Zwar hatte Nate das ein oder andere Mal angedeutet, dass er nach wie vor gerne mit mir ausgehen würde, aber das kam für mich nicht infrage. Schon gar nicht nach dem, was mit Aaron passiert war.

Bei dem Gedanken an Aaron wurde mir jedes Mal komisch. Ich konnte gar nicht erklären, woran es lag oder wie genau sich das anfühlte. Viele Emotionen kamen mir bei dem Gedanken an Aaron in den Sinn: Wut, Hass, Enttäuschung, Mitleid, aber vor allem Schuld. Ich fühlte mich schuldig. Schuldig, weil er bereit gewesen war sich für mich zu opfern. Schuldig, weil es niemals dazu hätte kommen müssen, hätte ich nur auf ihn gehört und die Bühne nicht betreten. Schuldig, weil ich nicht nur mich, sondern auch meine Familie, Freunde und vor allem Menschen in Gefahr gebracht hatte, die nichts dafürkonnten. Die Schuld zerfraß mich und wurde dabei ein Teil von mir. Und doch konnte ich Aaron nicht verzeihen, was er mir angetan hatte. Es war verrückt.

»Alpha, ist alles gut?« Nates Worte rissen mich aus meinen wirren Gedanken.

»Hmm, ja. Alles gut. Ich bin nur etwas aufgeregt«, antwortete ich und war froh, dass es nicht vollkommen gelogen war. Ich war nämlich absolut aufgeregt und beneidete Nate dafür, mit welcher Souveränität er die Menschen ansprach. Dabei war es egal, ob es sich um Kinder, um Mitbürger oder Politiker handelte. Nate schenkte jedem denselben Respekt. Es war verblüffend, absolut königlich. Kein Wunder, dass er es war, dem sein Vater den Thron vererben wollte. Sein Zwillingsbruder Matt war zwar mindestens genauso gutmütig, aber nicht halb so professionell im Umgang mit Menschen. Aber ohne Matt wäre ich vermutlich in eine tiefe Depression gestürzt. Er hatte trotz allem, was im Dezember passiert war, seinen Humor nicht verloren und dafür gesorgt, dass wir uns besser fühlten. Schon als wir uns letztes Jahr kennenlernten, hatte ich ihn fest ins Herz geschlossen.

»Kommt Matt auch?«, fragte ich und Nate nickte.

»Ja, aber du kennst ja Matt. Er bringt natürlich Aileen mit und die braucht vermutlich wie gewohnt ein halbes Stylisten-Team.« Nates Schmunzeln steckte mich an.

»Ah, also tauchen sie hier auf, wenn der spaßige Teil vorbei ist«, stellte ich fest. Nate lachte. »Was meinst du mit ›der spaßige Teil‹?«

»Na den, bei dem ich mich hier völlig zum Horst mache und ungewollt in irgendwelche Fettnäpfchen trete.«

»Ach so, ja. Das wird lustig.«

Ich verschränkte die Arme und bedachte Nate mit einer gewollt beleidigten Miene. Allerdings war ich nicht besonders gut darin, mich zu verstellen, weshalb sich mein seltsamer Gesichtsausdruck direkt wieder in ein Lächeln verwandelte.

»Ich denke, du bist so weit«, sagte Nate und reichte mir seine Hand.

»Na, wenn du meinst. Du muss es ja wissen, edler Ritter.« Meine Worte trieften vor Ironie und das wusste er.

»Ich bin da. Jederzeit, um Sie zu retten. Außer du hast mit Lord Triburry ein Gespräch über Kerzenständer begonnen. Dann kann dich niemand mehr retten.«

KAPITEL 2

Wir gesellten uns zu ein paar Leuten beim Grillbuffet. Sie waren in ein aufregendes Gespräch vertieft und merkten nicht sofort, dass wir dazustießen. Erst als Nate das Wort erhob, brach das Gespräch abrupt ab und alle Gesichter wandten sich uns zu. Nun wurde ich mit einer Menge erwartungsvoller Blicke bedacht, von denen man den ein oder anderen wohl als abschätzig beschreiben könnte. Irgendwie war es gruselig.

»Guten Tag, meine Damen, meine Herren. Darf ich Ihnen Miss Alpha van Aerssen vorstellen?« Nate machte einen Schritt zur Seite, sodass man mich noch besser sehen konnte. Ich kam mir vor wie ein Stück Sahnetorte auf einem Präsentierteller.

»Ähm, hallo. Ich bin Alpha. Schön Sie alle kennenzulernen«, sagte ich etwas zögerlich.

Ein dicker Mann in einem etwas zu engen Mantel begann aus tiefster Kehle zu lachen und hielt sich den Bauch.

»Die ist ja noch ganz grün hinter den Ohren. Wo haben Sie die denn aufgegabelt, Mr Kingston?«, fragte er an Nate gewandt, ohne mich auch nur eines Blickes zu würdigen. Wenn ich etwas nicht leiden konnte, dann war es, übergangen zu werden. Ferkel hatte mich immer übergangen und so getan, als wäre ich Luft, wenn er mit meiner Mum zusammen war.

»Wir sind uns in Westby begegnet. Nate war so gut herauszufinden, wer ich bin und wohin ich gehöre. Dafür bin ich ihm sehr dankbar. Ich versichere Ihnen, dass ich mein Bestes tun werde, damit sich das Grün hinter meinen Ohren in ein außerordentlich schönes Royalblau verwandelt, Mr ... Oh, Sie haben sich mir ja noch gar nicht vorgestellt«, sagte ich so selbstsicher und hochgestochen, wie ich konnte.

Da hast du dich ja wirklich ins Zeug gelegt, Alpha. Du klingst, als wärst du hier am Set von Downton Abbey. Gut gemacht, vielleicht halten sie dich jetzt zumindest für eine gute Schauspielerin, wenn auch für eine miese Thronfolgerin.

Wie ich meine ironische innere Stimme liebte.

Der dickere Herr hatte aufgehört zu lachen und sah mich verärgert an. Damit hatte ich mir wohl keine Freunde gemacht.

Eine etwas ältere Dame schenkte mir ein warmes Lächeln und streckte mir die Hand entgegen.

»Schön Sie kennenzulernen, Miss van Aerssen. Mein Name ist Lady Margret. Machen Sie sich keine Sorgen. Der gute Rupert hier versteht einen Witz, wenn er ihn hört. Nicht wahr, Rupert?«, sagte sie mehr an mich gewandt als an Rupert, während wir uns die Hand gaben. Dieser fühlte sich trotzdem direkt angesprochen.

»Natürlich, Margret, natürlich. Wie erfrischend, so ein junges Gesicht in unserer alteingesessenen Politikerrunde begrüßen zu dürfen. Mein Name ist Rupert Hollis. Angenehm.«

Ich musste zugeben, dass ich es ihm gönnte, wie er vor Verlegenheit rot anlief.

»Alpha freut sich jedenfalls schon seit Tagen darauf, Sie alle zu treffen. Sie ist sehr engagiert und hat sogar vor das letzte Projekt ihres Vaters, König Royland, zu realisieren«, ergriff Nate das Wort. Die Augenbrauen der anwesenden Damen und Herren schossen nach oben bei der bloßen Erwähnung meines Vaters.

»Ist das so, Miss van Aerssen? Haben Sie schon Ideen sammeln können?«, fragte ein älterer Mann mit grauem Vollbart und Brille. Überraschenderweise klang er wirklich interessiert und gar nicht abschätzig.

»Ja. Ich finde es wahnsinnig toll, wie viel er in seiner kurzen Amtszeit erreichen konnte. Ein vernünftiges Krankenversicherungssystem würde vielen Menschen das Leben erleichtern. Uns alle eingeschlossen. Nate ... ich meine Jonathan hat mich darüber informiert, was in den letzten Jahren so schiefgelaufen ist. Ich möchte helfen. Was die Ideen angeht, bin ich auf Ihre Hilfe angewiesen. Sie kennen das Land und die Situation besser als ich und wissen, wie es ist, hier zu leben. Das sind Erfahrungen, die ich erst noch machen werde.« Während ich erklärte, was ich vorhatte, wurde ich sicherer. Man hörte mir zum ersten Mal wirklich zu und interessierte sich für das, was ich vorhatte. Irgendwie machte mich das sogar ein wenig stolz.

»Ich bin überrascht, Miss van Aerssen. Es freut mich zu hören, dass Sie vorhaben etwas zu bewirken. Ich hoffe jedoch, dass Ihnen bewusst ist, dass das, was Sie planen, nicht einfach umzusetzen sein wird«, antwortete der graubärtige Mann. Ich nickte.

»Ja, Mr …« Ich stockte, als mir auffiel, dass ich seinen Namen nicht kannte.

»Lord Hamish Triburry. Der Gastgeber. Sehr erfreut«, ergänzte er mich mit einem sanften Lächeln. Das brachte mich ein wenig aus dem Konzept und schon vergaß ich, was ich eigentlich hatte sagen wollen. Als könnte Mr Triburry Gedanken lesen, rettete er mich vor einer Blamage.

»Ist es nicht schön zu sehen, wie viel Sir Roylands Tochter an seinem Projekt liegt? Das hätte ihm sehr gefallen. Ich für meinen Teil bin jedenfalls voller Erwartungen auf das, was auf uns zukommen wird«, sprach Lord Triburry in die Runde. Die meisten nickten zustimmend, ein paar enthielten sich elegant mit einem Blick auf den unglaublich interessanten Boden. Nun wusste ich, warum es Nate und Mr Brown so wichtig war, dass Lord Triburry mich mochte. Er war sehr einflussreich und konnte gut reden. Ihn auf meiner Seite zu haben würde mir einige Bonuspunkte einbringen. Und so wie es aussah, standen meine Chancen nicht schlecht. Auch wenn nun ein unangenehmes Schweigen die Runde heimsuchte.

»Wenn Sie gestatten, würde ich Miss van Aerssen gern kurz entführen.«

Lady Margret unterbrach die seltsame Situation und griff nach meiner Hand. Ohne auf eine Antwort zu warten, führte sie mich von der Gruppe zum Buffet.

»Ganz schön aufregend, was?«, fragte sie, während sie mir einen Teller reichte. Lady Margret war wirklich freundlich und hatte eine beruhigende Ausstrahlung. Ich spürte, wie ein Teil der Anspannung von mir abfiel.

»Ja, da sagen Sie was. Ich weiß ehrlich gesagt nicht, was ich von alldem halten soll.« Ich tat mir etwas von den herrlich duftenden Salzkartoffeln und ein zartes Rindersteak in Kräutermarinade auf. Wir begaben uns in einen großen Pavillon voller Tische. Heizpilze sorgten für eine angenehme Wärme. Lady Margret und ich setzten uns an einen der freien Tische, neben eine größere Frauengruppe.

»Das glaube ich dir, Liebes, aber nenn mich bitte Margret. Wie du komme ich eigentlich nicht aus dieser Welt und bin nur irgendwie hier hineingeraten.« Die Güte in ihren Augen erinnerte mich an meine Grandma, obwohl Lady Margret jünger als sie sein dürfte.

Wo war Grandma eigentlich? Seit wir hier angekommen waren, hatte ich sie nicht mehr gesehen. Ich blickte mich um und entdeckte sie an einem der Tische mit Mr Brown. Sie lachten gerade über etwas, das Mr Brown zuvor gesagt hatte. Leider verstand ich von hier aus nichts davon. Seit Mums Tod hatte sie selten so losgelöst gewirkt wie in diesem Moment. Mr Brown tat ihr wirklich gut.

»Wie sind Sie hier hineingeraten?«, fragte ich neugierig, während ich mein Steak in Stücke schnitt und so vornehm aß, wie ich konnte. Das Essen musste ich definitiv noch üben.

»Ich habe mich verliebt. Die Liebe hat doch irgendwie immer mit allem zu tun.« Sie schmunzelte. Ihr Blick wirkte verträumt, als ginge ihr eine Erinnerung durch den Kopf, an die sie schon lange nicht mehr gedacht hatte.

»Mein zweiter Mann war Lord William. Wir haben uns damals auf einer Expedition kennengelernt. Ich habe damals Archäologie studiert und war auf der Suche nach dem großen Abenteuer. Das ist so lange her. William war ein großer Liebhaber von Kunstschätzen und war damals im Auftrag des gelarischen Nationalmuseums dort.« Lady Magret lachte kurz und schüttelte den Kopf. »Am Anfang konnte ich ihn gar nicht leiden und hielt ihn für einen Kunstbanausen. Einen elenden Dieb, der mehr an Geld als an den Kulturen und Geschichten hinter den Stücken interessiert war. Er hingegen war sehr interessiert an mir und umwarb mich, so gut er konnte. Jeden Abend habe ich eine Lotusblüte mit einer kurzen Nachricht vor meiner Hotelzimmertür gefunden.«

Ihre Geschichte klang aufregend. Wenn man auf Expeditionen fuhr, dann sprach man doch darüber. Eigentlich hätte mir damals schon daran auffallen müssen, dass Ferkel gelogen hatte, was seinen Beruf anging, obwohl es mich letztendlich nicht so sehr überraschte. Schnell verdrängte ich Ferkel und alles, was mit ihm zusammenhing, bevor es tiefer in meine Gedanken eindringen konnte.

»Was stand in der Nachricht?« Gespannt sah ich Lady Margret an.

»In der Nachricht stand: ›Ich werde dir so lange Blumen vor die Tür legen, bis du mit mir ausgehst‹«, antwortete sie und brachte uns so zum Lachen.

»Hat ja funktioniert.«

»O ja, das hat es. Und ehe ich michs versah, stand ich in einem traumhaften Brautkleid in einem Schloss und wurde zur Lady.«

In ihren letzten Worten schwang eine leichte Melancholie mit, aber ich traute mich nicht zu fragen warum.

»Das erinnert mich an meine Mum und meinen Vater. Er hat ihr auch immer Blumen geschenkt. Jedes Mal, wenn sie sich trafen. Meine Mum hat jede Blume getrocknet und in ein Buch eingeklebt, zur Erinnerung. Das Buch ist eines der letzten Dinge, die ich noch von ihr habe. Verrückt. Bis vor ein paar Wochen wusste ich nicht mal, dass es existiert«, sagte ich und erwischte mich dabei, wie Tränen in mir aufstiegen. Ich blinzelte sie weg, so gut es ging. Ich konnte es mir nicht leisten, gerade hier die Fassung zu verlieren.

»Ist schon gut. Es geht viel in dir vor. Ich verstehe das. Aber das sagt mir, dass dein Vater auch im Herzen ein Gelarier war.« Es war lieb, dass sie versuchte mich aufzumuntern, obwohl wir uns eigentlich gar nicht kannten.

Ich rang mir ein Lächeln ab, um ihr zu zeigen, dass ich ihre Gesellschaft wirklich genoss.

»Nein, wirklich. Ich meine das absolut ernst. Blumen haben in Gelaria eine lange Tradition. Ich dachte damals, William sei ein Charmeur, aber ich hatte mich getäuscht. Er hat es mir einmal an einem unserer Hochzeitstage verraten. Leider habe ich vergessen, welcher es war, aber das ist sowieso nicht wichtig. Wichtig ist, dass man hier glaubt, dass Blumen Erinnerungen und Gefühle bewahren. Sie sind sozusagen die Wächter der Liebenden. So hat jede der dreizehn Lotosblüten, die ich damals von William bekam, dafür gesorgt, dass ich mich ein Stück mehr in ihn verliebte. Und ja, ich habe ihn wirklich zwei Wochen zappeln lassen«, erklärte Lady Margret und musste lachen. Ihr Lachen war absolut ansteckend. Laut und frisch, nicht wie man es von einer Lady erwarten würde. Damit erregten wir bei unseren Tischnachbarinnen solches Aufsehen, dass selbst ein paar von ihnen zu lachen begannen, obwohl sie gar nicht wissen konnten, worum es eigentlich ging.

»Na, Lady Margret, da haben Sie ja endlich jemanden gefunden, der über ihre Witze lacht«, sagte eine weißhaarige Dame, die mich irgendwie an die Queen von England erinnerte, obwohl sie um einiges stabiler war. Vielleicht lag es an dem Pelzmantel, der farblich sehr an Corgifell erinnerte. Ich hoffte, dass für ihre Oberbekleidung kein Tier gestorben war.

»Ja, endlich. Lady Wainwright, Sie können sich gar nicht vorstellen, wie es ist, immer als Einzige zu lachen«, entgegnete Lady Margret mit einem ironischen Augenzwinkern.

»Sie sind doch die neue Thronanwärterin, richtig?«, fragte Lady Wainwright nun freundlich an mich gewandt.

»Ja, genau. Ich bin Alpha van Aerssen. Es tut mir leid, dass ich mich noch nicht bei Ihnen vorgestellt habe«, antwortete ich höflich.

»Sie haben ganz schön Aufsehen erregt. Wie gehen Sie mit alldem um? Ich möchte nun nicht anmaßend klingen, aber Sie sind schließlich nie auf so eine ehrenhafte Position vorbereitet worden. Ich kann mir gar nicht vorstellen, wie überfordert Sie sich fühlen müssen.« Lady Wainwrights Bedenken teilte ich, auch wenn ich ihr das vielleicht nicht unbedingt sagen sollte. Die anderen Damen am Tisch lauschten gespannt auf das, was ich gleich sagen würde.

»Sie haben nicht unrecht. Es war eine Menge auf einmal und wenn man so normal und behütet aufwächst wie ich, ist es nicht leicht, sich umzugewöhnen. Aber ich bin ja nicht allein. Jonathan und Matthew Kingston stehen mir zur Seite und helfen mir mich einzufinden. Denn im Gegensatz zu mir sind sie mit all den Pflichten aufgewachsen, die nun auf mich zukommen. Ich bin sehr optimistisch, dass ich einiges bewirken kann. Wenn man mich lässt, natürlich.« Dass meine Worte eine Anspielung auf die gespaltene Meinung im Parlament waren, merkten sie sofort.

»Sie sind klug, Miss van Aerssen. Und Sie haben die Söhne der antiranischen Regierung um den Finger gewickelt, was für Gelaria ein großer Vorteil sein könnte, wenn Sie es richtig anstellen. Sie sind unkonventionell und wissen, wie es ist, ein einfaches Leben zu führen, was Ihnen das Volk rasch näherbringen wird, sobald es sein Misstrauen ablegt. Ich finde, dass viele Aspekte für Sie sprechen. Wie seht ihr das, Ladys?« Lady Wainwrights Frage ging an die ganze Runde, die direkt zustimmend nickte.

»Mich hatten Sie schon, als Sie vorhin den albernen Lord Hollis haben auflaufen lassen. Seitdem seine Frau tot ist, hält er sich für besonders interessant. Dabei war die liebe Lady Lydia es, die den Verstand und die Intelligenz von beiden hatte. Mir ist bis heute nicht klar, was sie mit ihm wollte«, schaltete sich eine kleine grauhaarige Frau ein. Die Damen gaben allesamt ein verhaltenes Lachen von sich und stimmten ihr zu.

Das läuft gut für dich, Alpha. Die Frage ist: Wie lange noch?

»Weißt du was, mein Kind? Du brauchst unsere grimmigen Männer nicht, nur weil sie im Parlament sitzen. Das Geheimnis ist, uns Ladys zu überzeugen. Denn wir sind es, die die Strippen ziehen, falls du verstehst, was ich meine«, gab Lady Wainwright ganz ungezügelt von sich und entlockte mir ein belustigtes Lächeln. Ich verstand, was sie meinte. Die Frage war, wollte ich darüber nachdenken? Eher nicht.

»Das habe ich mir schon gedacht. Ich gebe mein Bestes, Ihnen gerecht zu werden.«

Die Damen schienen mit meiner Antwort sehr zufrieden zu sein.

»Sie sind auf dem besten Weg. Es wird Zeit, dass eine Frau das Zepter in die Hand nimmt.« Mit diesen Worten schloss Lady Wainwright das Gespräch. Den Rest des Vormittags verbrachte ich damit, mich bei allen Parlamentsmitgliedern, mehr oder weniger bekannt zu machen. Zu meiner Überraschung ruderten ein paar von ihrer vorgefertigten Meinung zurück, als sie mich kennenlernten. Leider war der Großteil mir gegenüber noch immer misstrauisch.

Aber das würde ich auch noch hinbiegen. *Kleine Schritte, Alpha, kleine Schritte.*

KAPITEL 3

Nach dem Grillfest am gestrigen Vormittag hatte Mr Brown mich auf die eidesstattliche Aussage vorbereitet, die ich später machen musste. Mein Termin vor dem antiranischen Gericht war um Punkt zwölf Uhr. Und natürlich ging es um die Schießerei bei der Pressekonferenz. Bei dem Gedanken daran spielten sich vor meinem inneren Auge immer wieder dieselben schrecklichen Szenen ab: die glasklaren Augen des maskierten Schützen und Aaron, wie er leblos zu Boden sank.

Ein Zittern überkam mich jedes Mal, wenn ich daran zurückdachte. Vor Gericht darüber reden zu müssen würde nicht leicht werden. Aber es half alles nichts, wenn ich irgendwann damit abschließen wollte, musste ich mich dazu überwinden.

Aufgrund der Geschehnisse wurden Nate, Matt und ich schon einen Monat früher als alle anderen vom Unterricht freigestellt und durften unsere Aufgaben zu Hause erledigen. Obwohl mir die anderen fehlten, war ich eigentlich froh darüber, dass wir die letzten Wochen vor unseren Abschlussprüfungen sowieso freihatten, um zu lernen. Aber ich schätzte, früher hätte ich mich da noch mehr drüber gefreut.

So konnte ich immerhin nebenbei noch wichtige Dinge regeln, ohne mich jedes Mal vom Unterricht abmelden zu müssen. Ich war seit einer gefühlten Ewigkeit nicht mehr in Westby gewesen und hatte seit dem Vorfall auf der Pressekonferenz kaum mehr das Haus verlassen. Deshalb trafen Anila, Li und ich uns regelmäßig zu Skype-Sessions und Telefonkonferenzen. Das machte mein neues Leben zumindest etwas weniger einsam. Alles andere fand mein neues Sicherheitsteam noch zu gefährlich. Momentan durfte ich nur noch ohne Wachpersonal an Orte, an denen sowieso Wachpersonal war. Normalerweise wäre es demnach kein Problem gewesen, weiterhin in Westby am Unterricht teilzunehmen. Ich kannte kaum einen Ort, der besser gesichert war als dieses Internat. Und das Beste daran war, dass man dort nichts davon mitbekam.

Und trotzdem war Westby nach den Vorkommnissen der Halloweenparty als zu gefährlich eingestuft worden. Gut, das war jetzt nicht unverständlich, aber so richtig begeistert war ich trotzdem nicht.

Zumindest hatte ich dadurch genug Zeit gehabt, um mich von Nate, Matt und Mr Brown auf mein neues Schicksal vorbereiten zu lassen und gleichzeitig für die Prüfungen zu lernen.

Die meisten hatte ich bisher gut geschafft. Eine Prüfung hatte ich noch vor mir: Geschichte am kommenden Freitag.

Diese Worte in meinem Kopf reichten bereits, um mich zu beunruhigen. Vor etwa einem halben Jahr hatte ich viel Zeit damit verbracht, mit Aaron an der Geschichtsarbeit zu arbeiten, die ich nie abgegeben hatte. Dass ich mich dabei in ihn verliebte, war so natürlich nicht geplant gewesen. Überhaupt hatte ich nichts von all dem geplant, was danach passiert war.

Die kommende Geschichtsprüfung erinnerte mich jedes Mal daran, was alles schiefgelaufen war und was ich verloren hatte. Ich hatte mein Herz an jemanden verloren, der es nicht wert gewesen war. Und doch fiel es mir schwer, mich davon loszureißen, wofür ich mich manchmal wirklich hasste.

In drei Stunden musste ich schon am Gericht sein und wenn ich pünktlich sein wollte, dann musste ich mich mit dem beeilen, was ich vorher noch erledigen musste. Ich schluckte, denn ich wusste, es würde mir das Herz erneut brechen. Das tat es jedes Mal.

KAPITEL 4

Schweigend und mit pochendem Herzen stieg ich die steinerne Treppe empor. Aus dem Strauß gelber Rosen in meinen Armen tropfte es auf die Hose meines dunklen Hosenanzugs. Beinahe fühlte es sich an, als würde ich auf einen Friedhof gehen. Doch dann trat ich durch die automatischen Schiebetüren des antiranischen Krankenhauses. Ein paar Schritte hinter mir liefen Hector und sein neuer Kollege Willi. Sie sahen angsteinflößend aus in ihren schwarzen Anzügen. Als würden sie auch zu einer Beerdigung gehen wollen. Nur dass ihre Beerdigung wohl eher eine Mafia-Beerdigung wäre.

Ich war dankbar, dass sie ein paar Schritte Abstand hielten.

Schweigend ging ich an Doris, der freundlichen Rezeptionistin, vorbei und nickte ihr zur Begrüßung zu. Sie schenkte mir ein zaghaftes Lächeln und nickte zurück, als wollte sie mir sagen: »Du kennst ja den Weg, Liebes. Viel Glück.« Vermutlich dachte sie genau das in diesem Moment. In ihren Augen spiegelte sich immer das Mitleid. Ich konnte es ihr nicht mal übel nehmen, ich bemitleidete mich auch jedes Mal selbst, wenn ich hier war.

Wie gewohnt bog ich in den linken Gang, stieg in den Fahrstuhl und fuhr in die Sechs. Meine Knie zitterten und mein Magen grummelte nervös, als ich die Intensivstation betrat und die zwei Gorillas vor der Tür stehen sah, durch die ich gleich gehen würde.

***

Erleichtert ließ ich mich in den gemütlichen Sessel in der Ecke des Raumes sinken. Zuvor hatte ich noch die Blumen in die Vase neben dem Bett gestellt, aber näher würde ich ihm nicht kommen. Ganz sicher nicht.

Seit zwei Monaten lag er nun schon im künstlichen Koma, weil sein Körper sich wesentlich langsamer erholte als angenommen. Er war in dieser Zeit neunmal operiert worden, aber erst jetzt ging es ihm langsam besser. Keiner wusste so genau, wann und ob er wieder aufwachen würde, aber jeder hoffte es. Sogar ich hoffte es.

Er war für das Volk der Held, der sich vor die zukünftige Königin des Nachbarlandes geworfen hatte. Er war der Held, der bereit gewesen war für mich zu sterben. Dass es mich hätte treffen sollen, wusste jeder, aber dass er da mit drinnen hing, ahnte keiner.

In meinen Träumen fühlte es sich immer so an, als hätte ich Aaron umgebracht, und nicht als wäre er der, der mich verraten hatte. Denn das hatte er.

In der Sekunde, in der ich das Gespräch zwischen ihm und seinem Vater, meinem Stiefvater Ferkel, belauscht hatte, war meine Welt ein weiteres Mal in winzig kleine Teile zersprungen.

Er hatte mich ausgehorcht und manipuliert, damit ich mich in ihn verliebte, und ich war so dumm gewesen, genau das zu tun. Bis heute weiß ich nicht, was er sich davon versprochen hatte.

Natürlich würde ich das nicht von einem schlafenden Aaron erfahren, was mir ehrlich gesagt auch ganz lieb war. Seitdem Aaron auf der Intensivstation Besuch bekommen durfte, kam ich zwei- bis dreimal die Woche vorbei, brachte frische Blumen mit und setzte mich in die Ecke, um irgendwelche Aufgaben zu erledigen oder ein Buch zu lesen.

Wenn er sich bewegte, hielt ich den Atem an, aus Angst, er könnte gerade dann aufwachen, wenn ich bei ihm war. Natürlich hoffte ich inständig, dass er wieder zu sich kam und keine bleibenden Schäden davontrug, aber ich wollte nicht die Erste sein, mit der er konfrontiert wurde. Immerhin kam ich mittlerweile damit klar, ihn zu besuchen. Vorher waren mir jedes Mal die Tränen gekommen, wenn ich nur am Krankenhaus vorbeifuhr. Ich hatte Mitleid mit ihm, weil mein Leben normal weiterverlief. Ich machte gerade meinen Abschluss und er? Er lag an einer Herz-Lungen-Maschine im Koma.

Ich musterte ihn, wie er dalag, als wäre er tot. Sein Gesicht sah ruhig und friedlich aus, aber seinem Körper sah man die Strapazen deutlich an. Seine

Haare waren gewachsen und sein sportlicher Körperbau fiel langsam, aber sicher in sich zusammen. Er wurde dünner und seine Haut war so bleich, dass sein braunes Haar daneben fast schwarz wirkte. Ich widerstand dem Drang aufzustehen und mit meinen Händen durch sein stumpfes Haar zu fahren, so wie ich es vorher getan hatte. Regelmäßige Ermahnungen erinnerten mich daran, dass nichts davon echt gewesen war. Hin und wieder ging ich sogar meine Erinnerungen durch, um herauszufinden, ob es Anzeichen gegeben hatte, doch ich fand nie welche.

»So, hier sind wir wieder«, sagte ich zu ihm. Er antwortete nicht. Was ja zu erwarten gewesen war.

»Du verpasst so einiges, weißt du? Li geht jetzt mit deinem Mitbewohner aus. Mit Billy! Wer hätte das gedacht.« Ich holte die Mappe aus meinem Rucksack, die mir Mr Brown mitgegeben hatte. Sie enthielt sämtliche Zeitungsartikel und Berichte über das Attentat auf mich, was letztendlich Aaron niedergestreckt hatte. Das Wachpersonal und die Polizei hatten den Täter glücklicherweise festsetzen können, bevor er auch nur versuchen konnte vom Tatort zu fliehen. Ich begann die Artikel durchzublättern und mir zu überlegen, was ich vor Gericht sagen wollte. Denn Nate und Matt hatten mir klargemacht, dass ich zu diesem Zeitpunkt nicht alle Hintergründe preisgeben durfte, egal wie sehr ich es wollte.

»Heute Mittag ist die Verhandlung gegen den Schützen, Joe Smith. Als ob er wirklich Joe Smith heißt. Ich frage mich, wo Ferkel den gefunden hat.«

Irgendwie beruhigte es mich, mit Aaron zu sprechen, auch wenn ich wusste, dass er nicht antworten würde. Vielleicht gerade deshalb.

»Manchmal wünsche ich mir, dass du hier wärst und einfach alles erzählen würdest. Aber so wie es jetzt läuft, wird Ferkel nicht mal verdächtigt.«

Mein Blick schweifte immer wieder von den Bildern in den Artikeln zu Aaron hinüber. Aber er lag einfach nur da.

»Ich denke, er ist froh, dass du nicht aussagen kannst. So leid es mir für dich tut, aber er ist ein Arsch«, sagte ich und bereute meine Worte sofort. Egal wie sauer ich war, solche Äußerungen durfte ich mir nicht erlauben. Wer weiß, was er mitbekam und wie er das in diesem Zustand aufnahm.

Niemand mochte hören, dass sein Vater ein Arsch war, selbst wenn man die Wahrheit schon kannte und im Koma lag.

»Tut mir leid, das meinte ich nicht so. Er ist dein Vater. Er liebt dich und macht sich bestimmt Sorgen.«

Nach meiner Entschuldigung kam mir die Stille noch stiller vor.

War das überhaupt möglich?

Als plötzlich mein Handy klingelte, ließ ich vor Schreck die Mappe fallen. Alle Artikel flogen durcheinander. Manche aufs Bett, manche darunter. Einer blieb sogar am Bein des unbequemen Stuhls, neben Aarons Bett, hängen.

Ich zog mein Handy aus der Tasche meines Blazers und nahm ab.

»Alpha van Aerssen. Was kann ich für Sie tun?«, fragte ich höflich, da ich vorher nicht aufs Display meines Klapptelefons geschaut hatte und somit nicht wusste, wer mich gerade anrief.

»Hi, Alpha. Hier ist Matt, kein Grund, so förmlich zu sein.« Ich konnte hören, wie er am anderen Ende leise lachte.

»Ah, hey, Matt. Was gibt's?«, fragte ich neugierig. In letzter Zeit war es eher Nate gewesen, der mich bei wichtigen Sachen anrief. Mit Matt hatte ich schon eine Weile nicht mehr gesprochen. Auf dem Grillfest am Vortag hatten wir uns leider verpasst. Aileen hatte sich einfach nicht entscheiden können, welche Schuhe besser zu ihrem Kleid passten.

»Ich wollte dir nur noch mal viel Glück für den Gerichtstermin gleich wünschen. Es wird sicher hart, Joe Smith wiederzusehen. Ich werde da sein und mir die Verhandlung ansehen. Wenn du danach etwas brauchst, kannst du gern zu mir kommen«, sagte er in dem warmen Ton, den ich nur allzu gut von ihm kannte. Das ließ mich lächeln.

»Das ist lieb, Matt, danke.«

»Bist du schon auf dem Weg? Ich wollte dich noch mal daran erinnern, dass du nichts über Aarons Vater Ferdinand sagen sollst, solange wir keine Beweise haben. Und Aaron solltest du auch nicht mit reinziehen. Das würde ein ziemlich schlechtes Licht auf dich werfen und das kannst du momentan nicht gebrauchen.« Mit seinen Worten ließ er mich innerlich aufstöhnen. Ich hatte das alles in den letzten Wochen mehrfach mit Nate und Cosmo durchgekaut.

Zusammen waren wir zu dem Ergebnis gekommen, dass es besser war, Ferkel und Aaron vorläufig aus der Sache rauszuhalten, da das belauschte Gespräch nicht als Beweis reichte. Damit stände es Aussage gegen Aussage, weil Ferkel seine Beteiligung sicher abstreiten würde. Und da Aaron sich zwei Kugeln für mich eingefangen hatte, war er nun der neue Liebling beider Nationen. In meiner noch recht ungefestigten Position wäre es zu meinem Nachteil, gegen beide auszusagen. Alle würden denken, dass ich löge.

»Wieso hätte Aaron sich vor mich werfen sollen, wenn er was damit zu tun hatte?«, war die Frage, auf die ich keine Antwort hatte. Zumal Aaron im Koma lag und sich nicht selbst dazu äußern konnte.

Solange Aaron im Koma lag, hatte ich keine Chance, Ferkel dranzubekommen. Also musste ich warten und würde erst mal nur gegen den Schützen aussagen, so weh es auch tat.

»Ja, Matt, ich weiß. Ich bin mit Mr Brown alles gefühlt hundertmal durchgegangen. Ich weiß, was ich zu tun habe. Ich bin aber noch nicht auf dem Weg«, antwortete ich ihm.

»Warte. Bist du bei Aaron? Ich dachte, du wolltest nicht mehr hinfahren?«, fragte er verwundert.

»Ja, ich weiß. Aber irgendwie konnte ich nicht anders. Ich kann es mir selbst nicht erklären.«

»Du solltest mit ihm abschließen, er ist nicht gut für dich. Und ich denke nicht, dass er wieder aufwachen wird, Alpha. Du solltest anfangen das zu akzeptieren und dich mit deinem Verlust auseinanderzusetzen.« Matts Worte trafen mich hart. Glaubte er wirklich, dass Aaron nie wieder aufwachen würde? Dann wäre er wirklich für mich gestorben.

»Ich hoffe, dass er aufwacht, Matt. Ich will nicht schuld an seinem Tod sein. Egal was er getan hat. Das könnte ich nicht.« Ich hörte das Flehen in meiner Stimme. Es ließ Matt seufzen.

»Das tun alle, Alpha.«

Für einen kurzen Moment schwiegen wir uns an. Doch dann unterbrach Matt die Stille und versetzte mich sofort in Hektik.

»Es ist übrigens schon Viertel nach. Du solltest dich beeilen, damit du noch pünktlich vom Krankenhaus zum Gericht kommst.«

»Was? Schon so spät? Na gut, Matt, bis später.« Ich legte auf, ohne auf seine Antwort zu warten. In Eile sammelte ich die ganzen Zeitungsausschnitte auf und stopfte sie wieder in die Mappe zurück. Ich schnappte mir meinen alten Rucksack, der so gar nicht zu dem feinen Anzug passte, den ich gerade trug. Beim Verlassen des Zimmers überprüfte ich noch kurz mein Aussehen mit einem Blick in den Spiegel. *Alles gut, du siehst vernünftig aus. Zwar nicht wie eine Königin, aber vernünftig.*

Unweigerlich schaute ich noch mal zu Aaron. Erst im Spiegel und dann über meine Schulter. Er hatte sich in der letzten Dreiviertelstunde, die ich hier verbracht hatte, nicht verändert.

Was, wenn Matt doch recht hatte und er nicht wieder aufwachen würde?

Es kostete mich einige Überwindung, zu ihm hinüberzugehen und mich für einen winzigen Augenblick an sein Bett zu setzen. Ich atmete tief ein. Dann berührte ich ganz vorsichtig seine Hand. Sie war überraschend warm. Das war vermutlich das Einzige, was äußerlich noch darauf hindeutete, dass er noch lebte.

»Ich will, dass du weißt, dass es mir leidtut«, hauchte ich mit brennenden Augen. Eine Träne löste sich und fiel auf die Hand, mit der ich seine berührte. Egal wie sehr ich ihn für das verurteilte, was er mit mir gemacht hatte, ein winziger Teil ganz tief in mir liebte ihn immer noch. Und wenn ich nichts dagegen tat, würde Aaron mir noch einmal das Herz brechen.

Als ich aufstand, beugte ich mich ein letztes Mal zu ihm hinunter. Ich konnte seinen ruhigen Atem hören. Als würde er wirklich bloß schlafen. Sein vertrauter Geruch stieg mir in die Nase. Für eine Sekunde katapultierte mich das zurück in den letzten November, als er mir gesagt hatte, dass er mich liebe.

Es versetzte mir einen Stich.

Dann küsste ich ihn auf die Wange. Seine Haut fühlte sich warm und weich an. Wenn ich die Augen jetzt schloss, wäre er da. Meine Tränen tropften auf sein Gesicht und das Krankenhaushemd, das er trug.

»Lebe wohl, Aaron«, flüsterte ich mit zittriger Stimme.

»Ich werde nicht wiederkommen.«

Es fiel mir so unglaublich schwer, diese sieben Worte auszusprechen. Sie bedeuteten ein Ende. Ein Ende für Aaron und für mich.

Nein, sie bedeuteten einen Anfang.

KAPITEL 5

Das imposante Gerichtsgebäude ragte vor mir auf wie eine bedrohliche Felswand. Der Himmel war dunkel und die eisige Februarkälte hinterließ glitzernde Schlieren auf den Fenstern.

Als ich aus der Limousine stieg, hatte sich bereits eine Traube Journalisten um Hector, Willi und mich gebildet. Wie die Fliegen auf einem Käsekuchen.

»Miss van Aerssen! Miss van Aerssen! Wie geht es Ihnen? Haben Sie Angst, dem Killer Ihres Freundes gegenüberzutreten?«

»Miss van Aerssen?«

»Hallo?«

»Warum wollen Sie sich nicht zu den Ereignissen äußern?«

»Haben Sie einen neuen Freund?«

»Fühlen Sie sich schuldig?«

»Sind Sie und Jonathan Kingston ein Liebespaar?«

»Miss van Aerssen, hallo?!«

Die Journalisten bombardierten mich mit Fragen und hielten mir immer wieder ihre flauschigen Mikrofone so nah ans Gesicht, dass ich beinahe dagegenstieß. Eine dicke Beule konnte ich momentan so gar nicht gebrauchen. Ich fühlte mich total unwohl dabei, so belagert zu werden. Sie waren die Raubtiere und ich war das Schnitzel, das versuchte wegzulaufen.

Übrigens, Schnitzel können nicht laufen.

Ich antwortete auf keine der Fragen, wie Mr Brown es mir immer empfahl, wenn ich mich in einer stressigen Situation befand. Er meinte, dass man dann nur Unsinn erzähle, und vermutlich hatte er recht damit. Mr Brown wusste immer, wovon er sprach. Er hatte eine Menge Erfahrung und ich war froh, dass er mich unterstützte. Ich denke, dass er bisher der einzige Parlamentarier war, der wirklich an mich glaubte.

Vorbei an den Reportern huschte ich in den Flur vor dem Gerichtssaal. Dort warteten meine Grandma, Nate, Matt und Mr Brown bereits auf mich.

»Pünktlich wie eine Sonnenuhr«, sagte Mr Brown und tätschelte sanft meine Schulter.

»Hey, wir haben noch fünf Minuten. Ich bin ja wohl mehr als pünktlich«, witzelte ich, um meine Anspannung zu verbergen, auch wenn mir durchaus bewusst war, dass ich das vor meinen Freunden nicht musste.

»Mach dich nicht verrückt, mein Kind. Du machst das schon«, versuchte Grandma mich zu beruhigen. Sie nahm mich fest in den Arm und strich mir übers Haar. Ich atmete tief ein und aus.

»Okay, ich bin so weit«, sagte ich, als ich mich aus der Umarmung löste.

»Sei einfach du selbst, Alpha. Mehr brauchst du nicht zu tun«, sagte Nate, bevor auch er mich kurz drückte.

»Vergiss aber nicht, was wir besprochen haben«, erinnerte mich Matt kurz an unser Telefonat von vorhin. Ich nickte zur Antwort. Dann betraten wir den Saal, der sehr klassisch anmutete. Die gepolsterten Stühle wurden durch eine Massivholzabtrennung von den Plätzen der Kläger und Angeklagten abgetrennt. Auch das Richterpult war aus dunklem Holz und mit Schnitzereien verziert. An der Decke befand sich filigraner Stuck, in den Blumen und Tiere eingearbeitet worden waren. Ein riesiger Kronleuchter erhellte den Raum und tauchte ihn in ein orangenes Licht. Ein roter Teppich führte mich zu der Zeugenbank, auf der ich warten würde, bis man mich für meine Aussage aufrief.

Zuerst sagte eine Journalistin aus, die wie ich ebenfalls von einem Streifschuss getroffen worden war. Aber Gott sei Dank war, bis auf Aaron und zwei Kameramänner, niemand so richtig schwer verletzt worden. Einer der Kameramänner war bereits nach ein paar Tagen außer Lebensgefahr gewesen, der andere, Raymond Wheeler, hatte es leider nicht geschafft. Er war bei der OP gestorben, bei der man ein Projektil aus seiner Lunge entfernt hatte. Seine inneren Verletzungen waren einfach zu schwer gewesen. Ich hatte seiner

Familie einen Brief geschickt, in dem ich versuchte, mein Beileid auszudrücken. Das Schicksal dieses Mannes hatte mich tief berührt und bedrückt. Gleichzeitig war ich froh, dass nicht noch mehr Menschen durch die Schießerei ums Leben gekommen waren. Bisher. Aaron lag ja noch immer im Koma.

»Ich rufe, den Angeklagten, Joe Smith, in den Zeugenstand.«

Mein Herz blieb für eine Sekunde stehen, als die Staatsanwältin, Rachel Carter, den Schützen aufrief. Joe Smith erhob sich von seinem Sessel und ging hinüber zu dem Richterpult, neben dem der Platz war, an dem man seine Aussage machte.

Ihn ohne Maske zu sehen, nahm ihm die Anonymität und zeigte ihn als das Monster, das er war. Sein Gesicht hatte ich bisher nur aus der Zeitung gekannt. Bei dem Attentat hatte ich durch die Maske nur seine Augen gesehen. Mit einer Eiseskälte im Blick fixierte er mich, sodass mir das Blut in den Adern gefror. Ich konnte keinerlei Regungen in seinem Gesicht erkennen. Dieser Mann war einfach gefühlstot.

Er leistete seinen Eid und schon begann das Kreuzverhör.

»Mr Smith, ist es richtig, dass Sie am 29. November des letzten Jahres eine Waffe im *Weapons Inn* kauften?«, fragte Mrs Carter den Angeklagten, der direkt nickte, aber nur mit einem einfachen »Ja« antwortete.

»Gut. Ist es auch richtig, dass Sie geplant hatten damit Miss van Aerssen zu erschießen?«, fragte sie mit erhobener Stimme. Wieder nickte Joe Smith und antwortete nur mit einem einfachen »Ja«.

»Mr Smith. Warum wollten Sie Miss van Aerssen töten? Sie kannten Sie doch nicht. War es, weil Sie glauben, eine Frau könnte niemals ein Land regieren? Immerhin sind Sie durch Gewalt an Frauen schon öfter aufgefallen.« Mrs Carters Stimme wurde mit jedem Wort stärker. Man sah ihr an, wie sehr sie Joe Smith hinter Gitter sehen wollte für das, was er getan hatte.

»Einspruch! Spekulation!«, rief der schmierige blonde Anwalt der Verteidigung dazwischen, was Rachel mit den Augen rollen ließ.

»Stattgegeben. Streichen Sie die letzte Frage aus dem Protokoll. Mrs Carter, bitte formulieren Sie Ihre Frage erneut«, entgegnete die Richterin. Erst jetzt fiel mir auf, welch große Ähnlichkeiten sie mit Anila hatte. Mit ihrer braunen

Haut, ihren dunklen Locken und den weichen Gesichtszügen hätte die Richterin ohne Weiteres als die Mutter der Prinzessin von Paras durchgehen können. Oder zumindest als eine etwas ältere Tante.

»Warum wollten Sie Miss van Aerssen töten, Mr Smith?«, fragte Rachel Carter stattdessen. Ihre Frage holte mich aus meinen Gedanken zurück in den Gerichtssaal. Mir wurde gerade bewusst, dass es wirklich und wahrhaftig ich war, die er tot sehen wollte. Ein kalter Schauer lief mir über den Rücken.

»Ich wollte nicht, dass sich was ändert«, antwortete Joe Smith.

»Was sollte sich nicht ändern, Mr Smith?«

»Die Regierung. Ich mag den König. Und nur weil diese kleine Hure aufgetaucht ist und die ganzen Prinzen verführt hat, ist sie noch lange keine Königin.« Joe Smiths Stimme war mindestens genauso ausdruckslos wie sein Gesicht. Es machte mich beinahe wahnsinnig zu wissen, dass er log. Ferkel musste ihn engagiert haben, sonst hätte Aaron doch nicht vorher von dem Attentat gewusst. Immerhin hatte er mich angefleht nicht ans Podium zu treten und sich im rechten Moment vor mich geworfen.

»Sie haben alleine und nicht unter Auftrag gehandelt?«, fragte Mrs Carter und Mr Smith schüttelte den Kopf. Jetzt wurde es interessant.

»Ich habe das alles alleine geplant und getan.« Nun verzog er seinen eingefallenen Mund zu einem leichten Lächeln. Mir wurde schlecht.

Ferkel musste ihm wirklich eine Menge Geld geboten haben, damit dieser angebliche Joe Smith ihn nicht verriet.

»Wenn Sie wirklich völlig alleine gehandelt haben, wie sind Sie dann unbemerkt mit einem so großen Gewehr in den Saal der Pressekonferenz gelangt? Soweit man mich korrekt informiert hat, musste jeder Gast zuvor durch einen Metalldetektor.«

Das wüsste ich auch gern.

»Das ist richtig, aber ich habe mich als Wachmann ausgegeben und mich so in den Palast geschmuggelt, bevor der Metalldetektor aufgebaut wurde. Dann musste ich einfach nur noch warten.«

Seine Augen wanderten immer wieder von Rachel Carter zu mir. Und jedes Mal, wenn sie bei mir ankamen, fuhr mir ein eisiger Schauer den

Rücken hinab. Er wollte sehen, wie ich reagierte. Wie unangenehm es mir war, hier sitzen zu müssen und mir anzuhören, dass er mich tot sehen wollte. *Gott, bin ich froh, wenn das hier vorbei ist.*

Obwohl es mich wunderte, dass er alles so bereitwillig zugab. Klar hatte er einen Eid geschworen. Aber waren wir doch mal ehrlich. Würde jemand wie er sich daran halten? Ich glaubte nicht.

Ihm musste doch klar sein, dass er für Totschlag und versuchten Mord lebenslänglich hinter Gitter wandern würde. Außer er war sich sicher, dass alles anders verlaufen würde. Vielleicht hatte Ferkel ihm falsche Versprechungen gemacht. Vielleicht hatte er ihm aber auch so viel Geld bezahlt, dass er sich ein sehr komfortables Leben im Gefängnis leisten konnte. Wir würden es noch sehen.

»Eine letzte Frage schwirrt mir noch im Kopf herum. Haben Sie bereits vorher versucht Alpha van Aerssen zu töten? Beim traditionellen Halloweenball zum Beispiel?«

Ich wurde hellhörig, denn bisher hatte die Polizei nicht klären können, wer es gewesen war, der versucht hatte mich mit Tollkirsche zu vergiften.

»Ja, das habe ich«, antwortete der Angeklagte kurz. Seine Augen strahlten zum ersten Mal etwas anderes als kühle Bosheit aus. Überraschung.

Denn er wusste, dass er es nicht gewesen sein konnte, außer er hatte interne Quellen im Königshaus. Das wiederum würde aber belegen, dass sein Motiv gelogen war. Ich warf einen kurzen Blick über die Schulter. Auch Nate und Matt hatten seinen Fehler im Gegensatz zu Rachel Carter und der Richterin bemerkt. Nate nickte kurz. Matt hingegen schien überrascht und schockiert zugleich zu sein. Damit hatte er vermutlich genauso wenig gerechnet wie ich.

»Ich habe keine weiteren Fragen, Euer Ehren«, sagte Rachel Carter und setzte sich an ihren Platz zurück.

Die Richterin nickte und Joe Smith wurde von zwei Wachmännern wieder an seinen Platz geführt. Der ältere blonde Anwalt zu Joe Smiths Linken stand auf und räusperte sich.

»Als Nächstes würde ich gerne die kleine Alpha van Aerssen in den Zeugenstand rufen.«

Kleine? Das hatte mir den schmierigen Kerl vor mir gerade noch unsympathischer gemacht. Auf dem Weg durch den Saal, an den Anwaltstischen vorbei, sah ich ihn mir genauer an.

Der karierte Anzug des Anwalts hatte bereits bessere Zeiten gesehen. Genau wie sein Gesicht.

Es war eingefallen und seine grauen, ausdruckslosen Augen schimmerten leicht gelblich. Die Haare hatte er mit so viel Gel bearbeitet, dass sie so schmierig glänzten, als könnte man darauf ausrutschen. Vermutlich hatte er solche Angst, dass sie ihm ausfielen, dass er sie festkleben musste.

Der Stuhl des Aussageplatzes war hart und noch warm vom Hinterteil des seltsamen Schützen. Na klasse, sie legten es wohl absichtlich darauf an, dass man sich hier unwohl fühlte.

»Alpha, erzähl uns doch zuallerallererst ein bisschen was über dich.«

Seine Stimme war tief und rauchig.

»Meine Mandantin Miss van Aerssen ist die Erbin des gelarischen Throns. Ich bitte Sie, Mr Omney, sie mit etwas mehr Respekt zu behandeln.«

Die Richterin nickte zustimmend und auch ich war froh darüber, dass meine Anwältin direkt einschritt.

»Ich bin Alpha van Aerssen. Am 3. Dezember 1999 bin ich in Antira geboren. Auf dem Hof meiner Grandma. Da wohne ich auch noch. Meine Eltern sind beide tot, aber das wissen Sie ja schon. Ich mache gerade am Westby-Internat meinen Abschluss«, antwortete ich. Die Nervosität in meiner Stimme war nicht zu überhören. Er grinste. Sein Grinsen war ekelhaft und anzüglich.

Hatte ich schon gedacht, wie froh ich war, wenn ich hier rauskam?

»Sind Royland van Aerssen und Ceres Grodir deine ... ich meine Ihre leiblichen Eltern?«

»Ja, Royland und Ceres van Aerssen sind meine leiblichen Eltern«, antwortete ich, so selbstbewusst ich konnte.

»Sie sagen das ja, als wären sie verheiratet gewesen«, merkte der Anwalt an. Er dachte, er hätte mich. Falsch gedacht.

»Ja, das waren sie. Sie haben kurz vor meiner Geburt heimlich geheiratet.

Aber ich weiß auch gar nicht, was das zur Sache tut«, sagte ich unschuldig und konnte mir ein Lächeln nicht verkneifen.

»Ja, das frage ich mich ebenso.« Die Stirn der Richterin runzelte sich, während sie den schmierigen Anwalt betrachtete.

»Und gibt es Beweise dafür? Eine Heiratsurkunde zum Beispiel?«, fragte er, als erwartete er ein Nein als Antwort. Ein Nein würde nur jemand erwarten, der wusste, dass sie bei dem Einbruch vor einem halben Jahr nichts gefunden hatten. Damit war zumindest mir klar, dass nicht Nates Vater hinter alldem steckte, sondern mein eigener Stiefvater. Dieser verdammte Arsch.

»Ja, die gibt es. Das antiranische Königshaus hat sonst auch einen DNA-Test veranlasst, der bestätigt, dass sie meine Eltern sind ... waren. Aber mir ist immer noch nicht klar, warum Sie das wissen wollen. Hier geht es nicht um mich, sondern um Ihren Mandanten, der etliche Menschen verletzt und sogar jemanden getötet hat.«

Der selbstbewusste Ausdruck verschwand aus seinem Gesicht.

»Na ja. Ich dachte nur, dass es naheliegend gewesen wäre als Motiv, wenn Sie nicht die Tochter Ihrer Eltern wären.«

Was er sich da zusammenreimte, war völliger Humbug. Was hatte er denn gedacht? Dass er nebenbei noch einen Megaskandal aufdecken könnte? Ich hatte nichts zu verbergen ... Na ja, nichts, außer dass ich wusste, wer hinter allem steckte, aber das würde früher oder später sowieso ans Licht kommen.

»Das Motiv hat der Angeklagte doch längst zu Protokoll gegeben«, warf Rachel Carter ein und die Richterin nickte.

»Aber finden Sie es nicht auch äußerst verdächtig, dass Miss van Aerssen nur zwei Tage, nachdem Neil R. Calley Anspruch auf den gelarischen Thron erhoben hat, auftauchte?«

Moment, noch jemand hatte Anspruch auf den Thron erhoben? Warum wussten wir davon nichts? Ich sah zu Nate und Matt hinüber. Beide waren bleich geworden. Einen weiteren Rivalen konnte ich nun wirklich nicht gebrauchen.

»Woher wissen Sie das? Mir sind derartige Nachrichten nicht bekannt«, fragte Rachel Carter misstrauisch.

»Von einem Insider aus dem gelarischen Parlament. Er bevorzugt es, unbekannt zu bleiben.« Das konnte ich mir vorstellen.

»Mr Omney, wenn Sie mir nicht gleich sagen, was das mit der Verhandlung um Joe Smith zu tun hat, lasse ich den Verlauf aus dem Protokoll streichen.«

Der schmierige Anwalt, Mr Omney, schluckte nickend. Er machte eine Geste, die erkennen ließ, dass er zu dem Thema nichts mehr zu sagen hatte.

»Gut, dann führen Sie die Befragung der Zeugin bitte fort.«

***

Nachdem ich die Tatumstände genau zu Protokoll gegeben hatte, durfte ich zurück auf meinen Platz im Publikum. Der Rest der Verhandlung zog sich so dermaßen, dass ich mich zusammenreißen musste nicht ständig abzuschweifen. Meine Gedanken wanderten immer wieder zu Aaron zurück.

Was würde er wohl aussagen, wenn er hier wäre? Würde er die Wahrheit sagen? Hatte er wirklich gewusst, dass es ein Attentat auf mich geben sollte, oder hatte er es nur vermutet? Innerlich hoffte ich auf Zweiteres, auch wenn ich wusste, dass es im Grunde keinen Unterschied machte.

Am Ende der Verhandlung verurteilte die Richterin Joe Smith zu fünfunddreißig Jahren Haft wegen Totschlags, versuchten Mordes und mehrfacher schwerer Körperverletzung.

Alle standen auf und verließen den Gerichtssaal stumm und geordnet. Die Stimmung war gedrückt, obwohl wir gerade gewonnen hatten. Na ja, zumindest glaubten das die meisten. Noch wusste niemand, dass hinter alldem viel mehr steckte als die Unzufriedenheit eines Einzelnen. Das Attentat hatte seine Spuren hinterlassen. Die Schicksale der Betroffenen überschatteten unseren kleinen Sieg.

Als ich durch die Tür auf die Straße trat, atmete ich auf. Der Himmel war noch immer dunkelgrau und versprühte ungefähr so viel Freude wie die Gerichtsverhandlung. Draußen warteten meine Freunde schon auf mich. Sogar Cosmo war da, was mir ein Lächeln auf die Lippen zauberte.

Ihn hatte ich in letzter Zeit weniger gesehen. Er hatte mich hin und wieder angerufen, um zu hören, wie es mir ging, und mir ein paar miese Witze zu erzählen. Nach dem Attentat hatte das antiranische Königshaus ein neues Sicherheitsteam zusammengestellt und Cosmo die Leitung angeboten, doch er hatte abgelehnt. Er wolle zurück zur Polizei. Dank Nates Empfehlung hatte er bei der antiranischen Polizei direkt einen Job als leitender Detective Inspector bekommen. Dadurch hatte er allerdings eine Menge um die Ohren.

Ich ging auf ihn zu und nahm ihn in die Arme.

»Ich dachte, du kommst nicht, du alter Lügner«, witzelte ich.

»Tja, wo kämen wir denn hin, wenn ich dich nicht mehr mit irgendwas überraschen könnte?«, antwortete Cosmo.

»Als ob ich es mir entgehen lasse, meine Lieblingsthronanwärterin abzuholen, die gerade einen Mörder dingfest gemacht hat.«

»Ganz so war es aber nicht«, warf Matt ein.

»Irgendwie schade. Ich wäre manchmal gern Ermittlerin geworden«, sagte ich grinsend.

»Verabschiede dich noch nicht von dem Gedanken, wir wissen noch nicht, inwieweit es stimmt, was der Verteidiger angedeutet hat.« Nates Worte zerbrachen die lockere Atmosphäre.

»Stimmt. Kennt jemand von euch diesen Neil R. Calley?« Matt versuchte seine Neugierde so beiläufig wie möglich klingen zu lassen. Er scheiterte. Jeder, der Matt kannte, wusste, dass er immer alles wissen wollte.

»Calley? Was hat er damit zu tun?« Cosmos Augen hatten sich geweitet, als Matt den Namen des anderen Thronanwärters in die Runde warf.

»Er hat wohl kurz vor der Pressekonferenz Anspruch auf den gelarischen Thron erhoben. Wieso, kennst du ihn?«, fragte ich.

»Ja. Ich meine nein. Nur vom Hörensagen. Er klang nett.« Cosmo klang nicht besonders überzeugend. Was daran machte ihn so nervös?

Ich zog meine Augenbrauen hoch, damit er wusste, dass ich ihm nicht glaubte.

»Cosmo? Wir sind deine Freunde. Es ist ja nicht so, dass wir es nicht merken, wenn du uns etwas verheimlichst«, mahnte Nate.

Cosmo seufzte. »Na gut. Es ist nichts Großes. Mein Vater hat früher mal für die Familie Calley gearbeitet. Allerdings haben sie sich mal verkracht, weshalb er nie wieder zu ihnen zurückgefahren ist.«

»Weißt du weshalb?«, fragte Matt. Seine lockigen Haare ließen nur durch ein paar Strähnen erkennen, dass er seine Stirn runzelte.

»Ich weiß nicht, worum es dabei ging, ich weiß nur, dass sie vermutlich nicht so gut auf mich zu sprechen wären.«

»O Mann«, sagte ich.

Das konnte ja was werden.

KAPITEL 6

Als mein Wecker mich aus meinem traumlosen Schlaf holte, stöhnte ich auf und zog mir das Kopfkissen aufs Gesicht.

Am liebsten wäre ich liegen geblieben und hätte einfach verschlafen, aber dafür war der Tag eindeutig zu wichtig.

Heute würde sich das gelarische Parlament zum ersten Mal treffen und entscheiden, wie es weiterging, wann meine Krönung anstand und welche Projekte wir in den nächsten Monaten umsetzen wollten.

Mr Brown und Nate hatten mich in den letzten Wochen mehr als einmal durchspielen lassen, wie das heute laufen könnte.

Eigentlich war der Zweck dieser Übung gewesen, mir die Aufregung und die Angst zu nehmen. Doch wenn ich nur daran dachte, dass sich heute herausstellen würde, wie die Parlamentsmitglieder mich fanden, zitterte ich.

»Reiß dich zusammen, Alpha! Du bist noch dieselbe wie vor acht Monaten. Wenn sie dich nicht als Königin wollen, dann geht dein Leben weiter wie zuvor«, sagte ich zu mir selbst, während ich mich anzog.

Nur leider wusste mein inneres Ich, dass ich mich gerade selbst belog. Ich war nicht mehr dieselbe Alpha, die ich zu Beginn meines Abschlussjahres gewesen war, dafür war zu viel passiert. Ich hatte mich verändert.

Ich wollte in die Fußstapfen meines Vaters treten, so wie meine Mutter es sich gewünscht hatte. Ich wollte etwas verändern. Das musste ich heute zeigen.

***

Um Punkt acht klingelte es an der Tür, nur leider war ich noch nicht fertig. Schnell warf ich meine Kosmetikprodukte in meinen Rucksack und sprang die Stufen der alten Treppe hinunter. Meine Grandma stand gerade am Herd und bereitete ein köstlich riechendes Rührei zu. Wie schade, dass ich dafür keine Zeit mehr hatte.

»Nicht so schnell, sonst brichst du dir noch beide Beine«, rief sie aus der Küche.

»Geht schon«, rief ich zurück, während ich unsere rustikale Haustür aufschloss.

»Heyyy, Mr Brown. Schön, dass Sie da sind.«

»Es ist mir eine Freude, Sie abholen zu dürfen. Aber Sie sind ja noch gar nicht fertig«, stellte er fest.

»Kommen Sie doch kurz herein, während ich meinen Blazer suche.« Am Ärmel seines Mantels zog ich ihn auf unseren kleinen Flur.

»Sie müssen Ihren Blazer noch suchen? Das heißt, dass Sie gar nicht wissen, wo er ist?« Mr Brown schüttelte den Kopf. Bevor er mich dafür weiter zurechtstutzen konnte, wedelte Grandma mit ihrem Rührei vor seiner Nase herum. Schnell rannte ich ins Badezimmer zurück, weil ich mir sicher war den Blazer dort vergessen zu haben. Hatte ich nicht.

Die Suche erstreckte sich nun auch über mein und Grandmas Zimmer, bis ich ihn dann auf dem Bügelbrett in Grandmas Bücherzimmer fand.

Sie hatte ihn noch mal gebügelt. Ich war heilfroh, denn das Bügeleisen und ich standen auf Kriegsfuß.

Schnell warf ich ihn über, rückte meine Bluse zurecht und lief schleunigst die Treppe hinunter, zurück zu Mr Brown.

»So, ich bin fertig«, sagte ich, während ich meine schwarzen Lieblingsstiefeletten anzog.

Mr Brown stellte den nur zur Hälfte geleerten Teller neben die Spüle. Grey witterte seine Chance und sprang hinterher. Der alte Kater liebte Rührei schon immer. Als Kind habe ich immer heimlich Rühreiflocken unter den Tisch fallen lassen und so mit ihm geteilt. Vermutlich hatte ich ihn damit abhängig gemacht.

Jetzt funkte allerdings meine Grandma dazwischen und hielt die Katze davon ab, Mr Browns Teller leer zu fressen.

»Grey, runter. Du weißt, die Arbeitsplatte ist für dich tabu«, sagte sie und kraulte ihn hinter dem Ohr. Der Kater schnurrte, schenkte dem Teller zum Abschied noch einen sehnsüchtigen Blick und sprang dann ganz brav von der Arbeitsplatte.

»Guuutes Kätzchen«, sagte ich und streichelte meinen schnurrenden kleinen Freund.

Währenddessen hatte Grandma das Rührei aus der Pfanne und vom Teller in zwei Tupperbehälter gefüllt und Mr Brown in die Hand gedrückt.

»Bitte passen Sie auf, dass sie frühstückt. Notfalls zwingen Sie sie. Haben Sie mich verstanden?« Der ernste Ton, in dem Grandma Mr Brown die Ansage machte, passte nicht zu ihrem fröhlichen Gesicht.

»Ich gebe stets mein Bestes«, verkündete er und verzog seinen grauen Bart zu einem zauberhaften Lächeln. Manchmal bekam ich das Gefühl, dass er ein wenig auf meine Grandma stand. Wundern würde es mich nicht. Mehr Powerfrau als sie war einfach nicht möglich.

Ich hoffte inständig, ich würde irgendwann wie sie werden.

Wir verabschiedeten uns und verließen das Haus. Draußen schlug mir ein eiskalter Wind entgegen. Obwohl der Frühling mit jedem Tag ein Stück näher kam, war es noch immer richtig kalt. In manchen Regionen Gelarias und Antiras schneite es noch immer regelmäßig. Der Klimawandel hatte es wohl auf uns abgesehen.

Meinen dunklen Mantel zog ich enger um mich, bis wir die schwarze Limousine am Ende der Auffahrt erreichten. Hector saß bereits neben dem schmalen Chauffeur und wirkte im Gegensatz zu ihm wie eine Wand.

Er drehte sich kurz zu uns um und nickte zur Begrüßung. Hector gehörte nicht zur gesprächigsten Sorte Mensch. Manchmal bezweifelte ich sogar, dass er überhaupt unsere Sprache sprach.

Vielleicht war er mal gefoltert worden und man hatte ihm die Zunge herausgeschnitten. Mich schauderte es.

»Ich habe Ihrer Großmutter versprochen, dass Sie etwas essen, bevor die Sitzung beginnt. Hier, nehmen Sie das.«

Mr Brown reichte mir eine von den Tupperdosen und Gabeln, die Grandma ihm vor dem Gehen in die Hand gedrückt hatte.

»Lassen Sie sie bloß nicht hören, dass Sie sie Großmutter genannt haben. Das hört sie gar nicht gerne. Sie fühlt sich dann älter, als sie ist«, antwortete ich. Mr Brown schenkte mir ein warmes Lächeln.

»Das passt zu ihr. Sie findet immer für alles einen Grund«, erwiderte er.

Dann öffnete auch er die Tupperschale mit Rührei, die vor ihm auf dem Schoß stand, und begann zu essen. Während wir dasaßen und unser noch lauwarmes Frühstück aßen, schwiegen wir.

Gleich würde ich noch genug zu reden haben.

***

Als die Limousine vor dem altehrwürdigen Parlamentsgebäude hielt, wurde ich nervös. Es wirkte irgendwie bedrohlich, als wäre es alles, nur nicht mein Freund.

Dort drinnen warteten dreiundzwanzig Parlamentsmitglieder und Nates Vater, der antiranische König, auf mich. Mindestens fünfzehn der Parlamentsmitglieder musste ich auf meiner Seite haben, um den Vertrag zu lösen. Zumindest stand das so im Kleingedruckten des Vertrages.

Sobald der Vertrag gelöst war, würde ich im Laufe des Jahres zur Königin werden. Königin. Ich. Das war mehr als seltsam. Hätte man mir vor einem Jahr gesagt, wo ich heute stand, hätte ich gelacht. Aber da war ich nun.

Ich hatte keine Ahnung, ob ich bereit war oder nicht, aber ich musste hier jetzt durch.

Wild entschlossen stieg ich aus dem Wagen und lief mit großen, kraftvollen Schritten die Treppenstufen zu dem Gebäude hinauf. Da die Landschaft hier recht hügelig war, waren es nicht wenig. Die Ernüchterung folgte direkt, als ich oben ankam. Zwar hatte ich Mr Brown abgehängt, allerdings war ich nun ganz außer Atem und schwitzte. Ganz toll.

Memo an mich: Nächstes Mal nicht so übermütig an die Sache herangehen.

Mr Brown näherte sich mir zügig. Er schien aber weder zu schwitzen noch außer Atem zu sein.

»Sie müssen sich besonnen und ruhig verhalten. Sonst kommen Sie nicht an Ihr Ziel«, tadelte er mich. Natürlich hatte er recht.

»Verstanden. Besonnen und ruhig.«

Mr Brown hielt seinen Parlamentsausweis vor den Scanner, um sich zu identifizieren. Bereits nach wenigen Sekunden ertönte ein elektrisches Surren und die Tür öffnete sich automatisch. Viel Technik hatte ich bei so einem alten Gebäude ehrlich gesagt nicht erwartet.

Mr Brown war mein überraschter Blick aufgefallen.

»Das ist neu. Es wurde erst kurz vor eurer Offenbarung installiert«, erklärte er.

Wir traten ein und augenblicklich fühlte ich mich nach Westby zurückversetzt. Um genau zu sein, in die Bibliothek. Ich konnte schon auf den ersten Blick eine Menge Gemeinsamkeiten feststellen. Der karierte Fliesenboden, die verzierte Stuckdecke und die Inszenierung von Kunst waren beinahe identisch. Wenn da nicht ein und derselbe Innenarchitekt am Werk gewesen war, wusste ich auch nicht weiter.

Ein unfreundlich dreinblickender Mann in Anzug kam zu uns und nahm uns die Mäntel ab. Er informierte uns außerdem, dass das Zusammentreffen in Saal 3 stattfand, weil Saal 1 zurzeit renoviert wurde.

Mr Brown dankte ihm höflich und führte mich dann durch die große und bis auf eine Handvoll Bodyguards leere Eingangshalle.

Unsere Schritte hallten wie in einer Tropfsteinhöhle und ich fühlte mich klein. Vor einer massiven Tür aus braunem Holz blieben wir stehen.

Für den Bruchteil einer Sekunde rutschte mir das Herz in die Hose. Das war der Moment, in dem sich die Tür vor uns auftat und den Blick auf dreiundzwanzig mit Anzügen bekleideten Menschen freigab, die wie in der Grundschule in einem Stuhlkreis saßen. Die Wände waren mit Folien behangen und der Geruch von frischer Farbe kroch mir in die Nase.

Offenbar wurde zurzeit nicht nur Saal 1 renoviert.

Lord Triburry stand auf, nachdem wir uns zu den anderen Parlamentsmitgliedern gesetzt hatten, und begrüßte die Runde.

»Meine Dame, meine Herren, wir sind nun vollzählig hier versammelt, um den vor zwanzig Jahren geschlossenen Vertrag zu lösen.«

Ein leises Raunen ging durch den Saal, nachdem er diese Worte gesprochen hatte. Einige Mitglieder begannen förmlich zu klatschen und ein paar weitere stimmten zögerlich mit ein. Der Rest der Versammlung hielt sich zurück und beäugte mich misstrauisch.

Gott, hoffentlich würde Lord Triburry ein gutes Wort für mich einlegen.

Ein kleiner Herr mit einer dicken Brille meldete sich zu Wort.

»Müsste es nicht aber heißen: ›den Vertrag zu erfüllen‹?«, fragte er kleinkariert. Ich musste mich etwas zurückhalten nicht mit den Augen zu rollen.

»Wortwahl hin oder her, erst mal müssen wir ermessen, ob es überhaupt hierzu kommt«, schaltete sich ein vergleichsweise junger Mann mit dunklen Haaren und Vollbart ein. Ich schätzte ihn so um die fünfzig. Selbstbewusst und mit überschlagenen Beinen saß er in seinem blauen Nadelstreifenanzug auf dem lächerlichen Metallstuhl. Es wirkte beinahe, als wäre es sein Thron. Ich schluckte, als ich ihn erkannte. Es war Adalmar Kingston, der Vater von Nate und Matt. König von Antira.

Bisher war ich ihm nicht begegnet. Das hatte Nate zu verhindern gewusst. Uns allen war klar, dass der antiranische König kein Fan von mir war und insgeheim gehofft hatte den Vertrag niemals erfüllen zu müssen.

Er hieß es absolut nicht gut, dass seine Söhne mit mir befreundet waren und die ganze Sache mit dem Erbe und dem Vertrag ins Rollen gebracht hatten.

»So wie ich das sehe, ist die junge Alpha van Aerssen die nachgewiesene Tochter von König Royland. Er heiratete Ceres Grodir heimlich und aus Liebe. Es gibt sogar ein paar Fotografien von der kleinen Familie, weil Alpha bereits kurz vor dem Attentat auf ihren Vater zur Welt kam«, brachte Mr Brown mit ruhiger Stimme in die Runde.

»Wenn das Ergebnis des DNA-Tests denn der Wahrheit entspricht«, sagte Mr Hollis.

»Wollen Sie etwa andeuten, dass der vom antiranischen Königshaus angeforderte Test fehlerhaft ist?«, fragte der kleine Brillenträger mit seiner quietschenden Stimme. Ich hatte mich kurz gefragt, woran sie mich erinnerte. Es waren diese Quietschetiere für Hunde. Ein wirklich unangenehmes Geräusch.

»Nein, ich gebe zu bedenken, dass er gefälscht sein könnte.«

»Ich bin offenkundig kein Freund von Miss van Aerssen, aber die Forschungsabteilung des antiranischen Königshauses ist eine der besten Europas. Dort etwas zu verfälschen gleicht einem Beweis der Existenz für Area 51. Ich befürchte eher, dass ein Mädchen aus solch einfachen Verhältnissen der Aufgabe, ein Land zu regieren, nicht gewachsen ist.« In dem Moment, in dem König Adalmar sprach, lagen alle Augen auf ihm.

»Das sehe ich ebenso!«, pflichtete ihm der vorlaute Lord Hollis bei.

Einige Parlamentsmitglieder stimmten mit ein.

»Aber, aber, meine Herren, ich bitte Sie zur Ruhe zu kommen«, bat ein Mann mit weißen Locken und einer winzigen Nickelbrille. Dunkel erinnerte ich mich an ihn. Das musste Mr Jurik sein. Ich war ihm auf einem der Termine begegnet, zu denen mich Mr Brown und Nate geschleift hatten, um für mich zu werben. Hatte offenbar gut funktioniert.

»Weshalb steht der junge Mr Calley nicht mehr zur Debatte? Soweit mir bekannt ist, haben Sie seinen Anspruch als gelarischen Thronfolger geprüft und ihn als geeigneten Kandidaten befunden«, fragte König Adalmar. Lord Triburry, der zurzeit den Vorsitz des Parlaments innehatte, antwortete sofort.

»Es ist wahr, dass wir dem stattgegeben haben, mit dem Vorbehalt, eventuelle andere indirekte Erben ebenfalls zu prüfen. Er ist beim Volk sehr beliebt und hat sich schon für viele gute Aktionen eingesetzt, das ist wahr, weshalb wir ihn nach wie vor im Repertoire halten. Allerdings ist Miss van Aerssen eine direkte Erbin und laut unserer Gesetze ist sie damit vorrangig zu berücksichtigen. Wenn die Mehrheit des Parlaments für sie stimmt, wird sie sofort Königin und kann nur im Falle einer einstimmigen Ablehnung durch das Parlament enthoben werden«, erklärte er.

Calley war also nach wie vor im Spiel? Wie reizend.

Das hieß, ich musste das Volk und das Parlament von mir überzeugen und diesen ominösen Neil Calley ausstechen. Nichts leichter als das, vielleicht sollte ich nebenbei noch Tanzstunden nehmen oder einen U-Boot-Führerschein machen. Wer wusste schon, wofür das noch gut war?

Etwas zögerlich hob ich meine Hand und Triburry nickte mir zu, während König Adalmar mich kalt wie ein Eisklotz anstarrte.

»Ich würde mich auch gerne dazu äußern, wenn ich darf«, bat ich vorsichtig, aber trotzdem selbstbewusst. Nate hatte mir beigebracht, egal wo ich war, ich musste zumindest selbstbewusst aussehen.

»Natürlich, Miss van Aerssen.« Mr Triburry räumte mir den Platz in der Mitte ein und setzte sich zurück auf seinen Stuhl.

Langsam erhob ich mich und nahm den Platz ein, an dem Mr Triburry vor ein paar Sekunden noch stand.

Ich richtete mich auf und achtete darauf, die Arme nicht zu verschränken und vor allem gerade zu stehen.

»Meine Herren«, begrüßte ich die Parlamentsmitglieder noch einmal offiziell.

»Ich bin mir bewusst, dass die meisten von Ihnen mir noch nicht besonders viel zutrauen. Das verüble ich keinem von Ihnen. Vermutlich würde es mir an Ihrer Stelle genauso gehen. Sie kennen mich noch nicht, im Gegensatz zu Mr Calley, aber ich versichere Ihnen, dass ich alles tun werde, um in die Fußstapfen meines Vaters zu treten. Zwar habe ich nicht das Glück gehabt, ihn selbst kennenzulernen, aber nach allem, was ich nun über ihn erfahren habe, weiß ich, dass er ein ganz besonderer Mensch war, dem sein Volk sowie seine Familie am Herzen lagen. Ich gebe Ihnen mein Wort, dass ich alles dafür tun werde, damit es dem Volk besser geht.«

Nun konnte man im Saal buchstäblich Grillen zirpen hören. Die Männer sahen mich verdattert an. Dann ergriff Mr Triburry erneut das Wort.

»Gut, dann würde ich Sie nun zur Abstimmung bitten. Bis auf Miss van Aerssen selbst sind alle im Raum stimmberechtigt. Jeder hat eine Stimme, die er für oder gegen Miss van Aerssen einsetzen kann. Die Umbaumaßnahmen zwingen uns dazu, von unserer normalen Wahlstruktur abzuweichen. Stift und Zettel finden Sie unter Ihren Stühlen. Nachdem Sie sich nach bestem Wissen und Gewissen für eine der zwei Möglichkeiten entschieden haben, falten Sie den Zettel zusammen und werfen ihn in die Wahlurne, die ich nun in der Mitte des Kreises positioniere. Die Auswertung erfolgt direkt im Anschluss. Gibt es noch Fragen?«

Alle schüttelten die Köpfe und zogen dann die Mappen unter ihren Plätzen hervor und begannen mit der Abstimmung.

Nervosität kam in mir hoch. Was, wenn sie mich ablehnten? Was, wenn ich niemals die Chance bekommen würde, das Erbe meines Vaters anzutreten?

Nach nur wenigen Minuten lagen alle Stimmzettel in der Urne. Mr Triburry nahm sie an sich und begann sie vorzulesen.

»Die Frage war: Stimmen Sie dafür, Miss van Aerssen als Erbin des gelarischen Königshauses und Erfüllerin des Vertrages anzuerkennen, mit allen damit verbundenen Rechten und Pflichten?«

Er räusperte sich kurz und faltete dann den ersten Zettel auseinander. Meine Hände waren schweißnass, obwohl ich sogar ein wenig fror.

»Nein.«

Es war wie ein Faustschlag in die Magengrube. Na das ging ja gut los.

»Nein«, las er weiter.

»Nein.« Zettel Nummer drei.

»Nein.« Zettel Nummer vier.

»Ja.« In Mr Triburrys Blick konnte ich einen kurzen Anflug der Freude erkennen. Der erste Lichtblick.

»Nein.« Und direkt darauf folgte der nächste Faustschlag.

»Nein.«

»Ja.«

»Ja.«

»Nein.«

»Ja.«

»Nein.«

»Ja.«

»Ja.«

»Ja.«

»Ja.«

»Ja.«

Nach dem fünften Ja in Folge fing ich an zu schmunzeln. Sah aus, als würde es für mich doch nicht so schlecht laufen, wie ich erwartet hatte. Einige der Parlamentsmitglieder sahen sich verwundert an, andere beobachteten mich und meine Reaktionen.

»Nein.«

»Nein.«

»Ja.«

»Nein.«

»Ja.«

»Ja.«

»Nein.«

Ich wähnte mich siegessicher, bis Mr Triburry die Stirn zu runzeln begann.

»Meine Dame, meine Herren. Wir haben ein Ergebnis. Unentschieden. Zwölf stimmten für Ja, Zwölf stimmten für Nein.«

»Wie ist das möglich bei dreiundzwanzig Parlamentsmitgliedern?«, fragte der quakende, kleine Brillenträger verwundert.

»Die vertraglich festgelegte Wahlberechtigung des antiranischen Königs hat für eine Stimmengleichheit gesorgt«, antwortete Mr Triburry.

Ohne den König hätte ich es geschafft. Klar, dass er gegen mich gestimmt hatte.

»Was schlagen Sie also vor, Mr Triburry?«, fragte Nates Vater verärgert.

»Hmmm.« Der Leiter des Parlaments fing an im Kreis hin und her zu laufen, während er nachdachte.

»Zwölf Mitglieder des Parlaments sind immerhin für Miss van Aerssen. Unter normalen Umständen wäre das sogar die Mehrheit. Natürlich ist Miss van Aerssen jung und unerfahren. Sie ist zwar nicht hier aufgewachsen, hat sich aber bereits mit den Projekten ihres Vaters beschäftigt und möchte den Bürgern Gelarias helfen. Ich habe sie als eine selbstbewusste, kluge Frau kennengelernt und ich halte sie mit etwas Übung und Unterstützung durchaus dazu in der Lage, eine großartige Königin zu werden«, sprach Lord Triburry. Ich war gerührt, wie sehr er sich für mich einsetzte, und überrascht, dass er mir bereits nach nur einer Begegnung so viel zutraute.

»Deshalb wäre ich für eine erneute Abstimmung in sechs Monaten. In dieser Zeit muss sie natürlich eine Menge lernen und von wem könnte sie das besser als von ihrem größten Konkurrenten, Mr Neil R. Calley? Deshalb schlage ich als Bedingung vor, bei den Calleys zu hospitieren und zu lernen. Am

30. August gäbe es dann eine weitere, endgültige Abstimmung. Sind Sie damit einverstanden, meine Herren?«, fragte Mr Triburry bestimmt in die Runde.

Warte, was? Ich sollte in die Höhle des Löwen? Dann konnte man mich als Lamm ja direkt zur Schlachtbank führen. Konnten sie das einfach anordnen, ohne die Calleys oder mich zu fragen? Offenbar schon.

Die Parlamentsmitglieder nickten, mal mit einem begeisterten, mal mit einem weniger begeisterten Blick. Nur Nates Vater sah nicht besonders einverstanden damit aus, etwas, das er ausnahmsweise mit mir gemein hatte.

Die Versammlung endete kurz darauf. Mit einem Kopf voller Szenarien und einem unzufriedenen Bauchgefühl fuhr Mr Brown mich nach Hause. Darüber musste ich erst mal schlafen.

KAPITEL 7

Am Mittwoch, nachdem ich meine letzte Abschlussprüfung hinter mich gebracht hatte, setzte mich Mr Brown in eine schwarze Limousine. Meine Grandma hatte mir zum Abschied einen monströsen Beutel Kekse in den Rucksack gesteckt. Der Beutel war so riesig, dass man bestimmt eine ganze Familie damit ernähren konnte.

Ich konnte einfach nicht fassen, dass das Parlament mich gerade zu der Familie schickte, die mir mein Vermächtnis streitig machen wollte.

Lady Margret Calley war auf dem Grillfest so freundlich zu mir gewesen. Ich hatte sie wirklich gemocht. Und nun stellte sich heraus, dass sie die Mutter des Mannes war, der ebenfalls sein Anrecht auf den gelarischen Thron forderte. Zwar stand ich eindeutig vor ihm auf der Thronfolgerliste, falls es so eine denn gab, aber das Parlament hatte nur zu klar gemacht, für wie unwürdig es mich hielt. Na ja, das galt zumindest für viele der Parlamentsmitglieder.

Die Mehrheit war für Lord Neil Calley. Ich hatte ihn extra nicht vorher gegoogelt, damit ich nicht direkt die weiße Fahne schwenkte. Denn das Parlament hatte keinen Hehl daraus gemacht, dass sie ihn für den hilfsbereiten und überaus vornehmen Volksliebling hielten. Ich freute mich schon wahnsinnig darauf, ihn kennenzulernen. Ich würde ihn wissen lassen, was ich von ihm und seinen Ambitionen hielt.

Mir das fest vorzunehmen war das eine, es in die Tat umzusetzen das andere. Es würde schwierig werden, da ich mich bei den Calleys ja eigentlich von meiner besten Seite zeigen musste. Immerhin schickte man mich dahin, damit ich mich an das politische Leben gewöhnte und lernte, wie ich mich in Zukunft verhalten musste. Die Calleys waren in Gelaria offenbar eine sehr angesehene Familie, auch wenn das auf dem Grillfest kein bisschen so gewirkt hatte.

Sie wohnten am anderen Ende von Gelaria, direkt an der Küste. Um mich herum sah ich hügelige Felder und grüne Wiesen, die mit glitzerndem Raureif überzogen waren. Manchmal, wenn ich mich anstrengte, konnte ich durch die Felder auch das Meer unter dem Horizont erkennen. Die wundervolle Umgebung zog mich in ihren Bann, sodass die fünf Stunden Fahrt nur so dahinflogen.

Als wir die lange Kieseinfahrt hochfuhren, beobachtete ich, wie die Sonne hinter dem imposanten Gebäude versank. Sie tauchte das alte sandsteinfarbene Anwesen und all die wunderschönen Hecken und Bäume darum ein letztes Mal in ein warmes Orange, bevor sie vollkommen verschwand. Hätte ich nicht gewusst, bei wem ich hier war, hätte ich mich wahrscheinlich direkt heimisch gefühlt.

Als ich aus dem Auto stieg, erwarteten mich schon zwei in Schwarz gekleidete Männer und Lady Margret auf den Treppenstufen zur Haustür. Obwohl ich bei einem zweiten Blick eher zu dem Ergebnis kam, dass sie mehr wie ein gläsernes Tor als wie eine Tür wirkte.

Lady Margret schenkte mir das herzliche Lächeln zur Begrüßung, mit dem ich sie kennengelernt hatte. Es kostete mich Mut, vor mir selbst zuzugeben, dass ich mich eigentlich freute sie zu sehen.

»Alpha, meine Liebe! Schön, dass du da bist. Die Fahrt war sicher anstrengend«, sagte sie. Ich nickte.

»Ja, das stimmt. Wie geht es Ihnen, Lady Calley?«, fragte ich sie förmlich distanziert, woraufhin sie nur lachend abwinkte.

»Wir waren doch längst beim Du«, erwiderte sie. Nun lächelten wir beide.

»Komm doch erst mal rein in unser bescheidenes Heim.« Sie wusste genau, dass das wunderschöne Anwesen alles andere als bescheiden anmutete. Ihr Augenzwinkern verriet sie.

Automatisch ging ich zu dem großen Kofferraum des dunklen Wagens, mit dem ich gekommen war. Ich wollte ihn gerade öffnen, um mein Gepäck herauszuholen, als ich jemanden sanft an meinem Oberarm spürte.

»Entschuldigen Sie, Miss. Ich bin Will. Ich nehme Ihr Gepäck. Darf ich?«, fragte der junge Mann vor mir. Er hatte dunkle Locken. Seine Haut hatte die Farbe von dunklem Karamell. Will sprach seine Worte mit so einer klaren Höflichkeit, dass ich verlegen wurde.

»Ich weiß, das ist alles noch neu für dich, aber eine Prinzessin trägt ihr Gepäck nicht selbst«, sagte Lady Margret freundlich und machte eine Handbewegung in Richtung des Kofferraums. Will nickte mit einem charmanten Lächeln und lud mein Gepäck aus.

»Warum nicht?«, fragte ich reflexartig und erntete einen verblüfften Ausdruck von Lady Margret.

Stattdessen ergriff Will das Wort.

»Weil ich sonst arbeitslos wäre, Miss«, sagte er aus tiefster Überzeugung und mit einem verspielten Grinsen auf den Lippen.

In dieser Sekunde beschloss ich Will zu mögen.

***

Lady Margret führte mich durch das große Haupthaus des Anwesens, in dem ich nun auch eine Weile leben sollte. Die Zimmer waren groß und hell eingerichtet, passend zum sandsteinernen Äußeren des Hauses.

Irgendwie vermittelte all das hier ein wenig Südsee-Urlaubscharme, obwohl wir gerade mal Ende Februar hatten und es draußen fror.

Die große Küche, in der mindestens fünf Köche und noch etliche Küchenangestellte Platz hatten, und das Kaminzimmer mit den großen Bücherregalen gefielen mir am besten.

Zuletzt zeigte mir Lady Margret mein Zimmer. Es lag im dritten Stock und hatte sogar einen Durchgang zu einem großen steinernen Balkon.

Als wir es betraten, stockte mir kurz der Atem. Hier sollte ich wohnen?

Die hellen, mit Stuck verzierten Wände waren hoch und neben einem großen Bogenfenster stand ein traumhaftes Himmelbett. Es war mit einer Menge Kissen beladen und schrie förmlich: »Los, spring auf mir!«

Ein großer grün gemusterter Teppich lag auf dem Fischgrätenparkett und verband so den Schlafbereich mit dem Wohnbereich. Eine gemütlich aussehende, farblich auf den Teppich abgestimmte Couch stand am anderen Ende des Zimmers. Von dort aus gab es eine weitere verschnörkelte Doppeltür und eine einfache Tür. Hinter der einfachen befand sich ein modernes Bad mit dunklen Fliesen, die mich ein wenig an die Londoner Tube-Stationen erinnerten. Es wirkte irgendwie konträr zum Rest des Hauses. Die Doppeltür verbarg ein Zimmer, das halb Kleiderschrank, halb Arbeitszimmer war. An den Wänden standen offene Schränke. Die meisten waren leer. Nur eine Handvoll Kleider hing an den Stangen. Ich ging davon aus, dass sie Lady Margret gehörten. In der Mitte des Raumes stand ein großer Schreibtisch aus rotem Holz mit einem bequem aussehenden Stuhl und einer weißen Lampe.

»Das ist der Wahnsinn. Sind Sie sicher, dass das mein Zimmer sein soll? Ich meine, hier hängen noch Kleider von Ihnen. Mir würde auch ein kleineres Zimmer reichen«, sagte ich, während ich mich umsah.

»Nein, nein. Du sollst es gut haben, solange du hier bist. Ich möchte, dass du dich hier zu Hause fühlst. Die Kleider sind für dich. Du wirst sie vermutlich demnächst brauchen. Es stehen ein paar öffentliche Auftritte an und Jonathan teilte mir mit, dass du für solche Veranstaltungen noch über keine Garderobe verfügst.«

»Oh, danke, das ist sehr nett. Aber was denn für Auftritte?«

»Hat Jonathan dich nicht informiert? Als Thronerbin und Anwärterin der Krone gehört es zu deinen Pflichten, dich in der Öffentlichkeit zu präsentieren. Bei der Eröffnung des Sommermarktes im Mai zum Beispiel.«

Lady Margret hatte vor meiner Ankunft mit Nate gesprochen? Ich sollte ihn morgen früh unbedingt anrufen.

»Das wusste ich nicht. Danke schön, das hätten Sie nicht tun müssen.« Ich freute mich sehr darüber, dass sie mich nicht im Regen hatte stehen lassen. Die Frage war nur, weshalb sie mir half. Je schlechter ich dastand, desto eher wurde ihr Sohn König. Ich hatte keine Ahnung, ob ich ihr vertrauen sollte.

»Kein Problem. Wir Ladys müssen doch zusammenhalten. Ich lasse dich jetzt allein und bitte Will dir noch ein paar Toasts hochzubringen. Dann kann der Junge auch endlich Feierabend machen.«

»Danke schön, das ist wirklich sehr nett.« Ich nickte ihr bestätigend zu und sie verließ das Zimmer und ließ mich allein. In dem Moment, in dem sie die Tür hinter sich schloss, legte ich mich auf die gemütlich aussehende Couch, atmete tief durch und starrte an die Decke.

Ich hatte keinen Schimmer, wie Nate und das Parlament sich das vorgestellt hatten. Sie schickten mich her, in das Schlangennest der Konkurrenz, damit ich lernte, wie man eine Königin wurde. Ergab das Sinn?

Das Klopfen an der Zimmertür riss mich aus den Gedanken. Augenblicklich setzte ein tiefes Grummeln in meinem Magen ein. Wie hungrig ich war, hatte ich gar nicht gemerkt.

»Ich komme!«, rief ich und sprang auf. Dabei rutschte allerdings der Teppich weg und ich stürzte wie ein Walross zu Boden. Ruuuummmppss.

Ich hörte, wie die Tür aufschwang und klirrendes Geschirr hastig auf einen Tisch gestellt wurde.

»Ist alles in Ordnung? Haben Sie sich verletzt?« Ich spürte, wie große Hände meine Oberarme packten und mich auf die Beine zogen. Ich schaute auf und sah irritiert in das männliche Gesicht vor mir. Der Mann vor mir hatte graue Augen, dunkles Haar und eine Narbe über seiner linken Augenbraue. Er war attraktiv, aber definitiv nicht Will.

»Sie sind nicht Will«, war das Erste, was mir einfiel. Der junge Mann vor mir lachte. Sein Lachen war schön warm. Irgendwie fühlte ich mich direkt wohl. War das verrückt? Ja, eindeutig.

»Da haben Sie recht. Ich bin Row, ein Freund von Will. Will hat schon Feierabend gemacht, deshalb bringe ich Ihnen das Essen. Ich gehöre quasi zum Inventar des Hauses. Aber nun zurück zu meiner ursprünglichen Frage. Haben Sie sich verletzt?«, fragte er freundlich.

»Nein, nein, alles gut. Danke, Row, aber mir wäre das Du ehrlich gesagt lieber. Natürlich nur, wenn das okay ist.« Ich rieb mir den schmerzenden Ellenbogen, auf den ich zuvor gefallen war.

»Da haben Sie … da hast du aber Glück gehabt. Die Teppiche hier sind tückisch. Ich vermute sogar tückischer als im Rest der Welt«, sagte er und begann zu lächeln.

»Eine Teppichverschwörung also«, dachte ich laut.

»Ja, so ungefähr«, antwortete Row. Er ließ mich vorsichtig los, blieb aber noch einen Moment stehen, um zu sehen, ob ich das Gleichgewicht verlor. Als ich es halten konnte, ging er zu dem kleinen Beistelltischchen neben der Tür hinüber. Row holte das Tablett, was er im Eifer des Gefechts ziemlich wackelig auf der Kante abgestellt hatte, während ich die kleine Schürfwunde an meinem Knie begutachtete.

»Ich hoffe, Sie ... du hast Hunger mitgebracht. Ich habe mich höchstpersönlich darum gekümmert. Ich hoffe, es schmeckt dir«, sagte er stolz.

Ich freute mich, dass er in seiner Arbeit aufging, auch wenn ich mich fragte, wie man als junger Mann in so einem Job landete. Butler hatte ich mir eigentlich immer älter und in einem schwarzen Frack vorgestellt. Row und Will hingegen sahen eher aus wie Studenten.

Beim Anheben der Servierglocke kam mir ein etwas verbrannter Geruch entgegen.

»Uhhh, was hast du mir da denn mitgebracht?«, fragte ich, so höflich ich konnte. Das ich abgeschreckt war, merkte er trotzdem sofort.

Verdammt, du musst an deinem Pokerface arbeiten, Alpha. Du gehst in die Politik. Da ist das wichtig!

»Das sind Bratnudeln. Ich habe Fusilli angebraten, mit Ketchup und Käse. Du musst es aber nicht essen, wenn du nicht magst.«

Er kratzte sich peinlich berührt am Hinterkopf. Seine dunklen Haare fielen ihm in die Stirn und seine Augen blitzten durch die Strähnen. Ich mochte seine Frisur. Das ging wohl gerade noch als Kurzhaarschnitt durch. Zwar waren seine Seitenhaare recht kurz geschnitten, sein Deckhaar aber lag etwas länger obenauf.

»Du weißt aber schon, dass man Nudeln erst mal kocht, bevor man sie brät, oder?« Amüsiert zog ich eine Augenbraue hoch.

»Ehrlich gesagt musste mir das Lela, die Hausdame, erst noch erklären. Vorher hatte ich schon eine halbe Packung trockene Fusilli in die Pfanne getan. Offenbar ist mein zweiter Versuch noch nicht ganz durch. Ich verstehe, wenn es dir nicht zusagt. Ich stehe eher selten in der Küche.« Entschuldigend lächelte er mir zu.

»Nein, nein. Ich bin so hungrig, ich würde jetzt gerade alles essen«, sagte ich. Erst als ich die Worte bereits ausgesprochen hatte, fiel mir auf, dass sie sein Essen irgendwie beleidigten.

»So war das nicht gemeint. Ich wollte eigentlich nur sagen, dass ich gerade auch ein Pferd essen würde«, versuchte ich meinen Hals aus der Schlinge zu ziehen.

»Ein ganzes?« Sein Gesichtsausdruck war ernst.

»Mit Knochen und Mähne«, bestätigte ich nickend und kreuzte die Finger.

»Sagt man nicht eigentlich ›mit Haut und Knochen‹?«, fragte Row und betonte dabei das Mit-Haut-und-Knochen besonders.

»Ähm. Weiß ich nicht? Ich bin mit Sprichwörtern nicht so gut.« Ich zog abwehrend die Schultern hoch und verzog mein Gesicht so, dass es entschuldigend aussah. Offenbar klappte das nicht so, wie ich es wollte. Ich erntete einen fragenden Blick, der sich recht schnell in ein lautes Lachen wandelte.

»Du bist also keine Vegetarierin. Verdammt. Dann hätte ich den Bacon ja doch mit hineintun können.«

»Warte, du hattest Bacon? Ich liebe Bacon. Wäre Bacon ein Schauspieler, wäre er mein Lieblingsschauspieler«, stöhnte ich.

»Also ist Kevin Bacon dein Lieblingsschauspieler, wegen seines Nachnamens? Ich will ja nichts sagen, aber ist das nicht diskriminierend allen Schauspielern gegenüber, die nicht so einen fettigen Nachnamen haben?«

»Ich muss gestehen, dass mir Kevin Bacon nichts sagt«, gab ich achselzuckend zu.

»Wie bitte? Du hast *Freitag der 13.* nicht gesehen?«, fragte er überrascht.

»Nope«, antwortete ich.

»Okay, *Flatliners*?«

»Nein, Horror ist nicht so meins.«

»Was ist mit *Crazy, Stupid, Love*?«, fragte er, als wäre er sich sicher, dass ich zumindest da Ja sagen würde.

»Du hast *Crazy, Stupid, Love* gesehen?«, fragte ich verwundert.

»Ja und du?« Mit geweiteten Augen sah er mich an.

»Nein, ich kenne nur den Trailer.«

Row stöhnte auf.

»Okay. Einen weiß ich noch. Hast du *Footloose* gesehen?«, fragte er, als müsste man diesen Film unbedingt gesehen haben.

»Ja, der ist doch mit Miley Cyrus«, antwortete ich stolz.

Row schlug sich eine Hand ins Gesicht und schüttelte den Kopf.

»Du hast wirklich keine Ahnung, wer Kevin Bacon ist. Das ist ja noch annehmbar. Aber dass du *Footloose* nicht gesehen hast, gleicht einer Schande. Und damit meine ich nicht die seltsame Neuauflage von zweitausendirgendwas, sondern den Klassiker aus den Achtzigern.«

»Tja, das werde ich dann wohl nachholen müssen. Gibt's den bei Netflix? Dann besorge ich mir heimlich Chips und schaue den nachts«, schlug ich vor.

»Du glaubst, dass du hier keine Chips essen darfst?«, fragte er.

»Ja, irgendwie schon. Ich glaube nicht, dass die Queen Chips isst, obwohl der Gedanke, wie sie mit ihren Corgis im gestreiften Pyjama und mit Puschelhausschuhen auf der Couch sitzt und *POM-BÄREN* futtert, witzig ist.«

Row sah verblüfft aus.

»Was sind denn *POM-BÄREN*?«

»Das sind Kartoffelchips in Bärchenform. Es gibt sie mit Salz und Ketchup-Geschmack. Meine Mum und ich haben mal eine Zeit lang in Deutschland gewohnt. Da gab es die überall. Manchmal habe ich sie angefleht sie mir schon zum Frühstück zu geben, aber sie meinte, die schmecken nicht mit Milch.«

Eine schöne Erinnerung an meine Mum breitete sich in meinen Gedanken aus. Früher hatten wir jeden Freitagabend zu unserem Abend gemacht. Wir sind dann zum Kiosk um die Ecke gelaufen, haben für zwei Euro fünfzig Chips und Cola gekauft und uns dann mit alten Schwarz-Weiß-Filmen ins Bett verkrochen.

***

»Ich möchte dir jetzt nicht zu nahe treten, Prinzessin, aber hat dir eigentlich schon mal jemand gesagt, dass du dich nicht besonders vornehm gibst?«, sagte er, als wisse er die Antwort bereits.

»Ja, ständig. Das ist der Grund, warum ich hier bin.« Ich war nicht gut darin, meine Gefühle zu verbergen. Das hatte ich noch nie gekonnt.

»Das klingt nicht besonders begeistert.« Natürlich war es Row aufgefallen.

»Gut beobachtet, Watson ...« Der Rest meines Satzes blieb mir augenblicklich im Hals stecken, als mir bewusst wurde, was ich gerade gesagt hatte.

Genau das hatte ich zu Aaron gesagt, an dem Abend, an dem er mir sagte, dass er sich in mich verliebt habe. Es war ein Spiel gewesen. Ein Spiel, das nun bittere Erinnerungen weckte.

»Ist alles in Ordnung?« Er runzelte die Stirn. Schnell schob ich mir eine Gabel der nur halb garen Spaghetti in den Mund.

»Mhmm«, summte ich nickend.

»Die sind übrigens gar nicht so übel«, fügte ich hinzu, als ich mit dem Kauen fertig war. Das war eine glatte Lüge, sie schmeckten grässlich. Aber die Mühe, die er sich gemacht hatte, machte es irgendwie etwas besser. Zumindest konnte ich so von meinem eigentlichen Unwohlsein ablenken. Ihn genauso wie mich.

»Ich denke, dass du lügst, Prinzessin. Ich weiß zwar nicht wieso, aber es ist gut für mein Ego. Ich wollte früher immer Koch werden.«

Er saß auf der watteweichen Couch neben mir und lehnte sich mit verschränkten Armen zurück.

»Oh, lieber nicht. Koch passt irgendwie nicht zu dir«, antwortete ich. Verdammt, das mit dem Taktgefühl musste ich noch etwas üben. Spätestens jetzt war ihm klar, dass sein Essen nicht so genießbar war, wie ich behauptet hatte.

Er lachte.

»Wir kennen uns gerade Mal zwanzig Minuten. Ist es da nicht etwas anmaßend zu behaupten, dass etwas nicht zu einem passt?«

Er war so gut. Natürlich wusste er, was ich eigentlich hätte sagen wollen. Row spielte Spielchen, aber das konnte ich auch.

Ich nahm noch zwei, drei Bissen und schob dann das Silbertablett auf den antiken Couchtisch vor mir. Dann drehte ich mich zu ihm und setzte mich auf der Couch in den Schneidersitz. Der Abstand zwischen uns war so erheblich geschrumpft. Noch ein bisschen weiter und ich säße auf seinem Schoß.

Mein Herz klopfte. *So nah warst du schon länger niemandem mehr, Alpha. Zuletzt Aaron.* Ich liebte es, wenn mein Kopf mich auf Tatsachen hinwies, die ich energisch zu verdrängen versuchte.

»Vielleicht ist es anmaßend, aber ich kenne Männer wie dich.«

»Männer wie mich? Jetzt bin ich aber gespannt. Was für ein Mann bin ich denn?« Nun wandte auch er sich mir zu und lehnte sich etwas vor.

»Du bist eingebildet und glaubst immer der Klügste im Raum zu sein. Außerdem hältst du dich für unwiderstehlich und charmant. Du glaubst jeden einwickeln zu können mit deinem Humor und deinem guten Aussehen.«

»Du findest mich also unwiderstehlich. Gut zu wissen.«

Ich verdrehte die Augen.

»So habe ich das zwar nicht gemeint, aber ...«

»Nicht so viele Komplimente auf einmal, Prinzessin, da werde ich noch ganz rot«, unterbrach er mich. »Du sagst das, als wären das negative Eigenschaften.«

»Das liegt im Auge des Betrachters.«

»Autsch. Damit willst du mir also sagen, dass meine Unwiderstehlichkeit bei dir nicht funktioniert?« Ganz beiläufig erkannte ich etwas Enttäuschung in seiner Betonung. Ich kannte ihn nur leider nicht gut genug, um zu wissen, ob das echt oder Scharade war.

»Ja, so was in der Art. Aber, hey, andere Mütter haben auch schöne Töchter«, sagte ich und boxte ihm sanft gegen den Oberarm.

»Das weiß ich. Ich finde schon jemanden, um mich zu trösten.« Row zog die Schultern hoch und lächelte mich an. Dann lehnte er sich zu mir herüber, sodass ich seinen warmen Atem an meinem Ohr spürte. Mein Herz stolperte schnell ein paar Takte, bis ich es einigermaßen in den Griff bekam. Row griff nach einer Serviette und zog einen Kugelschreiber aus seiner Hemdtasche. Dann schrieb er in einer extremen Schmierschrift eine Nummer drauf und schob sie mir zu.

»Aber falls du dich irgendwann mal einsam fühlst und überlegst doch auf meine charmante Unwiderstehlichkeit hereinzufallen, ruf mich an«, hauchte er in einem so gespielt verführerischen Ton, dass ich wirklich Mühe hatte, nicht loszulachen und von der Couch zu fallen.

»Danke, ich werde ganz bestimmt nicht darauf zurückgekommen«, hustete ich lachend.

»Wir werden sehen«, antwortete Row. Dann stand er auf, nahm das Tablett und ging zur Zimmertür.

»Es ist spät. Ich werde jetzt gehen. Außer du hältst mich jetzt auf, weil du willst, dass ich bleibe. Über Nacht. Natürlich ohne irgendwelche Hintergedanken.«

Ich erinnerte mich nicht daran, wann unser Gespräch in Flirten umgeschlagen war, aber ich musste zugeben, dass es mir gefiel. Ich kannte Row nicht und hatte ganz bestimmt keine Zeit für derartige Dinge, aber er hatte etwas an sich. Etwas, das mich zum Nachdenken brachte.

Insgeheim hoffte ich schon jetzt ihn in meiner Zeit hier näher kennenzulernen. Er könnte mein Verbündeter in der Festung des Feindes sein.

Ich folgte ihm und öffnete die Tür, damit er das Tablett nicht noch mal abstellen musste.

»Ein andermal bestimmt. Schlaf gut, Row«, sagte ich freundlich. »Dich kennenzulernen war definitiv der Höhepunkt meines Tages.«

Himmel, das hatte eigentlich nur ein Gedanke bleiben sollen.

Verlegen sah ich auf den Boden und hörte ein leises, sanftes Lachen.

»Du warst auch mein Höhepunkt des Tages, Prinzessin. Ich bin froh, dass wir uns so kennengelernt haben.«

Als ich aufsah, um ihn zu fragen, wie er das gemeint hatte, war er schon durch die Tür verschwunden.

Mit einem fetten Lächeln auf den Lippen ging ich zu dem Couchtisch, auf dem noch die Serviette mit seiner Nummer lag. Ich nahm den weichen, faserigen Stoff an mich, zog mein Handy aus meinem alten Rucksack und warf mich auf das watteweiche Bett. Dann tippte ich.

Alpha: Es war sehr nett, dich kennenzulernen, Row. Liebe Grüße. Alpha.

Es dauerte nicht lange, bis ich eine Antwort erhielt:

Rowan: Ich hätte nicht gedacht, dass du deine Meinung so schnell änderst. Soll ich doch noch mal rüberkommen?

Alpha: Nein danke. Das wollte ich damit eigentlich nicht sagen.

Rowan: Wie sicher bist du dir da?

Alpha: Ganz sicher.

Rowan: Na gut, aber wenn du deine Meinung änderst, sag Bescheid.

Alpha: Du bist der Erste, der es erfährt. Indianer-Ehrenwort.

Rowan: Das will ich auch hoffen.

Alpha: Gute Nacht, Row. Schlaf gut.

Rowan: Gute Nacht, Prinzessin. Es war mir eine Ehre.

Mit einem leichten Schmunzeln klappte ich mein Telefon zu und legte es auf meinen Nachttisch.

KAPITEL 8

Die kuschelige Bettdecke war so unfassbar schwer, dass ich schon beim Aufwachen das Gefühl hatte, gefesselt auf einem Seziertisch zu liegen. Geträumt hatte ich tatsächlich etwas Ähnliches, aber seit dem Tod meiner Mum gehörten Albträume irgendwie zum Schlafen dazu.

Das Attentat auf mich hatte das nicht unbedingt verbessert. Zwar träumte ich nun nicht mehr immer denselben Traum, allerdings musste mein Unterbewusstsein jetzt noch mehr Mist verarbeiten.

Die Sonne war noch nicht aufgegangen, zumindest fiel noch kein Licht durch die hellen Vorhänge. Mein Blick fiel auf den Wecker: sechs Uhr siebenundzwanzig. Es war noch verdammt früh, aber weiterschlafen konnte ich nun auch nicht mehr.

Mit einem Stöhnen warf ich die Decke nach hinten, um aufzustehen. Wenn meine Füße erst mal kalt wurden, ging das eigentlich ganz schnell.

Durch die schweren Decken war das Bettmachen nicht so einfach, aber es musste sein. Ich liebte es einfach, nach einem langen Tag in mein ordentlich gemachtes Bett zu fallen. Irgendwas sagte mir, dass die Tage ab jetzt definitiv anstrengend werden würden.

Da noch niemand an meiner Tür vorstellig wurde, zog ich meinen Koffer in das gigantische Ankleidezimmer.

Ganz sorgfältig fischte ich meine Kleidungsstücke heraus und hängte sie fein säuberlich an die Stangen. Lediglich zwei der zwölf Kleiderstangen konnte ich mit meinen Sachen belegen. Die Kleider, die Lady Calley mir geschenkt hatte, schon mit eingerechnet.

Meine Kostüme und Kleider wirkten im Gegensatz zu ihren irgendwie unmodisch und billig. Vermutlich nicht das, was eine zukünftige Königin ausstrahlen sollte.

Ich entschied mich für eine rote Bluse aus weichem Material und eine schwarze Röhrenhose. Die Schuhwahl fiel mir schwerer. Was trug man in einem fremden Anwesen für Schuhe? Pumps? Ballerinas? Oder sah man das hier nicht so eng?

Um sicherzugehen, zog ich mir meine spitzen Ballerinas an.

Sie waren hübsch, ich fragte mich, warum ich sie nicht öfter trug.

Nachdem ich all mein mitgebrachtes Hab und Gut im Zimmer platziert hatte, machte ich mich auf Erkundungstour durchs Anwesen, in der Hoffnung, auf irgendjemanden zu treffen, der mir sagen konnte, wo man hier einen Kaffee bekam.

Es war groß und geräumig, wirkte aber im Gegensatz zum Palast der Kingstons warm und gemütlich. Die Wände waren mit weißem Holz vertäfelt, der Boden bestand aus braunrotem Fischgrätenparkett. Auf den Fluren hingen Repliken berühmter Gemälde und überall standen die verschiedensten Zimmerpflanzen, die einen schönen Kontrast zu der schlichten Eleganz bildeten. Sie wirkten lebendig und halfen mir mich zu orientieren. Auf der Anrichte gegenüber meiner Zimmertür stand beispielsweise eine Kaffeepflanze in einem goldenen Topf.

Mir fiel auf, dass viele Türen nur angelehnt waren oder offen standen. Um Geheimnisse zu finden, musste man hier wohl tiefer graben.

Eine der offen stehenden Türen gab den Blick auf eine Wendeltreppe frei, die nach oben führte. Das Licht war schummrig und dunkel. Es kam von oben. Das Ende konnte ich von hier unten aber trotzdem nicht erkennen. Neugierig stieg ich die steinernen Stufen in den dunklen Turm empor.

Je höher ich stieg, desto schmaler wurden die Stufen. Um mich herum war viel Staub aufgewirbelt worden, was mich auf den Gedanken brachte, dass ich an diesem Morgen nicht die Einzige war, die diese Treppen benutzte.

Ein mulmiges Gefühl beschlich mich. Was, wenn dort oben schon jemand war? Was, wenn das Ziel war, mich hier umzubringen?

Der Gedanke war so absurd, dass er schon fast wieder wahrscheinlich wirkte. Dieser Neil war noch immer mein Konkurrent. Daran änderte meine bloße Anwesenheit logischerweise nichts. Sie könnten es wie einen Unfall aussehen lassen. Leute hatten schon Schlimmeres für eine Krone getan.

Vor meinem inneren Auge schwebte bereits die Überschrift eines Zeitungsartikels:

Thronerbin stirbt tragischen Tod. Freie Bahn durch Wendeltreppe – Neil Calley wird König.

Ich blieb stehen und zwang mich tief durchzuatmen. Mr Brown und Nate hatten mich in den letzten Wochen zur Vorsicht erzogen, aber ein so starkes Misstrauen gehörte normalerweise nicht zu meinem Emotionsrepertoire.

Reiß dich zusammen, Alpha. Wer sollte hier schon sein?

Gerade als ich auf dem Hacken kehrtmachen wollte, knarzte die Tür unten. Vor Schreck sprang ich die Treppenstufen nun doch nach oben und rüttelte an der klemmenden Tür vor mir, bis ich sie aufstoßen konnte. Wie von einer Tarantel gestochen hastete ich zu der gegenüberliegenden Seite des runden Raumes, in dem ich mich nun befand. Dort war ein mit Erde besudelter Tisch, den ich umkippte, um mich hinter der Platte zu ducken. Ich war voll Adrenalin. Links und rechts von mir standen terrakottafarbene Töpfe, die ihre besten Zeiten schon längst hinter sich hatten.

Ich schnappte sie mir und wartete. Immer wieder hielt ich den Atem an, um zu hören, ob jemand hochkam. Doch ich hörte nichts. Nach zwei, drei Minuten fing ich langsam an mich etwas zu entspannen. Gerade als ich mich aus meiner Deckung erheben wollte, hörte ich jemanden an der Tür rütteln. Jemand hatte mich verfolgt.

Im Gegensatz zu mir bekam mein mutmaßlicher Verfolger die Tür schnell auf. Als sie aufschwang und er eintrat, wartete ich nicht, sondern handelte sofort.

»Hauen Sie ab!«, schrie ich. Drei Tontöpfe flogen daraufhin durch die Luft auf die offene Tür zu. Als ich realisierte, wer da gerade eintrat, war es bereits zu spät. Erschrocken hielt ich mir die Hände vor den offenen Mund.

»Ich tue nichts, versprochen.«

Row stand mit erhobenen Händen und einem etwas überraschten Lächeln in der Tür und sah mich an. Getroffen hatte ich offenbar nicht.

Ich sollte mich dringend um meinen Verfolgungswahn kümmern.

»O Scheiße! Row, das tut mir so leid. Ich dachte, du wärst jemand anders«, entschuldigte ich mich. Wie über eine Hürde stieg ich über den Tisch und ging zu ihm hinüber.

»Ich hoffe, du bekommst einen Gefahrenzuschlag für deine Arbeit. In so einem riesigen Anwesen wie diesem lebt es sich sicherlich riskanter als in einer normalen Wohnung«, sagte ich unsicher, um irgendetwas zu sagen. Noch hatte ich ihn nicht gefragt, was er hier eigentlich für einen Job machte.

Verwirrt sah er mich an.

»Na ja, ich meine, ›Angestellter wird von Prinzessin erschlagen‹ liest man zwar eher selten, aber ausgeschlossen ist es natürlich nicht. Das wäre ziemlich schlecht, findest du nicht? Obwohl es diesem Calley wohl gelegen käme.«

Was zum Geier faselte ich da für einen Müll?

Rows Lächeln verschwand und sein Blick wurde kühl. Die Stimmung zwischen uns war soeben ins Unangenehme umgeschlagen.

Ich hätte wohl besser darauf warten sollen, dass er was sagte.

Ohne etwas zu antworten, schob er mit den Füßen lässig den Scherbenhaufen zur Seite und ging hinüber zu einem hölzernen Regal, in dem Gartengeräte lagerten. Row griff gezielt nach Handfeger und Schaufel und begann die Scherben aufzukehren. Erst jetzt fiel mir auf, in was für einer Art Raum ich mich befand. Es war ein bisschen, als würde man in einem Gewächshaus stehen, das man auf einem Turm gebaut hatte. Die Wände waren fast vollständig aus Fensterglas. Überall standen Töpfe mit bunten Blumen und Grünpflanzen herum. An Haken unter der Decke hingen Ampeln mit herabhängenden Kletterpflanzen. Im Regal und neben dem umgekippten Tisch lagen Dünger und Säcke mit verschiedenen Sorten Pflanzenerde.

Mein Blick wanderte von den verschiedenen Gewächsen nach draußen. Der Blick schien unendlich weit zu sein. Glitzernder Schnee zog sich über die überwiegend freie, hügelige Landschaft bis zum Meer. Der Sonnenaufgang tauchte die ganze Umgebung in ein sattes Orange.

Es war atemberaubend. Ich hatte nicht erwartet, dass wir uns doch so nah am Wasser befanden, auch wenn man es auf dem Hinweg schon an einigen Stellen erahnte.

»Wahnsinn«, sagte ich und lehnte mich an ein freies Fenster. Mein Atem ließ sogar eine Ecke davon beschlagen. Hier drinnen war es angenehm warm, auch wenn ich auf den ersten Blick keine Heizung entdecken konnte.

Ein lautes Klappern hinter mir ließ mich herumfahren.

Row hatte die Scherben in einen Metalleimer geworfen und machte sich gerade auf den Weg zur Tür.

»Warte bitte«, bat ich ihn. Er schien noch immer etwas verärgert über das zu sein, was ich geäußert hatte.

Er drehte sich um, machte aber keine Anstalten, sich zu mir zu gesellen.

»Falls ich dich irgendwie verletzt haben sollte, tut mir das leid. Es war weder meine Absicht, dich zu beleidigen, noch, anzugreifen. Vermutlich bist du mit Neil befreundet. Über seine Freunde hört man so etwas nie gern. Tut mir leid«, sagte ich aufrichtig und machte ein paar Schritte auf ihn zu.

»Du hast mich nicht beleidigt, aber mir ist gerade aufgefallen, dass ich etwas vorausgesetzt habe«, sagte Row. Seine Stimme klang kühl und enttäuscht.

»Was hast du vorausgesetzt?«, fragte ich etwas irritiert.

Row fing an zu lachen und schüttelte amüsiert den Kopf.

»Und ich wundere mich noch, dass du so freundlich zu mir bist.«

»Wieso sollte ich nicht freundlich zu dir sein?«, fragte ich.

»Wieso? Weil man in der Regel erst mal vorsichtig ist, wenn man den Menschen begegnet, die einem alles nehmen könnten.« Sein Lachen ebbte ab, als schien er zu merken, dass sich etwas ändern würde, wenn er mir jetzt verriet, was hier eigentlich los war.

»Moment, warte. Was?« Ein Gedanke kam mir, aber das war zu absurd. Er war ein freundlicher junger Mann, der mir Abendessen gebracht hatte und Scherben aufsammelte, er konnte nicht …

»Ich hatte dich für klüger gehalten. Wenn man sich in der Politik bewegen möchte, muss man immer auf alles vorbereitet sein. Auf jede noch so kleine Abweichung. Ich gebe zu, in diesem Fall wurden wir wohl beide überrascht.«

Er musste es nicht sagen, damit ich es wusste.

Er war es. Er war mein Konkurrent. Er war Neil Calley.

Ich glitt von der Tischplatte herunter und lehnte mich gegenüber von ihm an die Scheibe, damit ich ihm in die Augen sehen konnte, während er mich anlog.

»Wieso, Row? Wieso hast du nicht gleich gesagt, wer du wirklich bist?«, fragte ich ernst.

»Neil Rowan Calley. Ich dachte, das wäre offensichtlich. Wie gesagt, ich war davon ausgegangen, dass du wüsstest, wer ich bin. Die meisten nutzen Google zu ihrem Vorteil. Du warst so freundlich, da dachte ich, biete ich dir meinen Spitznamen an. Als Friedensabkommen sozusagen.«

Sein freches Grinsen machte mich wütend und das Schlimmste daran war, dass es nicht mal seine Schuld war. Ich war falsch an die Sache herangegangen. In Zukunft musste ich die Klügste im Raum sein, dafür würde ich sorgen.

»Ich gebe zu, dass ich mich da wohl etwas verkalkuliert habe. Ich hatte einfach angenommen meinen Konkurrenten schon früh genug kennenzulernen und wollte deshalb meine kostbare Zeit nicht damit verschwenden, dich im Internet zu stalken.« Mein Ton war bissig, zickig und unfreundlich. Genau genommen alles das, was ich hier lernen sollte abzulegen.

Row oder Neil oder wie auch immer fuhr sich durch die schwarzen Haare und ging langsam ein paar Schritte auf mich zu. Nun stand er direkt vor mir, so nah wie am Abend zuvor. Nur dass ich das angenehme Gefühl, das ich in seiner Gegenwart bekam, nun ignorierte.

Sein warmer Atem legte sich auf mein Gesicht.

»Siehst du, Prinzessin, damit hatte ich eigentlich schon gestern Abend gerechnet. Ich dachte schon, ich hätte dich falsch eingeschätzt, aber offensichtlich lag ich wie immer richtig. Jetzt wünschst du dir wahrscheinlich, du hättest mich vorhin doch getroffen.«

»Du glaubst auch, du könntest Gedanken lesen«, erwiderte ich. *Ehrlich, Alpha, was Schlagfertigeres ist dir wohl auf die Schnelle nicht eingefallen, oder?*

»Das nicht, aber ich bin, im Gegensatz zu dir, gut darin, Menschen zu analysieren.« Seine Worte ließen mich an den gestrigen Abend denken. Ich hatte mich genauso in ihm getäuscht. Ich hatte gedacht, er könnte der Freund in meinem Kampf gegen den Feind werden. Dabei war er nur der Wolf im Schafspelz.

»Ich fand meine Analyse ziemlich passend. Du bist eingebildet und arrogant. Du hältst dich für den Klügsten und manipulierst Menschen mit deinem falschen Charme. Du bist nicht so unwiderstehlich, wie du denkst, Rowan«, zischte ich zurück.

»Das werden wir ja noch sehen. Aber entschuldige mich, ich werde nun zum Frühstück hinuntergehen. Bitte gieß doch noch die Pflanzen, die Kanne ist unter dem Spülbecken hinter der Tür.«

Mit diesen Worten ließ er mich in dem eigentümlichen Gewächshausturmzimmer zurück.

Dieser Mistkerl.

KAPITEL 9

Noch am selben Morgen klingelte mein Handy und überbrachte mir die zweite schlechte Nachricht.

Gerade als ich nach dem Blumengießen die Treppe hinabstieg, summte es in meiner Hosentasche.

»Hey, Nate, was gibt's?«, fragte ich meinen Freund und hoffte auf gute Nachrichten, auch wenn ich nicht wusste, was für gute Nachrichten mich erwarten könnten. Vielleicht hatte sich das Parlament ja dazu entschlossen, mich doch lieber direkt zur Königin zu machen und mich hier rauszuholen. *Träum weiter, Alpha.*

»Wo bist du? Es hallt so«, fragte er.

»Ich gehe gerade den Turm mit dem Pflanzenzimmer wieder hinunter. Warte«, sagte ich und hopste nun die letzten Stufen hinab.

Dann zog ich die Tür hinter mir ran und suchte mir die nächste offene Zimmertür, um ungestört telefonieren zu können. Ich verschwand dahinter, ließ die Tür aber einen Spalt offen und spähte hinaus auf den Flur. Falls mir jemand folgte, würde er hier auftauchen.

»Soo, da bin ich. Jetzt kann ich reden«, eröffnete ich das Gespräch.

»Warum warst du in einem Pflanzenturm?«, fragte Nate misstrauisch, als hätte ich vielleicht etwas verbrochen.

»Ach, das ist nicht weiter der Rede wert. Ich habe Rowan kennengelernt. Ich meine Neil. Er ist ... Na ja, erst fand ich ihn nett, aber da hatte er mir noch nicht gesagt, wer er ist. Dann habe ich ihn mit Tontöpfen beworfen, weil ich dachte, er wäre mein Verfolger. Wir haben uns gestritten und dann war er ein arroganter Arsch und hat mir gesagt, dass ich die Pflanzen gießen soll.

Das war die Kurzform.« Ich ratterte das Geschehene schnell runter, weil ich mehr an seinen Informationen interessiert war und nicht weiter über Rowan reden wollte.

»Okay, Alpha, das klingt irgendwie schräg. Aber du weißt, dass du seine Pflanzen nicht gießen musst. Und normalerweise würde ich dir jetzt sagen, dass es nicht gut aussieht und vor allem nichts bringt, Konkurrenten mit Tontöpfen zu bewerfen, aber du hast einen Verfolger?«

Es tat gut, Nates Stimme zu hören.

»Danke, ich weiß, dass ich seine Pflanzen nicht gießen muss. Aber ich habe beschlossen, dass seine Pflanzen nichts dafürkönnen, dass ihr Besitzer so ein Arsch ist«, erwiderte ich. Mir war klar, dass es erwachsener wäre, sich mit Rowan zu versöhnen und professionell mit ihm umzugehen.

Man muss nicht jeden lieben, aber man muss mit jedem arbeiten können, hieß die Devise meines neuen, angestrebten Jobs.

»Okay, ich sehe, ihr versteht euch blendend. Aber, Alpha, ich gebe dir jetzt einen Rat. Selbst wenn du ihn ausstichst und Königin wirst, brauchst du trotzdem seine Hilfe. Dann wird er nämlich irgendwann ins Parlament gewählt, so beliebt, wie er beim gelarischen Volk ist. Du solltest dich besser bei ihm entschuldigen und versuchen freundlich zu sein, egal was für ein Riesenarsch er ist. Glaube mir, ich würde ihn am liebsten auf links ziehen, und dabei kenne ich ihn noch nicht einmal. Wenn er dich irgendwie schlecht behandelt, sagst du bitte sofort Bescheid, dann komme ich und ich verspreche, dass ich dann nicht mehr an mich halten kann.«

Es war schön, jemanden hinter sich zu wissen, egal was passierte, auch wenn ich mir absolut nicht vorstellen konnte, wie Nate ein Problem nicht diplomatisch löste.

»Ich versuch's«, sah ich ein.

»Gut, aber jetzt zurück zu der Verfolger-Sache. Glaubst du, im Anwesen der Calleys stellt dir jemand nach und möchte dir etwas antun?«, fragte er in besorgtem Tonfall.

»Ich weiß es nicht. Es war nur so ein Gefühl. Ich habe mich da aber vielleicht auch nur reingesteigert. Bisher ist mir aber nichts Konkretes aufgefallen. Glaubst du, Ferkel hat hier Verbündete?«, fragte ich flüsternd, weil ich irgendwie nun doch Angst hatte, belauscht zu werden, obwohl ich mich in einem leeren Raum befand.

»Ich wüsste nicht, warum Ferkel dich noch weiter terrorisieren sollte. Du bist nun bekannt, Aaron liegt im Koma und außerdem ist mit Neil Rowan Calley ein weiterer Konkurrent im Rennen. Falls er allerdings doch etwas vorhat, sei dir im Klaren darüber, dass du dann vermutlich nicht mehr sein einziges Ziel bist. Ich höre mich hier mal um und setze Cosmo auf ihn an. Er soll mal seine Finanzen überprüfen.«

»Du hast recht. Keine Ahnung, ob er aufgegeben hat. Das würde zwar nicht zu ihm passen, aber was sollte er noch tun?«, fragte ich.

»Er könnte sich an dir rächen wollen. Vielleicht gibt er dir die Schuld an Aarons Zustand. Das ist jedenfalls meine Vermutung und ist neben dem auch der Grund, weshalb ich dich anrufe. Du hast wohl noch keinen Blick in die Zeitung geworfen, sonst wärst du nicht so gefasst«, sagte Nate.

»Nate, was steht in der Zeitung?«, fragte ich vorsichtig.

»In der Zeitung ist ein Artikel über deinen Grund, weshalb du nach Westby kamst. Den Einbruch in deine alte Schule. Mit einem Interview deiner Komplizin«, sagte er.

»Scheiße«, rutschte es mir raus. Ich hatte mich, was das anging, zwar Mr Brown, Matt und Nate anvertraut, aber ich hatte nicht damit gerechnet, dass sonst noch jemand davon Wind bekommen hatte. *Marina, du Miststück.*

»Ja, das ist absolut nicht gut für dich. Ich habe mit Lady Calley gesprochen. Sie wird sich mit dir zusammen überlegen, wie ihr damit umgeht. Ruf mich dann aber bitte noch mal an, dass ich Mr Brown informieren kann, damit er das Parlament beschwichtigt.«

»Alles klar, dann werde ich gleich mal zu ihr gehen. Danke, Nate.«

»Gut, ich mache mich dann mal auf dem Weg zu Aaron ins Krankenhaus. Pass auf dich auf, okay?«

»Mache ich, Nate, danke. Danke für alles«, hauchte ich zum Abschluss in mein Telefon.

»Ich bin immer da, Alpha«, sagte er.

Dann legte er auf.

»Ja, mein großer Bruder ist manchmal ein ganz schöner Arsch«, hörte ich eine liebliche Stimme hinter mir sagen. Erschrocken drehte ich mich um und sah in die grünen Augen eines Mädchens in Sportklamotten. Sie hatte lange, wellige schwarze Haare, für die ich sie sofort beneidete. Das Mädchen war etwas größer als ich, wirkte aber jünger.

»Ähm. Du hast das Gespräch belauscht?«, fragte ich.

»Na ja, ich konnte es nicht vermeiden. Immerhin bist du in unseren Fitnessraum gekommen, um zu telefonieren. Ich habe hier nur Sit-ups gemacht«, erklärte sie sich. Überrascht sah ich mich um. Auf dem Fischgrätenparkett lagen Yogamatten, Hanteln, Springseile und gigantische Gummibänder. Eine Wand bestand komplett aus Spiegeln, die anderen drei waren mit demselben hellen Holz vertäfelt, das man auch auf den Fluren und vermutlich auch im Rest des Hauses fand. Ich hatte keinen Blick an den Raum verschwendet, den ich betreten hatte, weil ich viel zu sehr damit beschäftigt gewesen war, den Flur nach einem potenziellen Verfolger auszuspähen.

»Oh, ich wollte dich nicht stören. Das tut mir leid«, entschuldigte ich mich höflich bei Rowans jüngerer Schwester.

»Kein Problem. Es war sehr interessant. Glaubst du wirklich, dass jemand hinter dir her ist?«, fragte sie neugierig.

»Ich weiß es ehrlich gesagt nicht. Ich habe im letzten Jahr nicht so gute Erfahrungen gemacht und bin jetzt wohl ein bisschen paranoid«, gab ich zu.

»Hier passiert normalerweise nie etwas Spannendes. Ich glaube, deshalb bist du hier in Sicherheit«, erwiderte sie.

»Ich fühle mich, als wäre ich in der Höhle des Löwen gelandet. Versteh das bitte nicht falsch, deine Mutter und du erscheinen mir sehr nett, aber Rowan ist immer noch mein Konkurrent. Ich bin mir nicht sicher, was ich von alldem hier halten soll«, sagte ich.

»Ich verstehe. Aber du kannst mir glauben, dass Rowan ein Arsch ist, beeinträchtigt nicht seine Fairness. Er wird dir helfen, auch wenn er das vielleicht nur macht, um sich selbst zu helfen«, sagte sie und lächelte mich freundlich an.

»Ein fairer Arsch also«, gab ich zurück.

»Ja, genau. Aber wir sind nicht alle so. Ich bin Amelia und fair, aber kein Arsch«, stellte Rowans Schwester sich mir vor und hielt mir ihre Hand hin. Grinsend nahm ich sie.

»Alpha. Schön dich kennenzulernen.«

Amelia griff nach der pinken, mit Kristallen besetzten Trinkflasche, die auf dem Boden neben einer Yogamatte stand, und nahm einen Schluck.

»Sind die echt?«, rutschte es mir raus. Amelias Blick schweifte von der Flasche zu mir und nickte.

»Es sind Swarovski-Kristalle. Das sind zwar keine echten Edelsteine, aber ich mag alles, was glitzert. Letzten Herbst habe ich für Victoria's Secret PINK gemodelt, die Flasche ist aus der Sportlinie. Jedes Model hat eine bekommen«, sagte sie, als wäre das keine große Sache.

»Du bist ein Model? Läufst du auch auf Fashion-Shows oder machst du nur Fotos?«, fragte ich neugierig.

»Ich mache beides, aber nur nebenbei. Ich gehe ja noch zur Schule und die möchte ich so gut wie möglich abschließen. Mein Traum ist es, Tiermedizin zu studieren«, antwortete sie stolz. Ich war wirklich beeindruckt. Bei Amelias Worten musste ich direkt an meine modeverrückte Freundin Li denken. In Westby war mir tatsächlich nicht so aufgefallen, wie sehr sie Kleidung, Taschen und Designs liebte. Erst in den Wochen nach dem Attentat auf die Pressekonferenz war es immer mehr zutage gekommen. Vermutlich lag es daran, dass wir uns vorher die meiste Zeit in Schuluniformen gesehen hatten. Da blieb abgesehen von den Markenrucksäcken und Designertaschen nicht viel Spielraum für den eigenen Stil.

»Wow, da hast du ja ganz schön was zu tun«, sagte ich anerkennend.

»Allerdings, aber nicht so viel wie du. Ich habe den Plan gesehen, den Mum ausgearbeitet hat«, bemerkte sie und grinste. Mein Gesichtsausdruck verriet ihr wohl, dass mir noch nichts von einem Plan gesagt worden war.

»Was für ein Plan?«

»Der Plan, um dich ›kronentauglich‹ zu machen. Bis zu deinem Geburtstag Ende August haben wir ja Zeit dafür. Es stehen deshalb eine Menge Termine und Unterrichtsstunden an. Zumindest hat Mum mir das so erklärt. Das wird sie dir auch noch einimpfen.«

»Oh, ach so. Vielleicht sollte ich dann mal runtergehen und mit deiner Mutter sprechen. Nicht dass ich direkt etwas verpasse.«

»Gute Idee, vielleicht ist sie noch im Speisezimmer. Das Frühstück ist zwar schon seit zwanzig Minuten vorüber, aber manchmal liest Mum noch in dem großen Sessel vor dem Kamin. Du musst einfach zum Eingangsbereich, das Speisezimmer grenzt direkt an die Halle.«

»Danke für den Tipp, Amelia, ich hoffe, wir sehen uns nachher noch mal.«

»Spätestens beim Abendessen um neunzehn Uhr«, erwiderte sie und legte sich zurück auf eine der Yogamatten.

Ich verließ den Raum und lief zu der großen Treppe, von der ich wusste, dass sie hinunter in die Eingangshalle führte.

KAPITEL 10

Das Speisezimmer war wirklich nicht schwer zu finden, obwohl die Bezeichnung »Zimmer« dem Raum nicht gerecht wurde. Ich würde ihn mehr als Speisesaal betiteln. Der Raum war länglich und in der Mitte zog sich eine hölzerne Tafel, an der bestimmt dreißig Stühlen standen. Darunter lag ein dicker, in Gold bestickter Teppich, der unfassbar teuer anmutete und den Hall meiner Schritte verschluckte. Am Ende des Raumes war ein Kamin aus Sandstein. Ein Feuerchen brannte und warf flackernde Schatten auf die Sitzgruppe, die davorstand. Lady Calley konnte ich von der Seite erkennen. Sie war ganz vertieft in das Buch, dessen Seiten sie sorgsam umblätterte.

Gerade als ich zu ihr gehen wollte, schlich sich der Geruch des Feuers in meine Nase und sorgte dafür, dass mir unwohl wurde. Feuer. Wie sehr ich es hasste.

Vorsichtig überwand ich mich und machte doch ein paar Schritte auf den prasselnden Kamin zu. Je näher ich Lady Calley und dem Kamin kam, desto stärker schwitzten meine Hände. Die Haare an meinen Armen stellten sich auf und mein Magen signalisierte mir, dass sein Unbehagen mit jedem Schritt wuchs. Bei der Hälfte der Tafel angekommen hielt ich inne. Weiter konnte ich nicht laufen, wenn ich mich nicht auf diesem wunderschönen und vermutlich unbezahlbaren Teppich übergeben wollte. Also räusperte ich mich so laut, dass Lady Calley von ihrem Buch aufsah. Als sie mich erblickte, klappte sie das Buch zu und legte es auf den Couchtisch. Augenblicklich erhob sie sich und kam mit einem freundlichen Lächeln auf mich zu. Gott war ich erleichtert, dass sie mich nicht gefragt hatte, ob ich mich zu ihr setzen wollte.

»Guten Morgen, Alpha, ich habe gar nicht erwartet, dass du schon wach bist. Eigentlich wollte ich dir heute noch etwas Ruhe gönnen und dich ausschlafen lassen. Hätte ich das gewusst, hätte ich dir natürlich gestern schon gesagt, dass wir immer um halb acht frühstücken. Hast du Hunger?«, fragte sie freundlich und voller Elan. Mein Magen grummelte schon leise, als wollte er noch mal extra betonen, dass ich etwas essen sollte.

»Ja, etwas«, antwortete ich zaghaft und wunderte mich, dass Rowan noch nichts von unserer morgendlichen Begegnung erzählt hatte. Immerhin war ich nicht besonders nett gewesen, andererseits war er das auch nicht.

»Sehr gut, dann folge mir in die Cuisine«, sagte sie und lief vorweg.

In Paris hatte ich eine internationale Schule besucht, in der vornehmlich Englisch gesprochen wurde. Mit Französisch war ich höchstens mal im Supermarkt konfrontiert worden und dort konnte man ja nach den Abbildungen auf den Verpackungen einkaufen. Meine Französischkenntnisse waren deshalb nicht gerade überragend, aber immerhin wusste ich, dass »cuisine« Küche bedeutete und »fromage«« Käse. Damit würde ich in Frankreich zumindest nicht direkt verhungern.

Die Küche war groß und erinnerte mich an die Internatsküche in Westby. Auch hier gab es überwiegend Metallschränke und Arbeitsflächen. Mein Magen begann zu kribbeln, weil ich unweigerlich daran denken musste, wie Aaron für mich gekocht und wie er mich danach geküsst hatte. Ich erinnerte mich an den salzigen Geschmack seiner Lippen und das Leuchten in seinen Augen.

»Es ist noch einiges vom Frühstück übrig. Bei uns fällt es immer recht englisch aus: Bohnen, Bacon, Würstchen, Rührei. Aber falls dir das nicht zusagt, hätten wir auch noch Joghurt, Cornflakes und natürlich eine Menge Obst.«

»Das englische Frühstück klingt gut«, entgegnete ich.

Lady Calley ging zu dem großen, dreitürigen Kühlschrank hinüber, öffnete ihn und holte ein paar Aluminiumbehälter heraus. Gerade als sie diese auszupacken begann und mir einen Teller mit all den Köstlichkeiten fertig machte, hörte ich laute Schritte über den Fliesenboden hallen.

»Lady Calley, wie oft soll ich Ihnen noch sagen, dass Sie mich noch arbeitslos machen? Ich mache der kleinen Madame das Frühstück auch sehr gern. Sie müssen sich doch bestimmt über andere Dinge Gedanken machen«, sagte die korpulente rothaarige Frau, die gerade die Küche betreten hatte. Sie trug, abgesehen von der Mütze, ein typisches Koch-Outfit.

»Vielen Dank, Natalie, aber Sie waren nicht zugegen und ich habe zwei gesunde Hände, warum sollte ich diese nicht verwenden?«, konterte Lady Calley.

»Weil Sie die Dame des Hauses sind. Dann lassen Sie mich nun meine Arbeit machen«, antwortete Natalie und schob sich an der schmalen Lady Margret vorbei in Richtung Kühlschrank.

»Sie müssen Lady van Aerssen sein. Es freut mich sehr, Sie nun zu treffen. Sie sind ja viel kleiner, als Sie im Fernsehen aussahen«, bemerkte sie fröhlich und tat mir noch einen ganzen Schwung Rührei auf.

»Vielen Dank, es freut mich auch, Sie kennenzulernen, aber nennen Sie mich doch bitte Alpha. Und ich denke, davon werde ich auf jeden Fall satt.« Ich nickte freundlich in Richtung des vollen Tellers, den sie nun in den Backofen schob.

»Alpha, sehr gern. Ich bin Natalie Dumont und seit sieben Jahren die Köchin dieser wunderbaren Familie«, antwortete Natalie, während sie Gewürze und Besteck zusammensuchte und alles auf einem silbernen Tablett arrangierte.

***

Lady Margret und ich setzten uns an das Ende der langen Tafel im Speisezimmer, mit dem meisten Abstand zum Kamin. Während ich begann zu essen, holte Lady Calley eine türkise Mappe und setzte sich dann wieder zu mir.

»Sooo, Alpha. Erst mal freue ich mich dich hierzuhaben. Ich fand Mr Browns und Jonathans Idee, dich herzubringen, fabelhaft, da wir uns ja beim Grillfest der Triburrys schon so gut verstanden haben. Ich hoffe, dass du dich hier schnell einleben wirst. Und wer weiß, vielleicht findest du in Rowan und Amelia ja noch gute Freunde.«

Dass Rowan und ich Freunde werden würden, bezweifelte ich in Anbetracht unserer derzeitigen Situation.

»Ich bin auch froh hier zu sein und nicht bei jemand anderem.« Das war nicht gelogen. Ich mochte Lady Margret. Nur leider war nun ausgerechnet sie die Mutter meines Rivalen.

»Das ist schön zu hören. Ich habe mir schon Gedanken über das gemacht, was du lernen solltest und was ich für besonders wichtig halte. Zum einen natürlich etwas Landesgeschichte, denn die wirst du früher oder später benötigen. Diese steht nun aber nicht im Vordergrund, denn die gelarische Geschichte wirst du auch während deiner Amtszeit erlernen. Was für uns nun erst mal wichtig wird, ist, wie die Regierung und die Politik hier funktionieren und was deine Aufgabe dabei ist. Politikunterricht ist deshalb immer montags bei mir im Büro von vierzehn bis sechzehn Uhr. Wo ich allerdings den meisten Handlungsbedarf sehe, ist die Etikette«, sagte Lady Calley und deutete mit den Augen in Richtung meiner Hände. Zwar hielt ich Messer und Gabel richtig, was mich und den Tisch aber nicht vor Flecken bewahrt hatte. Sie hingegen saß mit geschlossenen Beinen und gerader Haltung neben mir. Sie löste ihre verschränkten Hände und reichte mir eine der eisblauen Stoffservietten, die auf dem Silbertablett vor mir lagen.

»Etikette ist deshalb montags und freitags von zehn bis zwölf Uhr. Dabei wird uns auch Rowan Gesellschaft leisten. Du wirst lernen, wie man redet, sich angemessen verhält und richtig tanzt.«

In der Stimme von Lady Calley lag eine Menge Vorfreude. Ich hingegen war noch immer misstrauisch, auch wenn mich Amelias Worte schon etwas beruhigt hatten. Rowan stand im Grunde zu sehr in der Öffentlichkeit, um mir etwas anhaben zu können. Sollte er irgendwie unfair spielen, würde absolut jeder davon erfahren und das sähe für ihn alles andere als gut aus.

Ich überredete mich selbst auch etwas Vorfreude zuzulassen und lächelte Lady Calley an.

»Ich bin schon sehr gespannt, was mich hier alles erwarten wird«, bekundete ich.

»Einiges und vieles davon erwartest du sicher nicht. Wir Calleys sind immer für eine Überraschung gut. Aber damit du nicht zu überrascht wirst, habe ich dir einen Plan geschrieben mit allen wichtigen Festivitäten und Veranstaltungen, die in den nächsten Wochen und Monaten anstehen.«

Sie reichte ihn mir herüber und mein Blick wandelte sich für einen Nanosekunde in Erschrockenheit. Auf diesem Plan standen eine Menge Daten und Termine. Bereits am kommenden Freitag war der erste davon.

»Amelias sechzehnter Geburtstag«, las ich vor. Amelia wurde erst sechzehn? Dann hatte sie aber früh angefangen zu modeln. Andererseits schien das in der Modeindustrie nicht besonders ungewöhnlich zu sein. Beeindruckt war ich trotzdem.

Lady Margret nickte, als hätte sie meine Gedanken gelesen.

»Ja, wir feiern die wichtigen Geburtstage groß. Rowans einundzwanzigsten haben wir bereits im Dezember gefeiert. Es kommen eine Menge Leute und die Stimmung wird entspannt. Auch die Kingstons habe ich eingeladen, vielleicht fühlst du dich dann ja etwas wohler. Nichtsdestotrotz werden eine Menge Politiker und ihre Kinder anwesend sein. Das bedeutet, dass du dich von deiner besten Seite zeigen musst. Mach dich beliebt. Wenn du das junge Volk auf deine Seite ziehen kannst, hast du schon einen großen Teil geschafft.«

Ich schluckte. Natürlich war mir klar gewesen, dass das hier kein Urlaub werden würde, aber ich hatte nicht angenommen, dass es sofort losgehen würde. Meine Aufgabe war es, mich zu beweisen. Ich sollte etwas dazulernen und genau das würde ich tun.

»Okay, muss ich irgendwas Bestimmtes beachten?«, fragte ich motiviert.

Lady Margret lächelte mich an. »Nicht über deine Vergangenheit sprechen wäre ein Anfang. Heute Morgen ist ein recht unschöner Artikel in den Online-Ausgaben sämtlicher Zeitungen im In- und Ausland erschienen, der sich mit deiner zwielichtigen Vergangenheit befasst«, deutete sie an. Ich wusste genau, wovon sie sprach. Vermutlich hätte ich es sogar gewusst, wenn Nate mich nicht vorgewarnt hätte.

»Nate hat mich vorhin schon angerufen. Der Einbruch war der Grund, weshalb Ferkel … ich meine Ferdinand mich nach Westby geschickt hat. Es war ein dummer Fehler, für den es keine Rechtfertigung gibt. Aber jeder hat doch schon mal etwas Verbotenes getan. Es ist unfair, dass sich plötzlich alle auf solche Ausrutscher stürzen. Vorher hat sich doch auch niemand für das interessiert, was ich mache. Bis auf meine Mum natürlich«, murrte ich.

»Natürlich macht jeder Fehler und tut etwas Verbotenes. Allerdings gibt es zwischen einem Strafzettel für einen falsch geparkten Wagen und dem Einbruch einer Prinzessin eine gewisse Diskrepanz. Der Unterschied zwischen dir und allen anderen besteht nun mal darin, dass du eine Prinzessin bist. Die Welt schaut auf dich. Solche Aschenputtel-Geschichten lieben die Menschen. Sie geben jedem die Möglichkeit, davon zu träumen, etwas Besonderes zu sein.« Ich hatte gar nicht gemerkt, wie Lady Calley meine Hand genommen hatte. Ihre Finger waren angenehm warm, ohne dabei zu schwitzen. Auch ihr Gesicht strömte eine Wärme aus, die mich entspannen ließ. Es war eine freundliche Wärme. Eine Wärme die einen an sein Zuhause erinnerte.

Das war es! Das war das Gefühl, das ich den Menschen geben wollte. Ich wollte, dass sie mich ansahen und ebenso empfanden. Natürlich war mein Start nicht optimal gewesen, aber ich würde das schon schaffen.

»Na gut, das ist wahr, aber ich finde nicht, dass ich besonderer bin als jeder andere Gelarier. Meine Mum hat immer gesagt, dass jeder auf seine Art besonders ist. Außerdem habe ich die letzten achtzehn Jahre damit verbracht, nicht zu wissen, wer ich bin. Ich habe mich auch für vermeintlich normal gehalten«, sagte ich.

Lady Margret sah mich aus großen Augen heraus an, ehe sich ihre Lippen zu einem Lächeln verzogen.

»Ich denke, dass du soeben herausgefunden hast, was für eine Prinzessin du sein willst. Wir müssen jetzt nur noch den Spieß umdrehen und deine Fehler zu deinen Stärken machen.«

»Und wie sollen wir das tun?«

»Ganz einfach. Wir sagen allen die Wahrheit. Die Menschen lieben die schmutzige Wahrheit.«

Verwirrt sah ich sie an. Woran genau dachte sie dabei? Offenbar war ihr meine gerunzelte Stirn aufgefallen, denn Lady Margret ergänzte ihre Ausführungen direkt.

»Wir werden allen zeigen, dass du gut bist. Dass du wie sie bist, Alpha. Wir machen dich zu dem, was sie gern wären, zu dem, was jeder von ihnen ist. Wir werden ihnen das Gefühl geben, dass du eine von ihnen bist: ein normales Mädchen.«

»Schön und gut, aber mir ist noch nicht ganz klar, wie wir das machen wollen«, gab ich zu.

»Das ist ganz einfach. Du wirst dir das Volk und seine Probleme genau ansehen. Du als normales Mädchen verstehst doch am besten, woran es den einfachen Bürgern fehlt«, erklang eine männliche Stimme hinter mir. Rowan.

Augenblicklich setzte ich mich gerade auf und versuchte den warmen Schauer zu ignorieren, der mir beim Klang seiner Stimme über den Körper lief.

»Ich muss zugeben, dass das eine ziemlich gute Strategie ist. Underdogs mag jeder. Die Idee hätte von mir sein können, ach, warte, das war sie ja.«

Rowan zog den Stuhl am Kopfende des Tisches, rechts neben mir, vor und setzte sich ungefragt zu uns.

Ich rollte mit den Augen. Nicht mal Aaron wäre arrogant genug dafür gewesen, so einen Satz rauszuhauen und ihn dann auch noch wirklich ernst zu meinen.

»Ist es nicht unhöflich, die Gespräche anderer zu stören?«, fragte ich an ihn gewandt und lächelte etwas zu aufgesetzt.

»Absolut. Ich habe nicht damit gerechnet, dass du das schon weißt. Es freut mich wirklich, dass du doch nicht so schlecht erzogen bist, wie böse Zungen behaupten.«

Das hatte er gerade nicht gesagt.

»Meine Mum hat mich großartig erzogen. Du kennst sie nicht, du hast überhaupt keine Ahnung, was für eine tolle Frau sie war! Du hast kein Recht, so etwas zu sagen!« Ich wurde lauter als beabsichtigt, aber ich konnte diese Emotionen nicht für mich behalten. Das war zu persönlich.

»Setz dich, Alpha.« Der Ton von Lady Magret war ruhig, aber bestimmt. Er gab mir das Gefühl, erwischt worden zu sein bei etwas, von dem man wusste, dass es nicht richtig war. Ich war so reflexartig aufgestanden, dass ich es nicht einmal wahrgenommen hatte.

Etwas beschämt ließ ich mich zurück auf meinen bequemen Polsterstuhl sinken.

»Gerade Journalisten neigen dazu, einen zu provozieren, damit man die Fassung verliert. Wer will es ihnen verübeln, so verdienen sie schließlich ihr Geld. Dir darf das aber nicht passieren.« Mir war bewusst, dass Lady Calley recht hatte. Trotzdem hatte ich mir insgeheim gewünscht, dass sie ihren Sohn für diese Aussage tadeln würde.

»Am Samstag auf der Party wird es den ein oder anderen geben, der versuchen wird dich aus dem Konzept zu bringen. Deshalb ist es gut, dass wir schon morgen unseren ersten Etiketteunterricht abhalten werden. Rowan, ich bitte dich ebenfalls pünktlich dabei zu sein.«

Rowan nickte bejahend.

»Gut, dann habe ich noch eine letzte Bitte an dich, Alpha. Überlege dir fünf schöne Momente, die du mit den Personen erlebt hast, die dein wunder Punkt sein könnten. Das werden wir morgen brauchen«, bat mich Lady Calley.

»Das bekomme ich hin«, bestätigte ich.

»Sehr gut. Ich freue mich dann auf morgen«, verabschiedete sich Lady Magret und erhob sich, um zu gehen. Im Türrahmen drehte sie sich noch einmal zu uns um. »Iss in Ruhe auf, meine Liebe. Bei Rowans Kochkünsten musst du noch einen Bärenhunger haben. Lass das Tablett einfach stehen, wenn du fertig bist. Sonst ist Natalie wieder beleidigt, dass sie nichts zu tun hat.« Mit einem Zwinkern ließ Lady Magret mich mit ihrem Sohn allein.

KAPITEL 11

Kurz nachdem seine Mutter den Raum verlassen hatte, erhob sich Row von seinem Stuhl und stellte mir eine Frage, mit der ich so gar nicht gerechnet hatte.

»Möchtest du auch einen Kaffee?« Seine Stimme klang rau und sein finsterer Blick verriet mir, dass er nur aus purer Höflichkeit fragte. »Nein danke. Ich habe nicht das Bedürfnis, mehr Zeit mit dir zu verbringen, als ich muss«, antwortete ich höflich.

Row nickte nur. Bevor er den Raum verließ, hielt er im Türrahmen kurz inne und wandte sich noch einmal zu mir um. Ich musterte ihn mit verschränkten Armen. Sein glänzendes schwarzes Haar fiel ihm in die Stirn und verdeckte die ungefähr drei Zentimeter lange Narbe, die von seiner linken Augenbraue senkrecht nach oben verlief. Row wirkte lässig in dem weißen Hemd, das er in die schwarze Hose gesteckt hatte. Die Ärmel waren locker aufgekrempelt und die obersten zwei Hemdknöpfe standen offen.

Ich musste dummerweise feststellen, dass mein Körper nicht auf meiner Seite zu sein schien. Sein Anblick gefiel mir, so widerwillig ich mir das auch eingestand.

Er war ein Arsch und dass seine Mutter ihm den Kommentar vorhin einfach so hatte durchgehen lassen, gefiel mir gar nicht. Ich würde mich definitiv nachher an meinen Laptop setzen und herausfinden, was offenbar alle an ihm fanden.

Row räusperte sich und fixierte mich mit seinen grauen Augen.

»Ich hoffe, du weißt, dass die Aussage über deine Erziehung nicht persönlich gemeint war.«

War das sein Ernst? Wie konnte er so was sagen und danach behaupten, das sei nicht persönlich? Das war verdammt persönlich! Ich stand von meinem Stuhl auf und ging zu ihm. Nun war die Distanz zwischen uns so geschrumpft, dass ich seine Körperwärme spüren konnte.

»Natürlich war es das nicht. Jemandem zu sagen, dass er schlecht erzogen sei, ist natürlich ganz und gar nicht persönlich.« Mein Ton triefte nur so vor Sarkasmus. Row zog überrascht eine Augenbraue hoch.

»Ich glaube, du hast mich falsch verstanden.«

»Ach ja? Was wolltest du denn eigentlich ausdrücken?« Ich merkte, wie meine Wut über seine respektlose Äußerung hochkochte, aber ich hatte nicht vor sie vor diesem Idioten zu verbergen. Sollte er sie doch abbekommen. Nates Rat, mich mit ihm gutzustellen, in allen Ehren, aber da war Row definitiv zu weit gegangen.

»Erst mal, Prinzessin, habe ich gesagt, dass böse Zungen behauptet hätten, du seist schlecht erzogen, nicht dass du schlecht erzogen bist. Aber was ich eigentlich mit meiner Entschuldigung ausdrücken wollte, war, dass ich es nicht gesagt habe, um dich zu verletzen.« Nachdem Rowan seinen Satz beendet hatte, drehte er sich einfach um und ging, ohne auf meine Reaktion zu warten. Er ließ mich einfach stehen. Unfassbar. Das wollte ich ihm so nicht durchgehen lassen.

Ich folgte ihm auf den Flur und versuchte mit ihm Schritt zu halten.

»Warte! Wir sind noch nicht fertig!«

»Doch, sind wir«, antwortete Rowan, ohne sich umzudrehen oder anzuhalten. Er bog nach links in einen schmalen Flur ab. Weil mein Blick an ihm hing, hatte ich erst in letzter Sekunde gemerkt, dass ich beinahe geradeaus weitergelaufen wäre. Direkt in einen Tisch hinein. Gott sei Dank merkte ich das gerade noch rechtzeitig, sodass ich einen Haken schlug und ihm weiter folgte.

»Nein, sind wir nicht. Du hast dich nämlich nicht bei mir entschuldigt! Du hast nur behauptet, dass es nicht persönlich gemeint sei. Aber wie kann man so was bitte nicht persönlich meinen?« Ich hatte so schnell aufgeschlossen, dass ich in ihn hineinlief, als er plötzlich stehen blieb. Ich prallte an seinem

Rücken ab, taumelte und fiel rücklinks auf den Po. Dabei knallte ich mit dem Kopf gegen ein Beistelltischchen rechts von mir.

»Autsch, fuck!«, rief ich und spürte, wie der Schmerz durch meinen Kopf zuckte. Tränen rollten über meine Wangen. Reflexartig fasste ich mir mit der Hand an den Hinterkopf. Ich fühlte etwas Nasses. Blut. Da war Blut!

Erschrocken schaute ich auf und blickte direkt in das Gesicht von Row. Seine Augen waren etwas geweitet, dennoch wirkte er ruhig.

»Das sieht schmerzhaft aus. Ist dir schwindelig?«, fragte er.

»Ja, das ist es, aber es dreht sich nichts. Ich hatte bei meiner Vergiftung schlimmere Kopfschmerzen«, rutschte es mir raus. Row sah mich überrascht an. »Vergiftung?«

»Man hat letztes Jahr auf der Halloween-Party der Westby versucht mich mit Gift umzubringen. Tollkirsche. Ich habe es überlebt ...« Ich stockte. Carolina hatte nicht so viel Glück gehabt wie ich, auch wenn es mir noch immer ein Rätsel war, wie es sie hatte treffen können. Andererseits hatte sie Aaron, laut seinen Aussagen, fast schon gestalkt. Vielleicht wollte er zwei Fliegen mit einer Klappe schlagen, vielleicht waren unsere Becher vertauscht worden oder vielleicht war es einfach ein Unfall gewesen. Das waren eine Menge Vielleichts. Mit Gewissheit konnte ich nichts davon sagen. Bei dem Gedanken daran, dass Carolina meinetwegen gestorben war, wurde mir flau. Dieser Umstand gehörte auch zu den Erlebnissen, die mich regelmäßig in meinen Albträumen besuchten.

Row sah mich bestürzt an. Ich wusste nicht, ob er ahnte, dass diese Geschichte an diesem Punkt noch nicht vorbei war, und es überging oder ob er mein Stocken einfach nicht bemerkt hatte.

»Da hast du wirklich Glück gehabt«, sagte Row.

Dann fing er an sein weißes Hemd aufzuknüpfen. Nun waren es meine Augen, die sich weiteten. »Was tust du da?«

»Du blutest, das werde ich jetzt abbinden«, sagte er gelassen, während er das Hemd von seinen Armen streifte. Drunter trug er ein eng anliegendes Feinripphemd. Es betonte definitiv seine Vorzüge. Seine Arme und sein Oberkörper waren fein definiert.

»Wenn du weiter so starrst, fallen dir noch die Augen raus.« Rows schelmisches Lächeln trieb die Röte in meine Wangen. Ich hatte nicht vorgehabt zu starren, das war einfach so passiert. Um vom Offensichtlichen abzulenken, sagte ich: »Was, wenn ich dein vollgeschwitztes Hemd nicht an meinem Kopf haben will?«

»Dann lasse ich dir jetzt offiziell keine Wahl. Aber keine Angst, das Hemd ist frisch. Ich habe mich beim Frühstück bekleckert und ein neues angezogen.«

»Oh, du kleckerst? Wer hätte das gedacht. Bei der Erziehung.«

»Ja, das passiert den Besten. Aber Himmel, wie lange willst du mir das jetzt noch vorwerfen? Ich habe das nur gesagt, um dich zu provozieren, so wie die Journalisten das von nun an tun werden. Sie leben von jedem Fehler, den du machst. Das war unfair, ich weiß, und das tut mir leid. Aber jetzt weiß ich, woran wir arbeiten müssen.«

Gekonnt zwirbelte er sein Hemd zu einer Stoffwurst, legte es mir um den Hinterkopf und band es mit einer Schleife vor meiner Stirn zusammen.

Perplex sah ich ihn an. Das war ein Test gewesen? Er wollte mir damit nur helfen? Seltsam, das so zu zeigen.

»So, aber jetzt müssen wir dich erst mal von dem kalten Boden wegbringen. Und schauen, wie dein Zustand tatsächlich ist. Nicht dass du dich doch ernster verletzt hast.« Hörte ich da etwa Besorgnis in seiner Stimme? Bevor ich etwas Stichelndes sagen konnte, legte Row sich meinen Arm über die Schulter, griff mit der anderen Hand an meine Taille und zog mich auf die Beine. Nun wurde mir doch ein bisschen schwindelig, obwohl ich ehrlicherweise zugeben musste, dass das auch an seiner Nähe liegen konnte. *Alpha, fang an klar zu denken.* Immerhin war ich mir sicher, dass meine Kopfschmerzen von meinem Sturz kamen.

Er stützte mich und führte mich die Treppe hinauf in Richtung des Flures, an den auch mein Zimmer grenzte. Erst dachte ich, er brächte mich zurück, doch dann stieß er eine andere Tür auf. Es war die Tür schräg gegenüber von meiner. Die Räumlichkeiten, die sich dahinter auftaten, erinnerten sehr an die, in denen ich nun erst mal residierte. Der Unterschied war allerdings, dass diese hier um einiges persönlicher waren. Es gab eine Wand voller Bücherregale, einen ziemlich chaotischen Schreibtisch, über dem eine riesige Pinnwand hing, an der so viele Dinge pinnten, dass man den Kork dahinter nicht sah. Es gab viele Fotos und einen Flatscreen, an dem eine Xbox hing. An einem der Bücherregale lehnten leere Leinwände, die nur darauf warteten, bemalt zu werden.

»Ist das dein Zimmer?«, fragte ich neugierig.

»Ja, hier wohne ich«, sagte er kurz angebunden und setzte mich auf das große Bett, das eine perfekte Kopie von dem zu sein schien, was in meinem Zimmer stand.

»Schön hier«, versuchte ich die Stille zu überbrücken, die gerade dabei war, sich zwischen uns aufzutun. Ich wollte nicht, dass es noch unangenehmer wurde.

»Danke.« Er sah das wohl nicht so. Row holte eine unfassbar kuschelige Wolldecke von seiner Couch und deckte mich zu. Danach brachte er mir ein Glas Wasser und stellte es auf den Nachttisch, auf dem sich etliche Bücher stapelten. Gekonnt zog er sein Smartphone unter einem der Wälzer hervor und wählte eine Nummer.

»Warte kurz, ich hole jemanden, der uns helfen kann«, sagte er und verließ dann mit dem Telefon am Ohr das Zimmer.

Tja, da saß ich nun in einem fremden Bett, unter einer Decke, die nach einem fremden Mann roch, und ohne zu wissen, wann dieser wiederkam. Für eine kurze Weile lehnte ich mich zurück und starrte an die cremefarbene Decke des Himmelbettes. Rows Kissen waren so weich, dass ich Mühe hatte, nicht einfach einzuschlafen. Die Schmerzen, die zu diesem Zeitpunkt dabei waren, sich in meinem Kopf zu manifestierten, halfen dabei auch nur bedingt. Aber ich hatte ganz bestimmt nicht vor in dem Bett meines Feindes einzuschlafen, mochte der noch so gut riechen. Also drehte ich mich auf die Seite und begann die Bücher auf seinem Nachtschrank anzustarren: *Europäische Geschichte, Ökosysteme der Erde, Wie bedroht sind die Ozeane?, Umweltschutz mit Messer und Gabel, Die Umweltpolitik von Morgen, Flora und Fauna von Gelarias Sumpfgebieten.* Ich rümpfte die Nase. Nichts davon klang für mich nach einer unterhaltsamen Nachtlektüre. Vermutlich würde das meiste davon sogar zu Albträumen führen. Wie hypnotisiert las ich die Titel immer und immer wieder, um mich am Einschlafen zu hindern.

***

Das laute Geräusch einer ins Schloss fallenden Tür ließ mich aufschrecken. Augenblicklich begannen die Schmerzen in meinem Kopf zu pochen. Verdammt, jetzt war ich doch eingeschlafen.

»Geht's?«, fragte der junge Mann, der an meinem Bett saß. Es war nicht Rowan. Erschrocken rutschte ich von der Person weg.

»Keine Angst, ich bin nicht Row. Er ist der Idiot, der gerade die Tür hat zufallen lassen, obwohl ich ihm eindringlich gesagt habe, dass er dich schlafen lassen soll.«

Der junge Mann mit den dunklen Locken und der gebräunten Haut vor mir lächelte mich freundlich an.

»Will?«, fragte ich verdutzt.

»Ja, ihre Auffassungsgabe ist bemerkenswert«, hörte ich Rows Stimme aus einem angrenzenden Raum mit offen stehender Tür. Es musste das Bad sein, wenn sein Zimmer so aufgeteilt war wie das meine. Will lachte. »Jetzt finde du erst mal das Wunddesinfektionsspray, Mann, das habe ich dir doch gerade erst nach der Schlägerei gegeben.«

»Ach sei doch still«, erwiderte Rowan. Ich musste kichern.

»Ich kann ihn mir so gar nicht in einer Schlägerei vorstellen«, sagte ich an Will gewandt und der nickte zustimmend. Doch bevor er etwas dazu sagen konnte, kam ein mit Handtüchern und Verbandskasten bepackter Rowan zu uns zurück.

»Du kennst mich nicht, Prinzessin«, sagte Row, bevor er die Sachen ans Fußende des ausladenden Bettes legte.

»Ist auch besser so. Nicht dass ich am Ende noch feststelle, dass du gar kein so großer Idiot bist, wie ich dachte.« Eine Angst, die ich wirklich hatte. Bisher war ich ziemlich voreingenommen an die Sache herangegangen und hatte ihn von Anfang an als meinen Gegner betrachtet. Die Aussagen von heute

Morgen hatten mich nur darin bestätigt und trotzdem kümmerte er sich jetzt um mich. Wie sollte ich ihn als meinen Kontrahenten betrachten, wenn ich feststellte, dass er nicht der Feind aus meiner Vorstellung war? Meine Worte waren sarkastisch, aber Will entging der kleine Hoffnungsschimmer in meiner Stimme nicht.

»Er kann tatsächlich auch sehr nett sein. Manchmal«, neckte er Row. Mich wunderte das Verhältnis der beiden ein wenig. Es war sehr freundschaftlich, und das obwohl Will für die Calleys arbeitete. Ich mochte das, auch wenn ich mir nicht vorstellen konnte mit einem meiner alten Köche befreundet zu sein.

»Ja und weil ich so nett bin, habe ich den gerufen, der einem Arzt hier am nächsten kommt«, erwiderte Row mit einer offensichtlichen Geste in Richtung Will.

Moment, was? Mein Blick war so entgleist, dass Will sich zu erklären begann.

»Ich studiere Medizin an der GMU, der größten Universität des Landes. Da Studieren sehr teuer ist, hat mir mein lieber Studienkollege Row diesen Job besorgt.«

»Du studierst auch Medizin?«, fragte ich Rowan äußerst überrascht. Der wiederum lachte.

»Gott, nein. Ich bin zwar auch an der GMU, aber ich studiere Umweltwissenschaften und Politik. Keine zehn Pferde bekommen mich freiwillig in ein Krankenhaus.«

»Aber bevor wir hier jetzt Wurzeln schlagen, schaue ich mir deine Verletzung doch mal an.« Will streifte sich ein Paar Handschuhe über und löste das blutige Hemd von meinem Kopf. Damit er meine Verletzung besser erkennen konnte, drehte ich mich mit dem Rücken zu ihm. Ich konnte fühlen, wie er die Stelle mit etwas Feuchtem abtupfte.

»Also was die Wunde angeht, kann ich dich beruhigen. Sie ist ziemlich klein und nicht besonders tief. Ich denke, das dürfte gut verheilen. Am Kopf blutet man häufig recht stark, was aber kein Grund zur Sorge ist. Mir ist allerdings wichtig, dass du sofort Bescheid gibst, wenn irgendetwas ist, Übelkeit auftritt oder dir sehr schwindelig wird. Okay?«

»Mach ich, Herr Doktor. Vielen Dank«, antwortete ich. Will lachte, bevor er sich an Row wandte. »Und dir verschreibe ich einen Erste-Hilfe-Kurs. Du musst den Knoten auf die Wunde machen, damit die Blutung auch wirklich gestoppt wird. Hast du denn noch nie einen Actionfilm gesehen? Zumindest daher hättest du es wissen können.«

»Ich wusste, da war was. Vielleicht sollte ich tatsächlich noch mal an einem Erste-Hilfe-Kurs teilnehmen, mein letzter ist auch schon fünf Jahre her.«

»Gute Einstellung, Row. Jetzt gehe ich aber erst mal in die Küche zurück. Mann, hattet ihr ein Glück, dass ich schon auf dem Weg hierher war.«

»Danke für deine Hilfe«, bedankte sich Row, während er Will zur Tür begleitete.

Will nickte und winkte mir zum Abschied zu.

Nachdem Rowan die Tür geschlossen hatte, kam er zu mir zurück.

»Vielleicht solltest du dich lieber in deinem Zimmer auskurieren«, sagte er. Seine Mimik ließ mir keine Wahl, als zuzustimmen.

»Gute Idee, das werde ich tun.« Vorsichtig erhob ich mich aus seinem Bett. Dabei war ich vorsichtig, denn ich wollte nicht riskieren mich noch mal langzulegen und auf Rowans Hilfe angewiesen zu sein. Langsam ging ich zu der Zimmertür hinüber, durch die auch Will zuvor das Zimmer verlassen hatte. Rowan lief mit einem Arm Abstand neben mir, als wollte auch er sichergehen, dass ich nicht noch mal stürzte.

Am Türrahmen hielt ich inne und sah in Rows Gesicht. Seine Stirn lag in Falten, was seine Narbe seltsam verzerrte. Seinen Blick konnte ich nicht deuten, es war eine Mischung aus Sorge und Genervtsein. Zumindest interpretierte ich das da hinein. Er griff vor mich und öffnete die Tür, ohne seine Augen von mir zu nehmen. Sein Blick streifte an mir herunter, als würde er jeden Zentimeter meines Körpers scannen. Seinem Ausdruck war dabei allerdings keine deutliche Emotion zu entnehmen. Ich fühlte mich ein wenig, als wäre ich Gegenstand einer Fehleranalyse, was meine Wangen nicht daran hinderte, rot zu werden. Das leichte Kribbeln, das meinen Körper nun durchfuhr, versuchte ich zu ignorieren. Ich würde mich nicht ablenken lassen. Das konnte er sich abschminken.

»Hast du gefunden, wonach du suchst?«, fragte ich und verschränkte die Arme vor der Brust.

»Wie bitte?«, fragte Row überrascht. Da hatte ich ihn wohl aus seinen Gedanken geholt.

»Du beäugst mich wie ein Wimmelbild.«

»Du hast da Blut«, antwortete Row und zeigte auf meine Bluse. Okay, damit hatte ich nicht gerechnet.

»Oh, danke.«

»Kein Problem. Sag Bescheid, wenn du irgendwas brauchst, meine Nummer hast du ja. Ich bin ganz in deiner Nähe.«

»Glaub aber nicht, dass ich dich jetzt mag, nur weil du mir geholfen hast«, sagte ich und fühlte mich direkt schlecht. Warum hatte ich das gesagt? Wollte ich ihm wirklich beweisen, dass ich ihn nicht mochte, oder wollte ich es mir einreden?

»Damit kann ich leben, Prinzessin. Ich weiß, dass du mich für deinen Gegenspieler hältst, aber ich werde dir keinen Anlass dafür geben zu glauben, es ginge mir nur um die Krone. Es geht mir um das Land, um die Menschen, um die Natur, um absolut alles, außer um dich. Ich werde dir helfen dich darauf vorzubereiten, Königin zu werden, damit du das Land nicht gegen die Wand fährst, solltest du tatsächlich gekrönt werden. Und ich werde keinen Hehl daraus machen, dass ich mich für geeigneter halte, aber das habe ich nicht zu entscheiden. Es ist mir egal, ob du mich magst oder hasst, solange das nicht deine Auffassungsgabe beeinträchtigt. Verstanden?«

Seine Worte trafen mich und ich konnte nicht mal genau sagen, weshalb sie das taten. Rowans Stimme war zwar ruhig geblieben, aber mit welchem Nachdruck er sie gesprochen hatte, ließ mich ehrfürchtig zu ihm aufsehen. In diesem Moment wurde mir klar, dass das hier nicht bloß ein Kampf war, es war ein Wettstreit und wir mussten fair spielen, wenn wir uns würdig erweisen wollten. Bei Rowan machte ich mir da weniger Sorgen, aber bei mir? Ich kannte diese Art von Wettstreit nicht und musste wohl oder übel zugeben, dass er mir einiges vorausһatte. Aber ich würde aufholen. Ich würde den Platz meines Vaters einnehmen, koste es, was es wolle.

KAPITEL 12

Der Tag war lang und ich verbrachte die meiste Zeit damit, in Kuschelsachen in meinem Bett zu sitzen und auf meinem Laptop DVDs zu schauen. Gott sei Dank hatte ich den neuen *Mord im Orientexpress* und die erste Staffel von *Jane the Virgin* dabei, denn bisher hatte ich mich noch nicht getraut Rowan nach dem WLAN-Passwort zu fragen.

Rowans Worte hatten mich zum Nachdenken gebracht. Er kam von hier und offenbar ging es ihm wirklich darum, etwas zu bewirken. Im Grunde wollten wir beide dasselbe, nur eben jeder für sich. Auch die Tatsache, dass er mich provoziert hatte, um zu verdeutlichen, wie impulsiv ich auf sensible Themen reagierte, stimmte mich nachdenklich. Natürlich war es scheiße gewesen und natürlich hätte er es mir besser direkt danach sagen sollen, aber das war keine Rechtfertigung dafür, dass ich mich wie ein Kind benahm.

Ich nahm mir vor mich bei ihm zu entschuldigen. In einer halben Stunde gab es Abendessen, danach konnte ich ihn bestimmt für einen Augenblick erwischen.

Ich tauschte meinen bequemen Lieblingshoodie, der auf jeden Fall schon bessere Zeiten gesehen hatte, so verwaschen wie das Gelb schon war, und die Jogginghose gegen eine Jeans mit T-Shirt und Blazer.

Etwas nervös und auch mit ein wenig Stolz über meine erwachsene Entscheidung ging ich zum Speisezimmer hinab.

Als ich das Esszimmer betrat, strömte mir ein angenehmer Geruch entgegen, der mich direkt hungrig werden ließ. Es roch nach salzigen Kartoffeln und geräuchertem Fisch. Als ich mich dann umsah, wunderte ich mich. Nicht nur Lady Margret, Amelia und Rowan saßen an der langen, gedeckten

Tafel, sondern auch ein paar andere Leute. Die Köchin und Will erkannte ich. Einen älteren, graubärtigen Mann und eine ziemlich zugeknöpfte Frau mit streng zurückgebundenen Haaren hatte ich noch nicht kennengelernt und bei deren grimmigen Gesichtsausdrücken bezweifelte ich, dass ich das wollte. Außerdem saßen neben Amelia und Rowan noch zwei blonde Mädchen, wobei mich die neben Rowan ziemlich an Eris erinnerte. War sie seine Freundin? Wie Amelias wirkte sie jedenfalls nicht. So wie sie aussah, musste sie auch älter sein als ich. Also schätzte ich sie auf Rowans Alter. Ihr abschätziger Blick wanderte zu mir. Mit verschränkten Armen musterte sie mich von oben bis unten, wobei ihr Ausdruck sich immer weiter verfinsterte. Meine Anwesenheit war ihr scheinbar ein Dorn im Auge und so wie sie schaute, musste dieser ziemlich groß sein. Na klasse, das hatte mir hier gerade noch gefehlt.

»Komm, setz dich zu uns. Such dir einfach einen Platz aus, wir haben keine Tischordnung«, forderte mich Lady Calley freundlich auf. Erst jetzt fiel mir auf, dass sie an der Tischseite Platz genommen hatten, die zum Kamin zeigte. Natürlich war das wärmetechnisch von Vorteil, für meinen Magen jedoch nicht. Ich war nur froh, dass alle um Lady Calley, die am Tischende saß, herum Platz genommen hatten. So konnte ich mich einfach auf einen Platz begeben, der recht weit weg von der Feuerstelle war. Ich ließ mich neben Will nieder, so, dass Row mir schräg gegenübersaß. Der Gedanke, mich alternativ neben die blonde Schönheit an seiner Seite setzen zu müssen, war mir nicht ganz geheuer. Will drehte sich zu mir und rückte lächelnd den Stuhl etwas für mich vor, sodass ich mich einfach auf den Polsterstuhl gleiten ließ.

»So, da wir jetzt alle beisammen sind, eröffne ich unser Dinner. Vielen Dank an Natalie und Will, dass ihr wieder so herrlich gekocht habt. Es riecht wie immer köstlich.« Lady Calleys Worte zauberten allen ein Lächeln ins Gesicht. Na gut, allen außer Rowans Tischgesellschaft. Die beäugte mich nach wie vor kritisch und ließ mich nicht eine Sekunde aus den Augen.

»Und ich freue mich, dass es dir gut geht, Alpha. Rowan und Will haben mir von deinem kleinen Unfall erzählt«, fügte Lady Calley noch hinzu. Ihr Blick verriet mir, dass sie sich wirklich Sorgen gemacht haben musste. Sie war wirklich nett.

»Sie haben sich wirklich gut um mich gekümmert. Danke«, sagte ich und sah zu Row. Er nickte mir anerkennend zu. »Nichts zu danken, das war doch selbstverständlich.«

Ich wartete, bis die Ersten begannen sich gesittet und mit Ruhe aufzutun. Erst dann nahm ich mir etwas von dem Fisch, den Kartoffeln und dem duftenden Buttergemüse, was direkt vor mir stand. Ich musste kurz schmunzeln, als ich das Buttergemüse entdeckte, da ich so etwas nicht in einem feinen Anwesen wie dem der Calleys erwartet hatte. Andererseits, welche Küche hatte man sonst hier zu erwarten? Es schmeckte allerdings ganz anders als die Tiefkühlversion, die Grandma immer machte und die ich wirklich liebte. Irgendwie buttriger, intensiver, mir fiel keine präzisere Beschreibung dafür ein.

Auch der Fisch und die Kartoffeln waren lecker.

»So, Miss van Aerssen, wie war denn Ihr erster Eindruck von unserem Zuhause?«, fragte mich Natalie, die Köchin.

Bevor ich antwortete, kaute ich zu Ende und schluckte hinunter. Ich wollte nicht noch mal mit schlechten Essmanieren auffallen.

»Sie dürfen mich auch gern Alpha nennen. Ich habe es mir anders vorgestellt. Irgendwie ungemütlicher, aber es ist schön hier«, antwortete ich höflich. Natalie strahlte mir Freundlichkeit entgegen und auch Lady Calley schienen meine Worte sehr zu freuen.

»Ja, es ist wirklich schön hier. Ich fühle mich auch jeden Tag aufs Neue sehr wohl«, erwiderte Natalie.

Nach der kleinen Plauderei schwieg ich für den Rest des Essens, während sich die anderen unterhielten. Als wir fertig waren und alle so weit aufgegessen hatten, erhoben sich Natalie und Will zuerst und begannen den Tisch abzuräumen. Automatisch wollte ich aufstehen und ihnen ebenfalls zur Hand gehen. Lady Calley bemerkte meinen Impuls und schüttelte mit dem Kopf. In der Bewegung stockte ich und ließ mich zurück auf den Stuhl sinken. Nachdem Will und Natalie alles abgeräumt hatten, erhoben wir uns. Die anderen verließen den Raum aber nicht. Sie bewegten sich zu der Sitzgruppe, die vor dem gemütlichen Kamin stand, und nahmen dort wieder Platz. Etwas nervös und gleichzeitig irritiert blieb ich hinter dem Stuhl stehen, auf dem ich eben noch beim Abendessen gesessen hatte.

Wieso setzten sich jetzt alle vor den Kamin? Musste ich mich dazusetzen? Wäre es unhöflich, es nicht zu tun? Oder war das zwanglos?

Sollte es zwanglos sein, konnte ich mich verabschieden und auf mein Zimmer verziehen. Andererseits würde ich Row dann nicht mehr zu fassen bekommen. Aber morgen war ja auch noch ein Tag, an dem ich mich entschuldigen konnte.

Und wie fand ich jetzt raus, ob ich einfach gehen konnte?

»Entschuldigung, Miss. Wollen Sie Tee, Kakao oder Kaffee?« Natalie war plötzlich neben mir aufgetaucht und unterbrach mit ihren Worten meine Überlegungen.

»Wie bitte?« Meine Stimme war fragend und die Köchin merkte sofort, dass ich überhaupt nicht einordnen konnte, was hier gerade vor sich ging.

»Jetzt erzählt jeder eine schöne Sache von seinem Tag. Lady Calley hat das vor Jahren eingeführt, damit wir uns alle näher sind. Das macht uns zu einer kleinen Familie. Dieses Ritual ist ihr besonders wichtig. Dauert auch nur zwanzig Minuten.«

»Ich mag Tee, danke«, antwortete ich.

»Setzen Sie sich doch schon mal zu den anderen, ich kümmere mich jetzt um die Heißgetränke«, erklärte Natalie und deutete mit der Hand in Richtung des Kamins.

Ich nickte und Natalie verschwand schnellen Schrittes aus dem Speisezimmer.

Okay, Alpha, versuche es. Das Feuer ist im Kamin, es kann da nicht raus. Du bist sicher. Nichts kann dir passieren.

Ich versuchte mich selbst zu beruhigen und ging schnell und mit langen Schritten auf Lady Calley und die anderen zu. Je schneller ich ging, desto schneller war ich da und desto weniger Zeit blieb mir, darüber nachzudenken. Dann knackte das Holz im Kamin einmal laut und ließ mich erschrocken zusammenfahren. Damit zog ich ungewollt die Blicke auf mich. Na super.

»Ist alles gut, Alpha?«, fragte Rowan, der neben seiner hübschen Begleiterin auf einer Couch saß und einen Arm um sie gelegt hatte.

»Ja, alles gut. Ich habe mich nur kurz erschreckt. Nicht so wild.« Dies war eine normale Situation, nur ich verhielt mich seltsam. Ich versuchte deshalb meine Panik zu ignorieren und so souverän wie möglich rüberzukommen. Meine schwitzenden und zitternden Hände verbarg ich dabei vorsichtshalber hinter meinem Rücken. Ich wollte keine Schwäche zeigen, damit sie nichts hatten, was sie gegen mich verwenden konnten.

»Na, dann setz dich zu uns«, sagte Rowan. Er, seine Freundin und Lady Calley saßen direkt vor dem Kamin. Neben der Couch, auf der Row saß, stand ein freier Sessel: der Platz gleich neben dem Feuer.

Ich wollte mich auf ebendiesen Sessel setzen, aber ich konnte mich nicht auf den Kamin zubewegen. Wie festgefroren stand ich da und sah Row an. Der wiederum schaute fragend zurück.

Näher zum Feuer konnte ich nicht. Es ging einfach nicht. Mein Herz hämmerte.

Auf der Suche nach einer Alternative sah ich mich um. Direkt an der Wand gegenüber dem Kamin war ein Sessel. Auf dem saß zwar bereits die ältere grimmige Dame, aber der Hocker davor war noch frei.

»Mache ich, danke«, sagte ich, während ich meine Beine auftaute und auf dem Hocker Platz nahm. Lady Calley klatschte in die Hände.

»Sehr gut. Natalie kommt bestimmt gleich mit den Getränken. Fangen wir doch schon mal an, es dauert auch gar nicht lange. Für Alpha, die heute zum ersten Mal dabei ist und unser eigentümliches allabendliches Ritual noch nicht kennt, hier eine kurze Erklärung. Wir treffen uns jeden Abend nach dem Essen und erzählen uns eine schöne Sache, die uns den Tag über passiert ist, um uns daran zu erinnern, dass alles, was einen glücklich macht, zählt. Manchmal gibt es, besonders wenn man in der Öffentlichkeit steht, so wie wir es tun, sehr schwarze Tage.«

»Eine schöne Idee«, sagte ich nickend, zwanzig Minuten würde ich schon durchstehen. Hoffentlich wurde keine halbe Stunde daraus.

»Sehr gut, Amelia, beginnst du bitte?«, forderte Lady Calley ihre junge Tochter auf.

Sie nickte. »Seit heute habe ich die komplette Planung für meine Geburtstagsparty übermorgen fertig. Rita Ora hat zugesagt und wird sogar etwas singen. Jetzt du, Marly.« Amelia strahlte, während sie davon erzählte, und ihre Freundin quietschte so glücklich wie ein kleiner Hund, wenn man nach Hause kam.

»Ich habe heute die Bestätigung für die Teilnahme am nächsten Polo Coronations Cup bekommen. Ich werde im gelarischen Team gegen England antreten«, sagte Marly, Amelias Freundin, stolz. Ich hatte absolut keine Ahnung von Polo und von diesem Cup hatte ich auch noch nie gehört, aber ich freute mich trotzdem automatisch für sie. Es schien sie sehr stolz zu machen und eine große Ehre zu sein.

Lady Calley und alle anderen kannten sich da offensichtlich besser aus als ich, da sie zu klatschen begannen. Ich hatte es verpasst, beim Klatschen einzusteigen, weshalb ich peinlich berührt auf meine schwitzigen Hände starrte, was glücklicherweise keiner bemerkt hatte. Zumindest hoffte ich das.

»Möchtest du als Nächstes, Katherine?«, fragte Lady Calley und sorgte so dafür, dass sich die blonde Schönheit an Rowans Seite direkt zu Wort meldete. Sie lehnte sich eng an ihn und schmiegte sich wie eine Katze in den Arm, den er noch immer um sie gelegt hatte. »Heute hat Rowi zum ersten Mal einem offiziellen Date zugestimmt.« Ihre Stimme war zuckersüß und von dem abwertenden Blick, mit dem sie mich beim Abendessen noch bedacht hatte, war nichts übrig. Rowan sah sie nicht an und sagte auch nichts dazu. Er schaute starr geradeaus und schluckte. Offenbar war ich nicht die Einzige, die sich hier unwohl fühlte, auch wenn unsere Gründe dafür sich vermutlich nicht ähnelten.

»Und jetzt du, Rowi«, forderte Katherine Rowan auf. »Mein Tageshighlight war ...« Bevor er weitersprechen konnte, kam Natalie mit einem klappernden Geschirrwagen zur Tür herein. Mit dem Servierwagen kam aber noch etwas anderes in den Raum. Ein Geruch. Ein Geruch, der dafür sorgte, dass mein Herz einen Schlag aussetzte. Heiße Schokolade. Ich schluckte und mein Hals wurde trocken. Ich fühlte, wie sich Schweißtröpfchen auf meiner Stirn bildeten, als sich der herbe, verbrannte Geruch des Kaminfeuers mit dem süßen der Schokolade verband. Einatmen ... ausatmen ... einatmen ... ausatmen. Das würde ich nicht schaffen, egal wie sehr ich es wollte. Als mir die Tränen in die Augen stiegen und sich der brennende Geschmack von Magensäure in meinen Rachen schlich, zog ich die Reißleine.

»Ich muss mal kurz wohin«, presste ich hervor, sprang auf und eilte an Natalie, die gerade dabei war, die Heißgetränke zu verteilen, vorbei auf den Flur. Bevor ich dann weiter zu meinem Zimmer lief, hielt ich kurz an und atmete tief durch.

Nachdem ich meine Zimmer betreten hatte, ließ ich mich mit dem Rücken gegen die Tür sinken. Ein paar Minuten später übermannten mich meine Gefühle und all die schrecklichen Bilder in meinem Kopf. Es war so viel zusammengekommen im letzten Jahr, dass ich das Gefühl bekam, von alldem erdrückt zu werden. Es war, als würde sich eine schwere Eisenkette um meinen Hals auf meine Schultern legen und mir die Luft abschnüren. Ich weinte, weil ich so viel verloren hatte: meine Mum, mein normales Leben, Aaron. Feuer oder der Geruch von heißer Schokolade waren meine persönlichen Unglücksbringer und ließen alles Schlimme, was ich jemals erlebt hatte, wie einen Spielfilm vor meinem inneren Auge ablaufen.

Irgendwann konnte ich nicht mehr weinen. Ich hörte einfach auf und starrte Kreise in die Luft. Wie lange ich einfach so dasaß, konnte ich nicht genau sagen. Es konnten fünfzehn Minuten oder eine Stunde gewesen sein. Das Zeitgefühl war mir abhandengekommen.

Als ich das nächste Mal auf die Uhr sah, war es gerade zweiundzwanzig Uhr. Ich zog mich um und legte mich in das übermäßig kuschelige Bett. Eine ganze Weile versuchte ich einzuschlafen, was mir aber einfach nicht gelingen wollte.

Ich griff nach meinem Handy und rief Nate an. Nach dem vierten Klingeln ging er ans Telefon.

»Hallo, Alpha, was ist los?«

»Hey, Nate. Ich glaube, ich wollte einfach nur deine Stimme hören«, antwortete ich wahrheitsgemäß. Ich wollte die Stimme eines Freundes hören, mit ihm reden und mich von meinem Tag ablenken. Ich hörte Nate durch den Lautsprecher leise lachen.

»Ich bin da. Immer«, antwortete er. Ich nickte, erst danach fiel mir ein, dass er das ja gar nicht sehen konnte.

»Ich weiß. Wie war dein Tag?«, fragte ich ihn.

»Gut, ich habe mich für ein paar Universitäten beworben. Auch die von Gelaria ist dabei. Dann wäre ich nur einen Katzensprung von dir entfernt.«

Seine Aussage verunsicherte mich.

»Du weißt aber, dass du das nicht wegen mir tun sollst, oder?«

»Und wenn ich das einfach will?«, antwortete er. Ich wusste nicht, was ich darauf antworten sollte. Hin und wieder deutete Nate etwas in der Art an, aber er war mein bester Freund und mehr würde daraus nicht werden. Ich hoffte, er wollte unsere Freundschaft nicht wegen Gefühlen aufs Spiel setzen, die ich nicht erwidern konnte. Natürlich dachte ich hin und wieder an unseren Kuss vor ein paar Monaten, aber durch diesen war ich mir meinen Gefühlen für Aaron bewusst geworden. Nate würde niemals dieselben Empfindungen in mir auslösen und zu diesem Zeitpunkt war ich mir nicht sicher, ob irgendjemand das jemals wieder könnte.

»Die Calleys sind nett. Row … Neil ist nett. Ich weiß nicht, wie ich sie einschätzen soll.«

»Du bist misstrauisch, das wäre ich auch, wenn mir dasselbe wie dir passiert wäre. Du hast Aaron vertraut und er hat das nur ausgenutzt. Das hätte ich niemals von ihm erwartet.« In Nates Stimme konnte ich seine Enttäuschung mitschwingen hören.

»Ja, was ist, wenn die Calleys das auch tun?«

»Natürlich verspricht sich Neil einen Vorteil von der Sache. Er macht sich zum guten Samariter, der auch seinen Gegnern hilft. Das Volk wird ihn dafür auf ein Podest stellen. Du musst aufpassen, wie du dich in seiner Gegenwart verhältst und was du sagst. Lass dich nicht einwickeln, ich habe gehört, dass er das wirklich gut kann.«

»Ja, wahrscheinlich hast du recht. Danke, Nate.«

»Dafür bin ich da, aber du rufst doch nicht nur deshalb um halb elf abends an, oder?«

Für einen Augenblick überlegte ich Nate von meiner Panikattacke zu erzählen, entschied mich aber dagegen, da ich nicht wollte, dass er sich Sorgen machte. Bisher war Aaron der Einzige, der das, abgesehen von meiner Familie, mitbekommen hatte und wusste, was dahintersteckte. Nate wusste zwar, dass ich heiße Schokolade hasste und kein Freund von Feuer jeglicher Art war, aber die Hintergründe dafür kannte er nicht. Zumindest nicht genau.

»Nein, sonst habe ich nur Amelia kennengelernt und gehört, dass du mit Matt am Samstag auch zu ihrer Geburtstagsparty kommst.«

»Ja, genau. Ich glaube, Lady Calley hat uns eingeladen, damit du nicht so allein bist und natürlich weil wir immer gern auf solchen Veranstaltungen gesehen werden. Besonders von meinem Vater«, sagte Nate. Als er seinen Vater erwähnte, wurde seine Stimme schwer. Adalmar Kingston stellte sich gern wie der perfekte König da, aber wir wussten, dass er es absolut nicht guthieß, wie sehr seine Söhne mich in meinem Vorhaben, den gelarischen Thron zu besteigen, unterstützten. Besonders bei Nate, seinem, mittlerweile offiziellen, Thronfolger, war es ihm ein Dorn im Auge.

Öffentlich konnte er zwar keine Stellung dazu nehmen, weil das kein gutes Licht auf ihn werfen würde, aber zu Hause tat er das oft genug.

Hin und wieder hatte ich in den letzten Wochen bemerkt, wie Nate schmerzerfüllt zuckte, wenn er sich an einen Stuhlrücken lehnte. Manchmal schimmerten sogar rote Striemen durch seine hellen weißen Hemden. Ich hatte so einen Hass auf diesen Mann, auch wenn Nate mir anvertraut hatte, dass nicht nur sein Vater ihn misshandelte. Seine Mutter war ebenso daran beteiligt.

Ich hatte ihn so oft in den letzten Wochen darum gebeten, sich an jemanden zu wenden. Es musste ja nicht mal die Öffentlichkeit sein. Ein Arzt oder ein Psychologe würden ja schon reichen, zumindest fürs Erste. Ich verstand schon, warum er es nicht anzeigen wollte, immerhin war sein Vater der König und der hatte einen tadellosen Ruf. Da würde diese Schwäche nicht so gut ins Bild passen, aber Körperverletzung war eine Straftat und nur weil er ein verdammter König war, konnte er doch nicht damit durchkommen!

Irgendwann würde ich ihn dafür kriegen. Irgendwann würde ich ihm zurückzahlen, was er seinem Sohn antat.

Er war keinen Deut besser als sein Bruder Ferkel. Bosheit lag offensichtlich in dieser Generation der Kingstons.

Als ich bemerkte, dass ich mich innerlich hochgeschaukelt hatte, versuchte ich den Moment der Stille zwischen Nate und mir zu durchbrechen.

»Wird er auch da sein?«, fragte ich vorsichtig.

»Nein, Matt und ich kommen allein. Ursprünglich hatte ich Cosmo noch gefragt, ob er mich begleiten möchte, aber der hat schon irgendwas vor.« Nate war offensichtlich erleichtert, also war ich es auch.

»Schade, ich hätte Cosmo gern gesehen.«

»Weiß ich, aber er kommt dich bestimmt noch mal besuchen. Und ich wette, dass du auch ihn immer anrufen kannst«, sagte Nate zuversichtlich. Ich war mir eigentlich auch ziemlich sicher, dass die Calleys Cosmo nicht für die Fehler seines Vaters verantwortlich machen würden, wenn er sich entschied doch mal vorbeizukommen.

»Ja, er ist ein Guter«, sagte ich lachend. »Aber du, Nate, ich versuche jetzt noch mal zu schlafen. Ich habe morgen Unterricht in Etikette und will da nicht mit den Augenringen des Todes aufkreuzen.«

»Ja, das kommt wahrscheinlich nicht so gut. Denk an das, was wir dir schon gezeigt haben, und beeindrucke Lady Calley. Zeig ihnen, wie ladylike du sein kannst.«

»Mache ich, danke. Gute Nacht, Nate.«

»Schlaf gut, Alpha.«

***

Nachdem ich weiter zwanzig Minuten erfolglos versucht hatte einzuschlafen, schnappte ich mir meine schwere Bettdecke und beschloss mich für einen Augenblick auf den Balkon zu setzen und einfach nur die klare Februarluft zu genießen. Da es draußen keine Sitzmöglichkeit gab, schob ich den Holzstuhl aus dem Kleiderschrank nach draußen und kuschelte mich mit der Decke darauf.

Der Nachthimmel war wunderschön. Nur hier und da zogen ein, zwei Wolken vorbei und verdeckten die strahlend helle Mondsichel und die leuchtenden Sterne drum herum. Ich genoss die kalte, windstille Luft und zog die Decke noch enger um mich.

Als ich das Klicken eines Türschlosses vernahm, spitzte ich die Ohren und hielt den Atem an. Ein kurzer Blick über die Schulter verriet mir, dass das Geräusch nicht von meiner Balkontür verursacht worden war, denn die stand nach wie vor offen und meine Zimmertür war abgeschlossen. Als ich meinen Blick wieder nach vorne richtete, wurde ich angesprochen. Etwas, womit ich absolut nicht gerechnet hatte, weshalb ich kurz zuckte.

»Hey.« Rowans Stimme kam von links, also drehte ich mich in seine Richtung. Er stand auf dem Nachbarbalkon und sah zu mir herüber. Die Ärmel von seinem Hemd waren noch wie beim Essen umgeschlagen und seine Hände steckten in den Hosentaschen.

»Es ist kalt hier draußen«, sagte er. Ich wandte meinen Blick dem Himmel zu und atmete tief ein.

»Das stimmt, aber es ist schön. Ich weiß nicht, wann ich zuletzt einen so klaren Sternenhimmel gesehen habe. Westby ist sehr nah an Wirden und die Stadt ist nicht gerade klein. Davor habe ich in London gelebt und da sieht man den Himmel nur im Planetarium.«

»Ja, wir liegen hier etwas ab vom Schuss. Die nächste größere Stadt ist Kinsley und selbst die liegt rund sechzig Kilometer entfernt.«

Als ich wieder zu Row schaute, saß er mit verschränkten Armen auf dem Ende des Steingeländers des Nachbarbalkons und lehnte an der Wand.

»Was machst du hier, Rowan? Dein Zimmer ist doch auf der anderen Seite des Flurs und nicht auf dieser?«, fragte ich und sah ihn an. Mir war nicht klar, was er mit diesem Gespräch bezwecken wollte oder worauf es hinauslaufen sollte.

»Das ist Katherines Zimmer. Ich wollte eigentlich nur kurz an die Luft und dann habe ich dich gesehen.« Aus seiner Stimme war etwas wie Bedauern abzuleiten, zumindest klang es so. Allerdings konnte ich nicht sagen, ob er damit den Umstand meinte, dass er sich im Zimmer seiner Freundin aufhielt oder dass er mich entdeckt hatte. Normalerweise hätte mein innerer Sherlock Ersteres ausgeschlossen, hätte ich seine Reaktion bei ihrem »schönsten Moment des Tages« nicht gesehen.

»Seid ihr zusammen?«, fragte ich, um etwas Klarheit in die Sache zu bringen. Es interessierte mich, obwohl es das nicht sollte. Row kratzte sich nachdenklich am Hinterkopf.

»Ehrlich gesagt kann ich das nicht so ganz beantworten, weil wir nicht drüber gesprochen haben. Aber ich würde sagen, dass es nichts Ernstes ist, falls du das meinst.«

Bei seinen Worten schlug mein Herz etwas schneller und ich konnte nicht sagen, weshalb es das tat. Ich begann wie automatisch ihn von oben bis unten zu mustern. Da fiel mir auf, wie unordentlich seine schwarzen Haare saßen und dass sein Hemd falsch geknöpft worden war. Noch offensichtlicher konnte man Sex nicht zu verbergen versuchen.

»Ich wette, dass ihre Antwort da anders ausfallen würde«, sagte ich und lächelte zynisch. Row schmunzelte und rieb sich fröstelnd die Arme. »Ja, vermutlich. Aber wir haben das ziemlich locker angefangen.«

Ich verdrehte die Augen. Er hatte ja von seinem »unwiderstehlichen« Charme gesprochen, aber für einen Aufreißer und Herzensbrecher hatte ich ihn nicht gehalten. Dass er Katherine früher oder später verletzen würde, stand für mich außer Frage.

»Können wir bitte über etwas anderes sprechen, bevor es noch unangenehmer wird?«, fragte ich rhetorisch, denn ich hatte nicht vor dieses Gespräch so weiterzuführen.

»Du bist nicht wiedergekommen«, sagte er und meinte damit meine überstürzte Flucht aus dem abendlichen Ritual der Calleys. Ich schluckte.

»Ich glaube, ich gehe wieder rein, es ist ganz schön kalt«, erwiderte ich, ohne auf seine Aussage zu reagieren. Wenn ich sagen würde, dass es mir nicht so gut ging, würde er es auf meine Kopfverletzung schieben und einen Arzt rufen und mir war einfach nicht nach noch mehr Aufregung. Ich packte meine Decke und stand auf.

»Gute Nacht, Rowan.«

»Gute Nacht«, antwortete er etwas überrascht. Ohne ihn noch einmal anzusehen, ging ich in mein warmes Zimmer zurück und hängte die nun ausgekühlte Decke über einen Sessel. Ich zog meine kalten Sachen aus und ersetzte sie durch meinen kuscheligen Schlafanzug. Gerade als ich meinen Laptop gestartet und eine DVD eingelegt hatte, klopfte es an der Tür.

Als ich sie öffnete, stand Rowan davor und sah mich sorgenvoll an.

»Willst du mich nicht hereinbitten?«, fragte er.

»Ich weiß nicht. Was möchtest du denn?«, antwortete ich etwas überrascht. Es war mitten in der Nacht und in der Regel klopfte man dann nicht mehr an fremde Türen, vor allem wenn man sich zuvor eine gute Nacht gewünscht hatte.

»Ich möchte mit dir reden«, erwiderte Row.

»Und worüber?«

»Um das zu erfahren, musst du mich wohl oder übel hereinlassen.« Er blickte mich aus seinen Augen schelmisch an. Sein Lächeln ließ Wärme durch meinen Körper fließen.

»Aber ich bin schon bettfertig«, sagte ich ausweichend.

»Das stört mich nicht.«

»Aber mich vielleicht«, warf ich ein. Rowan entwich ein kurzes leises Lachen.

»Wirklich? Willst du nicht wissen, was ich zu sagen habe?«

»Doch, schon.«

»Siehst du, dann komme ich jetzt rein. Du darfst dich gerne umziehen, wenn dir das hilft«, sagte er mit einem etwas anzüglichen Lächeln, das mir die Röte in die Wangen trieb.

»Nein danke, dann bleibe ich lieber so.«

Rowan schob sich an mir vorbei durch die Tür und schlenderte lässig auf die Couch zu. Lautlos ließ er sich in das weiche Polster sinken. Wie am gestrigen Abend, als ich noch nicht gewusst hatte, wer er war, setzte ich mich neben ihn, nur dass ich mir dieses Mal eine Wolldecke über die Beine zog.

»Also, was kann ich für dich tun?«, fragte ich nun neugierig, aber noch etwas unsicher, weil ich absolut keine Ahnung hatte, wie ich diese Situation einordnen sollte. Es war irgendwie seltsam, ein bisschen wie ein Déjà-vu.

Row lehnte sich vor und stützte seine Ellenbogen auf die Knie. Ich hörte, wie er tief ein- und ausatmete und sich mit seinen Händen durchs Gesicht fuhr. Dann senkte er seinen Blick zu Boden.

»Okay, Alpha, das hier ist für uns beide nicht leicht. Keiner von uns hat mit dem jeweils anderen gerechnet, wie denn auch, aber wir sollten es uns nicht schwerer machen, als es sowieso schon ist. Du musstest im letzten halben Jahr einiges durchmachen, Dinge, mit denen kaum jemand einfach so fertig wird.« Er ahnte ja gar nicht, wie recht er damit hatte. »Aber wir sollten uns auf das besinnen, was wir eigentlich wollen, und das ist Gelaria zu helfen. Es ist ein unfassbar schönes Land und vermutlich weißt du gar nicht, wie schön es wirklich ist. Deshalb möchte ich einen Waffenstillstand. Ich würde gerne mit dir zusammenarbeiten, um Gelarias willen. Wenn du dem zustimmst, möchte ich dir gern das Land zeigen. Das Land, was nun unser beider Zuhause ist.« Row sah mich voller Erwartungen an und ich musste ziemlich perplex ausgesehen haben. Ich starrte einfach nur, unfähig etwas zu sagen, unfähig überhaupt an etwas zu denken.

»Ich weiß nicht, was ich sagen soll«, gab ich zu.

»›Sehr gern, Row‹, wäre eine Möglichkeit.« Bei seinen Worten verschränkte er die Arme und zog seine Mundwinkel zu dem wahrscheinlich schiefsten Grinsen, das ich je gesehen hatte. Ich konnte mich nicht gegen das Lächeln wehren, das sich nun auf meine Lippen legte.

»Warum sollte ich dir trauen?«

»Weil du keine Wahl hast, wenn du willst, dass das Volk sich dir zu Füßen legt.«

»Okay, das habe ich verstanden, aber was hast du davon? Du willst die Position doch auch. Ich frage mich nur, warum gerade du mir helfen solltest?«, fragte ich so ernst, wie es mir in diesem Moment möglich war. Seine Anwesenheit, seine lockere Art und seine Undurchsichtigkeit machten mich nervös.

»Dir zu helfen macht mich zu dem selbstlosen Helden, der ich bin. Die

Menschen lieben das. Und außerdem ist es nicht ausgeschlossen, dass das Parlament sich doch für dich entscheiden könnte, und dann will ich, dass du vorbereitet bist, damit du das Land nicht gegen die Wand fährst.«

Er klang überraschenderweise nicht arrogant, so wie ich es erwartet hätte bei jemandem wie ihm.

»Das klingt plausibel. Schön. Wir werden zusammenarbeiten. Aber wir brauchen Regeln«, forderte ich. Rowan nickte. Ich schlug die warme Decke zur Seite und kramte einen Stift und Papier aus meinem Rucksack. Rowan folgte mir mit seinen Augen. Ich brauchte mich nicht umzudrehen, um zu wissen, dass er jeden Zentimeter von mir abscannte, als wäre ich eine Tüte Chips auf dem Kassenband. Als ich mich umdrehte, trafen sich unsere Blicke. Ich merkte, dass er genauso wenig wegsehen konnte wie ich. Und auch wenn mir der Gedanke im Nachhinein lächerlich vorkam, fühlte es sich für eine Millisekunde so an, als hätten wir eine Verbindung. Ein leichtes Prickeln fuhr mir über die Haut.

»Gut. Ich möchte, dass wir einander vertrauen können. Zumindest in einem gewissen Maß. Deshalb müssen wir uns alle wichtigen Dinge erzählen«, sagte Row und unterbrach damit die Verbindung. Ich schüttelte kurz den Kopf, als wollte mein Körper so verdrängen, was ich gerade gefühlt hatte. Row nahm mir den Block ab und zog die Kappe mit einem Ploppen vom Stift, bevor er anfing unsere Bedingungen aufzuschreiben.

»Dem stimme ich zu. Keine Lügen, keine versteckten Absichten«, ergänzte ich seine Forderungen.

»Macht Sinn. Ich möchte bei deinen Etikettestunden dabei sein.«

Ich runzelte die Stirn. »Wieso sollte das helfen? Mal ganz davon abgesehen, dass deine Mutter mir längst gesagt hat, dass du hin und wieder mitmachen würdest.«

»Weil ich wissen muss, womit ich arbeiten kann. Und ich möchte ein Geheimnis von dir wissen.«

Für einen kurzen Augenblick sah er von dem Notizblock auf und bemerkte mein fragendes Gesicht.

»Damit wir eine Vertrauensbasis bekommen, auf der wir aufbauen können.« Sein Versuch, es zu erklären, machte es nicht zu einer weniger seltsamen Bedingung. Misstrauisch runzelte ich die Stirn. Er sollte sehen, dass ich offensichtlich nicht begeistert davon war, auch wenn ich durchaus in Erwägung zog, dass er recht haben könnte. Vielleicht wäre es gut, etwas über den jeweils anderen zu erfahren, und sei es nur, um sich selbst abzusichern. Widerwillig akzeptierte ich seine Forderung.

»Na gut, aber du musst dann anfangen.«

»Wieso?«, fragte er. Verblüfft sah ich ihn an. »Na, weil es deine Idee war.«

»Nun gut. Dann werde ich anfangen.« Rowan riss den Zettel vom Notizblock und faltete ihn sorgsam, bevor er aufstand und ihn sich in eine der hinteren Hosentaschen schob. Ohne etwas Weiteres zu sagen, ging er zu meiner Zimmertür zurück.

»Warte, wolltest du mir nicht noch dein schmutziges Geheimnis verraten?« Zusätzlich zu meinen Worten entwich mir ein Quietschen. Ganz automatisch schlug ich mir peinlich berührt die Hand vor den Mund und wartete auf Rowans Reaktion. Der drehte sich zu mir um und lachte.

»Das werde ich, aber ich muss mir noch überlegen, wie ich dir die furchterregend tragische Geschichte am besten erzähle, damit du nicht gleich die Polizei rufst.«

»Na, wenn das so ist, solltest du lieber gut nachdenken. Ich habe einen guten Freund bei der antiranischen Polizei.«

»Wie gut? Nur aus reinem Interesse.« Row betonte seine Worte absichtlich so, dass man sie auf mehrere Weisen interpretieren konnte. Vielleicht wollte er mich ärgern oder aus der Reserve locken, aber ich würde definitiv nicht die Erste sein, die ihr Geheimnis preisgab.

»Gut genug.« Ich gab mir die größte Mühe, seine Doppeldeutigkeit zu imitieren. Rowan lachte leise und schüttelte kaum merklich den Kopf, so als würde er mir nicht glauben.

»Gute Nacht, Alpha.« Er warf mir noch ein letztes Lächeln zu, bevor er durch die Tür verschwand.

Noch eine ganze Weile starrte ich die gerüschte Decke des Bettes an, bevor ich einschlief.

KAPITEL 13

Als »I'm a Barbie girl in a Barbie wooorld. Life in plastic, it's fantastic ...« in gruselig schrecklicher Qualität aus meinem Handy schrie, saß ich senkrecht im Bett. Beinahe hätte ich das Klapptelefon gegen die Wand gepfeffert, einfach nur damit es aufhörte. Dass man alternativ auch die Pausetaste drücken konnte, hatte dem alten Ding schon mehrfach das Leben gerettet. Ich hasste diesen Song, weshalb ich ihn, auf Anilas Rat hin, als Klingelton eingestellt hatte.

Bei dem Gedanken an Anila musste ich lächeln. Ich sollte sie dringend mal wieder anrufen. Aber erst nach der großen Party morgen, ich musste schließlich etwas zu erzählen haben. Partys waren da immer gut für, denn auf ihnen passierten grundsätzlich Dinge, die alles andere als geplant waren. Obwohl ich mir bei Amelias Geburtstag nicht vorstellen konnte, dass irgendwelche Eventualitäten eintrafen. Dafür würde das Sicherheitsteam schon sorgen, denn wenn ich etwas gelernt hatte, dann war es, dass wenn man in der Öffentlichkeit stand, sich immer mindestens zwei Wachleute um einen herumtummelten, ohne dass man sie je zu Gesicht bekam. Beobachtet fühlte man sich trotzdem. Vielleicht war das einer der Gründe, weshalb ich seit dem Attentat so paranoid war.

Nachdem ich mich fertig gemacht hatte, begab ich mich pünktlich in Richtung des Speisesaals. Irgendwie hatte ich trotz meines Albtraumweckers heute gute Laune. Das war ganz untypisch für mich. In der Schublade der Morgenmuffel würde ich mich zwar nicht einordnen, aber bei den fröhlich springenden Frühaufstehern allerdings auch nicht.

Meine gute Laune verflog in der Sekunde, als ich auf den Flur vor dem

Speisezimmer trat. Laute Stimmen schlugen mir entgegen, sodass ich überlegte umzudrehen und zurück auf mein Zimmer zu gehen. Das tiefe Grummeln meines Magens, das einem Baritonsänger gleichkam, hielt mich allerdings davon ab.

»O nein, Neil Rowan Calley! So kommst du mir nicht davon!«, hörte ich Katherines bebende Worte.

»Ich muss mich für nichts rechtfertigen!« Auch Rowans Stimme war laut, aber er schien sich nicht ganz so sehr aufzuregen wie seine Freundin. Freundlich klang er trotzdem nicht.

Ich blieb in der Tür stehen und beobachtete das heikle Geschehen. Ich wagte es nicht, den Raum direkt zu betreten. Mein Gefühl sagte mir, dass ich lieber noch einen Augenblick abwarten sollte, bevor ich mich an den gedeckten Tisch setzte. Das Rührei duftete so herrlich, dass ich überlegte es vielleicht doch zu tun. Allerdings wollte ich nicht die Erste sein, die die verbale Prügelei störte, denn außer mir war noch niemand hier. Es war mir lieber, wenn Lady Calley vor mir dazwischenging. Sie würde bestimmt gleich auftauchen.

»Ach nein? Ich dachte, das mit uns wäre jetzt etwas Ernstes? Es hat sich zumindest sehr ernst angefühlt«, blaffte Katherine Rowan an und verschränkte die Arme. Sie trug ein sehr kurzes rotes Minikleid mit weiten Ärmeln, in dem sie unfassbar elegant aussah. Ich sah daneben in meinem braun karierten Kleid aus wie ein Schulmädchen. Automatisch zubbelte ich den Rock etwas nach unten, denn auch mein Kleid war nicht das längste.

»Kat, du weißt, dass das nicht so einfach ist«, erwiderte Rowan und kratzte sich am Hinterkopf. Katherine machte einen Schritt auf ihn zu. Ich konnte sehen, wie ihr Gesicht sich wütend verzog.

»Ist das dein Ernst? Und das bedeutet, dass du dich nachts einfach in das Zimmer einer fremden Schlampe stehlen darfst? Das habe ich von jedem anderen erwartet, aber nicht von dir!« Katherines Stimme bebte wie ein Vulkan kurz vor dem Ausbruch. Gewollt theatralisch stürmte sie aus dem Raum und stieß mich dabei mit voller Wucht an, sodass ich gegen den Türrahmen fiel.

»Wenn man vom Teufel spricht«, stöhnte sie genervt, während sie mit schnellen, großen Schritten den Flur entlanglief.

Rowan trat zu mir an die Tür und sah Katherine nach. Sein Blick ließ nicht durchscheinen, was er dabei empfand.

»Möchtest du nicht hinterhergehen?«, fragte ich Rowan vorsichtig. Ich wollte ihm nicht zu nahe treten und trotzdem hielt ich es für richtig. Row allerdings machte keine Anstalten, ihr nachzulaufen.

»Sie beruhigt sich wieder. Solche Anfälle sind ganz normal für Katherine.«

»Weshalb ist sie denn so wütend?«, fragte ich überflüssigerweise. Bevor er dazu kam, mir zu antworten, hörten wir laute Schritte auf uns zukommen.

»Was gibt es hier denn für ein Theater?« Lady Calley bahnte sich den Weg zwischen uns durch zum gedeckten Tisch und setzte sich ans Ende.

»Nichts, Katherine hat nur nicht gut geschlafen«, log Rowan.

»Oh, dann wird sie wohl nicht mit uns gemeinsam frühstücken, wie schade.«

***

Das Frühstück verlief ziemlich ereignislos. Jeder aß für sich und es herrschte weitestgehend Stille, bis Will und Natalie begannen den Tisch abzuräumen. Lady Calley schüttelte ihre Serviette über ihrem Teller aus und legte sie gefaltet zurück. Wie gerufen schnappte sich Natalie nur Sekunden später den Teller und räumte alles ab. Rowan hatte bereits, direkt nachdem er aufgegessen hatte, den Raum verlassen, mit der Begründung, noch etwas Wichtiges zu tun zu haben. Gerade als ich dabei war aufzustehen, schob auch Lady Calley ihren Stuhl nach hinten. Die Beine hinterließen ein leises Kratzen, als sie hinter ihr über den Boden schabten.

»Ich freue mich schon sehr über unseren kommenden Etiketteunterricht. Um zwölf Uhr treffen wir uns im Tanzsaal. Bring hohe Schuhe mit«, sagte sie freudig und verließ den Raum, noch bevor ich nachfragen konnte, wo ich den Tanzsaal noch mal fand.

***

Ich verlief mich immer noch auf dem riesigen Anwesen der Calleys. Meine Zeit wurde knapp und ich wollte unbedingt pünktlich kommen. Während meine Augen von Tür zu Tür wanderten und dabei eine am Ende des Flures entdeckten, die einen Spaltbreit offen stand, hörte ich das Klicken einer Türklinke. Zu spät. Eine Tür direkt vor mir öffnete sich. Ich glitschte in den hohen Pumps bei dem vergeblichen Versuch zu bremsen aus und fiel direkt in Rowans Arme. Gott sei Dank, das war allemal besser, als gegen eine Tür zu laufen. Ich spürte seine warmen Hände an meinem Rücken. Rowan drückte mich fest an sich, um zu vermeiden, dass ich auf dem glatten Boden weiterrutschte. Seine hellen, schimmernden Augen hypnotisierten mich für einen Moment, bis die Bewegungen seiner Lippen mich zurück in die Realität holten.

»Neigst du eigentlich dazu, immer über deine eigenen Füße zu fallen?« Rowan blickte amüsiert zu mir herunter. *Konzentration, Alpha.*

»Äh, was …? Nein«, antwortete ich, während ich hastig mein Gleichgewicht wiederfand und mich aus seinem festen Griff befreite. Row verschränkte die Arme und lächelte mich schief an. Sein Lächeln war charmant und löste vermutlich nicht nur bei mir dieses seichte Kribbeln auf der Haut aus. Er deutete einladend mit einer Hand in Richtung des Raumes. Ich lächelte zurück, als ich an ihm vorbei hineintrat.

»Ah, sehr schön, Alpha, da hast du uns ja gefunden.« Lady Calley trug ein langes grünes Kleid, das kurz über ihren Knöcheln endete. Es war mit weißen Blumenranken bestickt und sah sehr elegant aus. Ich sah mich im Tanzsaal um. Er war groß und überall wuselten Menschen herum und schmückten und dekorierten den Raum für Amelias großen Tag morgen. Bis auf Will schien niemand zum festen Personal des Hauses zu gehören. Dieser hatte augenscheinlich das Zepter in der Hand, denn er koordinierte die Arbeiten.

So schnell ich die Situation überblickt hatte, wandte ich mich wieder Lady Calley und ihrem Sohn zu. So wie sie dort nebeneinanderstanden, sah man ihre Ähnlichkeit deutlich. Dieselben markanten Gesichtszüge, dieselbe olivfarbene Haut. Außerdem sahen beide wie aus dem Ei gepellt aus, denn auch Rowan trug ein dunkelblaues Hemd, das in seiner schmalen schwarzen Hose steckte. Seine kurzen schwarzen Haare lagen in leichten Wellen, was mir erst jetzt auffiel, weil er sie akkurat gestylt hatte. Es gefiel mir irgendwie.

Als die streng aussehende Dame vom Abendessen sich an den Flügel im Raum setzte, begann ich zu ahnen, worauf diese Stunde hinauslaufen würde. Sie fing nicht direkt an zu spielen, nickte Lady Calley aber zu und signalisierte uns damit, dass sie nun bereit war.

»Tanzen wir etwa?«, fragte ich.

»Du klingst nicht begeistert«, stellte Rowan mit einem schelmischen Grinsen fest. »Angst, dich zu blamieren?«

»Nein, Aaron hat mir schon ein bisschen was gezeigt«, antwortete ich ganz automatisch. Aaron, ich hatte in den letzten Tagen nicht viel an ihn gedacht. Jedes Mal, wenn ich es tat, wurde mein Hals trocken. Ich schluckte. Rowan hatte meine Reaktion auf meine eigenen Worte bemerkt und schenkte mir einen mitleidigen Blick. Auch er hielt ihn vermutlich für den Helden, für den ihn alle hielten. Ich konnte ihm keinen Vorwurf machen, immerhin wusste er nicht, was wirklich passiert war. Das wusste kaum jemand. Irgendwie kam in diesem Moment das erste Mal der Gedanke in mir auf, ob ich ihm davon erzählen sollte, aber ich fürchtete, Nate würde das nicht gut finden. Außerdem wäre das ein echt kompromittierendes Geheimnis und ich war nicht sicher, ob er von solchen schwerwiegenden Geheimnissen gesprochen hatte. Damit würde ich ihm quasi die Informationen, die mich aus dem Rennen bringen würden, mit einem Handschlag überlassen.

»Gut, wir fangen nicht mit dem Tanzen an, sondern mit dem Essen, so wie es morgen auch sein wird.«

»Du hast also eine kleine mentale Schonfrist, um dich auf die Tanzstunde mit mir vorzubereiten«, ergänzte Rowan Lady Calley.

Mit Geschirr und Besteck kannte ich mich mittlerweile gut aus, weil Nate und Mr Brown es mir mehr als einmal eingebläut hatten. Immerhin hatte ich bei den ganzen Veranstaltungen der letzten zwei Monate, bei denen ich die gelarischen Parlamentsmitglieder kennengelernt hatte, einen guten Eindruck hinterlassen müssen. Da waren gute Essensmanieren laut Mr Brown unerlässlich. Irgendwie fehlten mir Mr Brown und Nate schon. Ich hatte sie seit dem Attentat fast jeden Tag um mich gehabt und irgendwie waren sie einfach so ein fester Bestandteil meines Lebens geworden. Ein Bestandteil, der mir nun fehlte. Genau wie meine Grandma. Der Gedanke an sie munterte mich immer auf, weil ich mich fragte, was sie gerade tat, und immer wieder daran denken musste, wie fröhlich sie immer auf dem Hof herumwuselte.

Wie zu erwarten glänzte ich bei der Besteckkunde. Dabei fiel mir immer wieder auf, wie Rowan mich überrascht beobachtete.

»Gut, kurze Pause. Mrs Roth hat Natalie Bescheid gegeben, dass sie uns was zu trinken bringt. Was mich angeht, muss ich mich kurz verabschieden, um mich damenhaft zu verhalten.« Lady Calley zwinkerte uns zu, dann verließ sie den Tanzsaal. Wenig später kam die streng aussehende Frau, Mrs Roth, mit einem Tablett voller Getränke zurück und reichte uns zwei Wassergläser. Wir tranken und stellten sie zurück auf das Tablett.

»Damit meint sie den Gang zur Toilette«, klärte Rowan mich unverblümt auf.

»Ach so, okay. Wieder etwas dazugelernt.«

Rowan lächelte. »Du lernst schnell, habe ich das Gefühl.«

Ich stellte mich so vor ihn, dass so wenig Platz zwischen uns war, dass man nicht mal einen Kasten Coke hätte zwischen uns stellen können.

»Ich verrate dir ein Geheimnis. Das mit dem Besteck wusste ich schon«, flüsterte ich. Das Lachen, das nun aus Rowans Kehle kam, war tief und leise.

»Du glaubst doch nicht allen Ernstes, dass ich das als Geheimnis anerkenne, oder?«, raunte er. Ich schüttelte den Kopf. »Nein, aber ich bin ja auch nicht dran.« Mein Konter amüsierte ihn und auch ich konnte nicht vermeiden, dass mein Lächeln immer breiter wurde.

»Touché, ich weiß auch schon, was ich dir offenbaren werde, ich muss nur noch einen Weg finden wie. Du solltest dir schon mal Gedanken darüber machen, was du mir anvertrauen möchtest.«

»Werde ich, keine Sorge.«

Mit einem lauten Klatschen unterbrach Lady Calley unser Gespräch.

»Schön, dass ihr euch schon vorbereitet habt. Amelias Geburtstag morgen wird überwiegend zwanglos sein, immerhin wird sie erst sechzehn. Nichtsdestotrotz werden einige sehr wichtige Persönlichkeiten da sein, die sehr viel Wert auf Traditionen legen. Deshalb wird die Tanzfläche traditionell mit dem Blumenwalzer eröffnet werden. Du als Thronanwärterin und Rowan als dein Mitbewerber werden da natürlich eine große Rolle einnehmen. Deshalb werdet ihr mit Amelia und ihrem Tanzpartner den Blumenwalzer tanzen und so im Mittelpunkt stehen. Deshalb werden wir dir nun zeigen, wie das geht. Rowan, bitte.« Lady Calley schwenkte ihre Hand und ohne eine weitere Vorwarnung spürte ich, wie Rowan seine Hand an meinen unteren Rücken legte und mich noch näher an sich zog. Er legte seine andere Hand in meine. Etwas überwältigt hielt ich den Atem an und so wie er mich ansah, hatte ich auch meine Augen ziemlich weit aufgerissen.

Als Mrs Roth anfing eine wunderschöne Melodie auf dem Flügel zu spielen, setzte sich Rowan in Bewegung und begann uns übers Parkett zu dirigieren. Ich war etwas steif und versuchte mit meinen Augen unsere Schritte zu verfolgen. In langsamem Tempo kreisten wir über die Tanzfläche. Ich spürte die Blicke des Organisationsteams auf uns, was es nicht einfacher machte. Wie würde es werden, wenn wir morgen alle Augen auf uns zögen? Bei dem Gedanken daran verkrampften sich meine Hände.

»Sieh mich an, Alpha«, sagte Rowan. Ich hob meinen Kopf und blieb an seinen Augen hängen. Ich konnte nicht vermeiden, dass mein Blick immer wieder zu unseren Füßen zurückwanderte, und trotzdem zogen mich seine Blicke an. Ich war unfähig länger als ein paar Sekunden woandershin zusehen.

»Mache ich dich nervös?«, fragte Rowan auf eine ganz bestimmte Weise. Seine Worte waren eine Mischung aus Interesse und dem Versuch, verführerisch zu klingen.

»Nein, ich tanze nur nicht besonders gut«, antwortete ich, so überzeugend ich konnte, denn dass er mich nervös machte, war eigentlich nicht abzustreiten. Das merkte er ebenso wie ich.

»Ganz sicher?«, fragte er. Dann hob er meinen Arm und drehte mich darunter durch, sodass ich nun mit dem Rücken an seiner Brust lehnte. Die Hand, die vorher an meinem unteren Rücken gelegen hatte, ließ er sanft an meine Hüfte gleiten.

»Sicher, dass man das so nah tanzt?«, fragte ich. Rowans leises Lachen an meinem Ohr sorgte für Gänsehaut. Unsere rechten Arme hob er über unsere Köpfe, sodass sie eine Halbmondform bildeten. Wir gingen drei Mal vor und zurück, bis er mich wieder zurückdrehte und ich ihm wieder in die Augen sehen konnte. Der Blumenwalzer ähnelte dem normalen Walzer sehr, auch wenn die ein oder andere Figur schon schwierig für mich war. Die Grundschritte waren im Großen und Ganzen kein Problem, mein Problem war, dass ich die ganze Zeit angespannt war.

Nachdem wir den vierten Durchgang des Tanzes hintereinander einstudiert hatten, konnte ich nicht mehr. Ich löste mich von Rowan und ließ mich auf einen der Stühle sinken, die im Raum herumstanden und darauf warteten, einem Tisch zugeteilt zu werden.

»Du machst das gut, Alpha, du musst dich nur etwas mehr entspannen. Übe die Schritte vor dem Schlafengehen noch mal trocken. Du wirst sehen, das wirkt Wunder. Dann kann morgen gar nichts mehr schiefgehen.«

Lady Calley schloss den Unterricht und ich machte mich zurück auf den Weg in mein Zimmer.

KAPITEL 14

Nachdem ich mich gerade ins Bett geschmissen hatte und zum ersten Mal die Anspannung abfallen lassen konnte, klopfte es an meiner Zimmertür.

»Herein, die Tür ist auf«, rief ich und richtete mich wieder auf.

Rowan trat ein. Er trug einen Winterparker und Handschuhe.

»Was hast du denn vor? Hier drinnen ist es doch gar nicht so kalt«, fragte ich etwas sarkastisch, weil ich mich eigentlich nur ausruhen wollte.

»Draußen schneit es und Gelaria ist schön im Schnee. Ich dachte, ich könnte dir etwas von der Umgebung zeigen.«

Rowans Angebot überraschte mich. Wir hatten ausgemacht uns gegenseitig nicht zu behindern, aber nicht Zeit miteinander zu verbringen, wenn wir es nicht gerade mussten.

»Ist das Recherche für mich?«, fragte ich.

»Vielleicht, aber vielleicht ist es auch ein wenig Spaß.« Rowan zuckte unschuldig mit den Achseln.

»Okay und woran dachtest du dabei?« Ich wurde neugierig. Was könnte für einen ernsten jungen Lord wohl Spaß bedeuten?

»Das verrate ich dir noch nicht. Du musst dich darauf einlassen, wenn du wissen willst, was es ist.« Rowan zog seine Augenbrauen entschuldigend hoch.

»Ja, aber dann bin ich dir schutzlos ausgeliefert, falls du vorhast mich in einen Schneemann zu verwandeln.«

Rowan lachte und warf mir meinen Schal zu, der über dem Sofa hing.

»Komm schon, van Aerssen, das wird lustig. Vertrau mir.«

Ich schlug mir den Schal um den Hals und stand auf, um aus dem Kleiderschrank meinen dunkelblauen Wintermantel zu holen. Ich war neugierig und hatte insgeheim schon in dem Moment entschieden mit ihm zu gehen, in dem er den Schnee erwähnt hatte.

Ich liebte Schnee. Meine Mutter hatte mir früher einmal selbst einen Schlitten gebaut. Als wir noch in Deutschland lebten, waren wir einige Male in die Berge gefahren, um zu rodeln, doch mit der Zeit hatte es auch dort immer weniger geschneit und auch die Zeit war immer knapper geworden. Mum hatte arbeiten müssen und ich hatte viel zu lernen gehabt.

»Du solltest dir vielleicht lieber eine Winterjacke anziehen. Ich weiß nicht, wie gut so ein Mantel den Schneefall abwehrt«, gab er mir zu denken.

»Das geht schon, eine andere Winterjacke habe ich nicht.« Das würde schon klappen. Ganz bestimmt.

»Na gut, aber sag später nicht, ich hätte dich nicht gewarnt.«

»Ist versprochen, wenn du nachher nicht ›Ich habe es dir ja gesagt‹ sagst, falls es nicht funktioniert.«

»So wenig Vertrauen hast du in deine eigenen Entscheidungen? Das würde mir aber zu denken geben«, erwiderte Rowan mit einem frechen Grinsen.

»Ich weiß ja nicht, was genau mich erwartet, also kalkuliere ich das lieber ein.«

Während ich den Mantel, den ich gerade über meinen dicken Pullover gezogen hatte, zuknöpfte und den Schal zurechtrückte, sah Rowan sich im Zimmer um. Für meine Verhältnisse war es ganz schön unordentlich. Über dem Bettende hingen meine Schlafsachen, auf dem Nachttisch lag ein Haufen meiner heiß geliebten Krimis und vor dem Bett lagen mein Laptop und die DVDs, die ich mitgebracht hatte. Das Bett hatte ich immerhin schon gemacht. In seinen Räumen war es jetzt auch nicht besonders ordentlich, aber irgendwie wollte ich einen guten Eindruck hinterlassen, obwohl ich das eigentlich überhaupt nicht nötig hatte, weil mein Schlafzimmer ihn nichts anging.

Bevor wir meine Suite verließen, zog ich meine wasserfesten Chelsea-Boots an und steckte meine roten Kunstlederhandschuhe in die Tasche meines Mantels.

»Hast du auch etwas für deine Ohren?«, fragte Rowan, als wir schon auf dem Flur standen und ich im Begriff war, meine Tür abzuschließen. Wenn ich im Anwesen war, ließ ich sie offen, aber jetzt würden wir nach draußen gehen und da wollte ich einfach niemanden in meinem Zimmer haben.

»Hm, ein Stirnband hätte ich. Warte, ich hole es kurz.« Ich schloss die Tür noch mal kurz auf und holte mein weiches Stirnband.

Als wir auf den Hof traten, lag dort schon so viel Schnee, dass der Stein darunter nur noch leicht durchschimmerte. Will und der ältere Herr schippten den Schnee zur Seite, um die Einfahrt frei zu machen, und unterhielten sich dabei angeregt. Es war spannend, den beiden zuzusehen, auch wenn ich nicht hörte, worüber sie sprachen.

Row führte mich um das Haupthaus und was ich dann sah, verschlug mir die Sprache.

»Das sind Pferde.« Vor uns waren Ställe. Die Türen der großen Boxen waren aus dunklem Holz mit schwarzen Gittern. Die Überdachung stand so weit über, dass sie von zusätzlichen Balken gestützt werden musste. Darunter konnte man Heu und Stroh trocken lagern.

Rowan lachte über meine Aussage.

»Gut erkannt, da hat wohl jemand in Biologie aufgepasst. Ich dachte, wir reiten mal zur Berghütte. Von dort aus hat man einen tollen Blick.«

»Klingt gut. Ich habe nur nicht damit gerechnet, dass ihr Pferde habt«, erklärte ich grinsend. Wir gingen auf die beiden an den Ställen angebundenen Tiere zu. Es waren zwei wunderschöne Rappen, die ganz entspannt dastanden und etwas Heu aus den Netzen fraßen, die vor ihnen baumelten. Sie waren noch nicht gesattelt und trugen zwei Decken mit dem gelarischen Siegel drauf.

»Sie sind so majestätisch.« Ich ging auf das mit der weißen Blässe zu und kraulte seine warmen Nüstern, bis es entspannt schnaubte. Das andere Pferd hatte keine Fellzeichnung, sondern war einfach nachtschwarz.

»Ja. Kilroy und Robot brauchen etwas Bewegung, deshalb dachte ich, wir könnten einen kleinen Ausritt durch den Schnee machen«, sagte Rowan, während er zu dem Nachtschwarzen ging und ihm die Decke abnahm. Dann begann er ihn sanft zu striegeln.

»Wer ist wer?«, fragte ich.

»Der Genießer da vor dir ist Kilroy. Meiner ist Robot.«

»Was für seltsame Pferdenamen«, dachte ich laut. Rowan grinste.

»Ja, mein Vater war ein Fan der Band Styx. Fast alle unsere Pferde sind nach Songs, Texten oder Albumtiteln der Band benannt«, erklärte Rowan, ohne seinen Blick von Robot abzuwenden, während ich einfach nur verblüfft dastand und Kilroy streichelte.

»Du willst wirklich mit mir ausreiten? Allein?«, fragte ich, als realisierte ich das erst in diesem Moment.

»Ja, das war der Plan. Wenn du mir hilfst die Pferde fertig zu machen, kommen wir übrigens schneller los. Das nennt sich Arbeitsteilung.« Rowan grinste mich nun schelmisch an und zeigte auf eine kleine, schmale Tür neben den Ställen. »Da findest du Sattel, Trense und Satteltaschen, falls du welche brauchst. Meine sind schon gepackt, eigentlich habe ich schon alles Wichtige dabei. Du brauchst also eigentlich nichts. Das Zaumzeug ist mit Namen beschriftet. Du kannst es also gar nicht verfehlen.«

Wir machten die Pferde fertig und ritten los. Anders als ich erwartet hatte, nahmen wir nicht die lange Hofeinfahrt, sondern ritten einen schmalen Weg hinter dem Anwesen entlang, der uns an dem schönen, eingeschneiten Garten des Hauses entlangführte.

»Woher wusstest du eigentlich, dass ich reiten kann?«, fragte ich Row. Soweit ich mich erinnerte, hatte ich mit ihm bisher weder über Pferde noch übers Reiten allgemein gesprochen.

»Ich habe gestern deine Grandma angerufen und nachgefragt.«

Irritiert sah ich ihn an.

»Du hast sie angerufen? Einfach so?«, fragte ich verdutzt.

»Ja, einfach so. Ich soll dich übrigens grüßen. Sonst hätte ich mir die ganze Vorbereitung ja sparen können. Das umsonst zu machen wäre etwas zu aufwendig gewesen.«

»Moment. Vorbereitung? Die Pferde rauszustellen und anzubinden klingt für mich jetzt nicht nach dem Aufwand des Jahrhunderts«, gestand ich lachend. Ein kurzes Lächeln huschte über Rowans Lippen. Seine schwarzen

Haare waren im Gegensatz zu heute Mittag verwuschelt, was ihn eindeutig weniger royal aussehen ließ. Er hatte kleine Grübchen, wenn er lächelte. Das sah man gut, weil Row so gut rasiert war, dass man nicht mal einen Bartschatten erahnte. Seine grauen Augen bildeten einen starken Kontrast zu seinem dunklen Haar. Die Narbe über seinem Auge war hell. Unweigerlich fragte ich mich, wie er sie wohl bekommen hatte. Sie gab ihm etwas Verruchtes.

»Glaub nicht, dass das schon alles war«, erwiderte Rowan geheimnisvoll.

»Nicht?« Meine Frage war mehr oder weniger rhetorisch, denn er hatte ja bereits erwähnt, dass da noch etwas auf uns zukam.

»Nein, wir werden uns heute etwas besser kennenlernen. Zumindest hoffe ich das.«

Wenn Nate mich gerade sehen könnte, würde er mich eigenhändig vom Pferd ziehen und mir einbläuen, dass ich ihn nicht zu nah an mich ranlassen sollte. Nate hatte mir klargemacht, dass ich mich nicht von Row einwickeln lassen durfte. Und trotzdem freute ich mich auf den Tag, den Rowan für uns geplant hatte.

Wir ritten durch einen lichten Birkenwald und kamen immer weiter den kleinen Berg hinauf. Ein paar Eichhörnchen sprangen zwischen den Ästen hin und her und eine Herde Rehe stolzierte selbstbewusst durch den Wald, bis sie uns sah und elegant davonlief. Überhaupt war alles hier ziemlich naturbelassen. Es gab keine Zäune, sondern einfach nur die Pflanzen und Tiere. Es war wunderschön. Staunend blickte ich mich um, als wäre ich Alice, die zum ersten Mal durchs Wunderland lief. Row sah sich immer wieder zu mir um und konnte sich das ein oder andere Lächeln nicht verkneifen.

Kurze Zeit später begann es stärker zu schneien. An dieser Stelle verfluchte ich es, keine wasserabweisende Winterjacke mit nach Gelaria genommen zu haben. Ich hatte nicht mit Schnee gerechnet, wofür ich nun bezahlte. Mein sonst so warmer Stoffmantel sog das kalte Wasser auf wie ein Schwamm in der Badewanne. Ich begann zu frösteln und war froh, dass ich auf einem Pferd saß. Denn Reiten war anstrengend genug, damit ich nicht weiter auskühlte. Auch Rowan war aufgefallen, dass ich fror, weshalb wir vom Schritt in den Trab wechselten, um schneller anzukommen.

Als wir den kleinen Wald durchquert hatten, konnte ich die kleine Blockhütte, von der Rowan gesprochen hatte, schon sehen. Erleichterung kam in mir auf, obwohl ich noch immer den traumhaften Wald vor meinem inneren Auge sah. Aber in der gemütlich aussehenden Hütte gab es bestimmt ein paar Wolldecken. Zumindest eine würde ich gleich sicher brauchen.

Wir trabten auf das kleine Blockhaus zu, aus dessen Schornstein Rauch in den Himmel stieg. In diesem Moment war ich noch viel zu fasziniert von der wunderschönen Umgebung, als dass ich weiter darüber nachdachte, weshalb bereits Rauch aus dem Schornstein quoll. Neben der Hütte war auch ein kleiner rustikaler Stall für die Pferde, der nicht mehr als zwei Boxen haben konnte. Eine Zufahrt für Autos konnte ich nicht erkennen, vielleicht sah ich den Weg auch nur aufgrund des Schnees nicht, der nun immer höher und höher wurde.

Vor dem Eingang der Hütte hielten wir an und stiegen von den Pferden. Gerade als ich Kilroy tätschelte und am Zügel in den Stall führen wollte, spürte ich, wie Rowan seine Hand sanft auf meine Schulter legte. Trotz der kalten Nässe, die meinen Körper umgab, löste diese Berührung ein warmes Gefühl in mir aus. Ich konnte nicht sagen, ob es einfach nur seine Körperwärme war, die da auf mich abfärbte, oder ob dieses Gefühl einfach nur dem Umstand geschuldet war, dass ich ihn auf eine seltsame Art anziehend fand.

»Bitte sieh nach links«, war das Einzige, was er sagte, also tat ich es. Die Aussicht war atemberaubend und absolut einmalig. Ich konnte den Berg herunter über mit Schnee bedeckte Felder und Wiesen bis zum dunklen, ungestümen Meer sehen. Ich wusste ja, dass wir hier in Küstennähe waren, aber aufgrund des Berges hatte ich das wohl für einen Augenblick vergessen. Das war auch etwas, das Gelaria besonders machte. Ein Berg am Meer. Spontan fiel mir kein Land ein, bei dem es das auch so gab.

Ein leise gestöhntes »Wow« entwich mir. Ich wusste, dass Rowan in diesem Moment lächelte. Woher ich das wusste, konnte ich nicht so genau sagen.

Es war einfach nur eine Vermutung oder ein Gefühl. Es fühlte sich ein wenig so an, als verband uns seine Hand auf meiner Schulter mehr als nur körperlich miteinander.

Als er seine Hand dann wieder von meiner Schulter nahm, drehte ich mich zu ihm um und versank in seinen Augen. Für den Bruchteil eines Augenblicks sahen wir uns einfach nur an, bis Kilroy seinen Kopf ausschüttelte und uns so aus dem Moment herausriss.

Nicht nur ich hatte es gespürt, Rowan auch. Er lächelte etwas gekünstelt und führte Robot dann, ohne etwas zu sagen, in den Stall. Kilroy und ich folgten ihm. Er band beide Pferde an und begann dann seinen nachtschwarzen Freund abzusatteln.

»Es ist schön hier«, bemerkte ich, um die Stille etwas zu überbrücken. Rowan nickte.

»Das ist wahr, ich sollte viel öfter raufkommen.«

»Würde ich hier leben und so ein Haus haben, würde ich vermutlich jede freie Minute hier verbringen«, sagte ich, während ich Kilroy abtrenste.

»Du bist doch auf einem Bauernhof aufgewachsen, oder?«, fragte Rowan. Er legte Robot eine warm aussehende Pferdedecke auf, die im Gegensatz zu denen am Anwesen schon bessere Zeiten gesehen hatte. Doch das störte die Pferde am wenigsten. Ich nahm Kilroy den Sattel ab und legte ihm dann auch eine der alten Decken auf, die an Haken neben den Türen der zwei Boxen hingen.

»Jein. Meine Grandma wohnt auf einem kleinen Hof in Antira, nahe der gelarischen Grenze. Ich habe als Kind viel Zeit bei ihr verbracht, bin aber erst vor ungefähr einem halben Jahr zu ihr gezogen. Mum und ich sind vorher oft umgezogen. Ich dachte immer, dass das aufgrund ihres Architektenjobs war, letztendlich stellte sich das Ganze aber eher als Flucht heraus. Wie du dir sicher vorstellen kannst, gibt es Menschen, die mich gerne aus dem Weg hätten. Vor diesen Leuten hatte sie Angst.«

Ich konnte sehen, wie Rowan einen Moment innehielt und schluckte, bevor er Robot in eine der zwei Boxen führte. Als er wieder herauskam, lehnte er sich gegenüber von mir mit dem Rücken an die nun geschlossene Boxentür und verfolgte mit seinen Augen, wie ich Kilroy das Halfter anlegte, das eben noch an der Box gebaumelt hatte, und ihn in die andere Box führte.

»Hat jemand versucht dir etwas anzutun?«, fragte Rowan. Sein Gesicht war ernst, fast wie versteinert. Niemand wusste, abgesehen vom Attentat, was alles gelaufen war, und das war einiges, angefangen bei der Vergiftung, dem Einbruch und natürlich bei Aaron.

»Na ja, das Attentat war in allen Medien«, antwortete ich, ohne genauer ins Detail zu gehen.

»Ich weiß, vor dem dich deine große Liebe, der andere Kingstonjunge, gerettet hat. Aber ich meinte abseits davon«, erwiderte er. Seine Worte hatten einen fahlen Beigeschmack, was ich irgendwie seltsam fand. Als er die Worte »große Liebe« ausgesprochen hatte, war ich zusammengezuckt.

»So einfach ist das nicht«, sagte ich und blieb vor ihm stehen. Wie sehr ich auch in diesem Moment wegsehen wollte, ich konnte nicht. Rowan verschränkte die Arme vor seiner Brust.

»Wie kann so etwas nicht so einfach sein?«

»Wieso willst du das wissen, Rowan?«, fragte ich.

»Als du ihn erwähnt hast beim Tanzunterricht, wirktest du angespannt und mitgenommen. Und gerade bist du zusammengezuckt. Aber du trauerst nicht um ihn, zumindest wirkst du nicht so. Also ist etwas passiert. Ich möchte wissen was.« Rowan kam zu mir und umfasste meine Oberarme. Erneut spürte ich, wie seine Wärme durch den feuchten Stoff meines Mantels drang. Das flaue Gefühl, das sich gerade in meinem Magen angesammelt hatte, wurde dadurch verdrängt. Ich atmete tief ein und aus. *Sag ihm die Wahrheit, Alpha. Los. Er ist nicht Aaron.*

Ich vertraute Rowan und hatte keine Ahnung warum. Wir kannten uns erst seit ein paar Tagen und anfangs hatte ich immerhin versucht mir einzureden, dass er der Böse in der Geschichte war. Der, der mir meinen Platz stehlen wollte. Mittlerweile hatte ich verstanden, dass es hier weder um ihn noch um mich ging.

Aaron hatte ich auch so schnell vertraut und das hätte mich beinahe mein Leben gekostet, aber das war etwas anderes. Natürlich hätte Rowan einen wirklich guten Grund, mich auszubooten, aber im Gegensatz zu Aaron hatte er keinen manipulativen Vater, der alles tun würde, um seine Familie auf den Thron zu bringen. Rowan war fair und ehrlich, zumindest wurde ich das Gefühl nicht los, dass er so war.

Aaron hatte keinen höheren Grund gehabt. Ihm und seinem Vater war es nur um die Krone gegangen. Ferkel war der Kopf hinter allem, der Aaron gesteuert hat wie eine Marionette im Puppentheater. Ferkel ging es nicht um den gelarischen Thron, um das Volk selbst, er wollte beide Länder: Antira und Gelaria.

Als Nate aufgefallen war, dass damit er und Matt die nächsten auf seiner Abschussliste gewesen wären, hatte er angefangen Aarons Schritte zu rekonstruieren, um herauszufinden, was als Nächstes passieren sollte. Er hatte im Grunde nicht viel gefunden, aber er hatte mich immer auf dem Laufenden gehalten. Auch Nate hatte ich so früh vertraut und er hatte mich bisher nicht enttäuscht. Ich hatte das Gefühl, dass es Rowan egal war, wer von uns schlussendlich auf dem gelarischen Thron landete, solange es um das Wohl der Bürgerinnen und Bürger ging. Wenn er das schauspielern konnte, dann hätte er einen Oskar verdient.

»Können wir reingehen? Mir ist schon kalt, muss ich zugeben«, überging ich seine Aussage. Erstens fror ich wirklich und zweitens wollte ich das nicht hier draußen mit ihm besprechen.

»Aber sicher, natürlich. Ich würde dir an dieser Stelle ja sagen, dass ich es dir ja gesagt habe, aber ich habe versprochen es nicht zu tun«, antwortete Rowan und warf sich die Satteltasche über die Schulter.

»Aber hast du es mir damit nicht trotzdem gesagt?«

Rowan lachte. »Ja, vielleicht schon.«

Die Sättel und das Zaumzeug hängten wir noch schnell über die Seiten der Boxen, bevor wir zum Eingang der Blockhütte zurückliefen. Ich wurde etwas langsamer, als ich meinen Blick noch einmal in die Ferne schweifen ließ. Leider konnte ich nicht mehr ganz bis zum Meer sehen, da das Schneetreiben immer stärker wurde.

Als ich das Klicken des Türschlosses vernahm, machte ich mich auch auf zu unserem hoffentlich etwas wärmeren und trockeneren Domizil.

Ich machte einen Schritt in die Hütte, bevor ich abrupt stehen blieb.

Die Hütte bestand aus einem Raum, nur das Bad musste woanders sein. Links war eine kleine hölzerne Küchenzeile, rechts stand ein großes, rustikales Bett aus Baumstämmen, an dem eine große Lichterkette befestigt war, die sicher nicht von Rowan stammte. Ziemlich daneben war eine cognacfarbene Ledercouch, die schon so viele Falten hatte, dass sie wahnsinnig gemütlich anmutete.

Die Hütte war schön, aber es gab etwas, das in diesem Moment diesen Umstand überschattete. Ein feiner Rauchschleier zog sich durch den Raum wie Nebel über die Wiesen früh am Morgen. Mein Instinkt sagte mir, dass ich besser nicht weiter hineinging, wenn ich mich nicht übergeben wollte. Wie immer kroch der beißende Brandgeruch durch meine Nase in meine Kehle und sorgte dafür, dass mein Herzschlag zu rasen begann: verbranntes Fleisch. Mein Mund wurde trocken und meine Hände begannen zu zittern. O bitte, nicht jetzt, nicht hier!

Einatmen. Ausatmen. Einatmen. Ausatmen.

»Keine Sorge, der Rauch legt sich gleich wieder. Der Ofen ist schon sehr alt und braucht immer etwas, um in Gang zu kommen. Ich habe die Fenster schon geöffnet«, sagte Rowan, der offensichtlich annahm, dass ich Angst hatte, an einer Kohlenstoffmonoxidvergiftung zu sterben. Wenn es doch nur das wäre.

»Ich gehe lieber noch mal kurz nach draußen.« Meine Stimme klang genauso zittrig, wie ich mich gerade fühlte. Ohne auf eine Reaktion von Row zu warten, machte ich einen großen Schritt zurück und schloss die massive Tür der Hütte. Ich hätte es in dem Moment ahnen können, in dem ich den Rauch auf dem Schornstein aufsteigen sah, aber ich hatte mich ablenken lassen. Von der Hütte, der traumhaften Umgebung und von Rowan.

Ich ließ ich mich auf die Stufen vor der Eingangstür sinken und starrte in Richtung des verschneiten Birkenwaldes. In den zwei Minuten, in denen ich in der Hütte gewesen war, hatte das Schneetreiben überraschenderweise nicht nachgelassen. Wer hätte das gedacht?

Ich hasste diesen inneren Sarkasmus, der immer die Kontrolle über meine

Gedanken übernahm, wenn es gerade eng wurde. Ich beschloss das kleine fiese Teufelchen in meinem Kopf zu ignorieren.

Langsam spürte ich, wie die Anspannung sich von mir löste. Wie sollte ich das Problem jetzt angehen? Der Raum war zu klein, um mich in die Ecke zu setzen, in der ich am weitesten vom Feuer entfernt saß, so wie ich es im Speisezimmer der Calleys tun konnte. Andererseits wollte ich Rowan nicht bitten das Feuer auszumachen. Er hatte sich Mühe bei der Planung gemacht, auch wenn es mir ein Rätsel war, wie der Kamin schon hatte brennen können, als wir ankamen. Außerdem zählte das Zugeben von Schwächen nicht unbedingt zu meinen Stärken. Noch bevor ich weiter drüber nachdenken konnte, wie ich am besten aus der Situation herauskam, quietschten die Scharniere der Tür hinter mir.

»Der Rauch ist weg, das Kohlenmonoxid ist gebannt, du kannst jetzt gefahrlos hereinkommen. Ganz vielleicht habe ich da schon etwas vorbereitet.« Ich konnte die Freude aus Rowans dunkler Stimme heraushören. Ich wollte ihn nicht enttäuschen, aber ich sah noch keinen Weg, es nicht zu tun.

»Ich komme gleich, gib mir noch einen Moment«, presste ich hervor.

»Ist alles in Ordnung?« Die Freude in seiner Stimme war nun etwas Besorgnis gewichen. *Ja, Alpha, ist alles in Ordnung?*

In diesem Moment beschloss ich, dass es wichtiger war, dass er Bescheid wusste, als dass ich etwas von mir preisgab. Sollte er es doch an die Presse weitergeben. Bis auf Aaron und Grandma wusste niemand davon und Nate wäre ganz bestimmt nicht erfreut diese Kleinigkeit aus der Zeitung zu erfahren. Aber was würde das schon ändern? Insgeheim musste ich zugeben, dass ich ziemlich sicher war, dass Rowan es nicht verraten würde.

»Ich verrate dir jetzt mein Geheimnis.« Ich schluckte. Das hier musste er wissen, wenn ich nicht wie eine unsensible Vollidiotin dastehen wollte. Schon allein der Gedanke daran, es ihm zu sagen, wühlte mich auf und sorgte dafür, dass mir Tränen in die Augen stiegen. Das war etwas zu viel auf einmal. Ich hoffte, dass es mir besser ging, wenn es erst mal raus war. »Ich habe seit dem Tod meiner Mum panische Angst vor offenem Feuer. Besonders in Kombination mit heißer Schokolade wird die Angst fast unerträglich für mich.« Eine

Träne rann mir übers Gesicht. Jetzt kam es auch nicht mehr darauf an, ob er es sah oder nicht. Jetzt war es raus und es fühlte sich nicht falsch an. Vielleicht würde es sich später sogar noch richtig anfühlen.

Die Stufen ächzten neben mir, als Rowan sich zu mir setzte. Ganz behutsam legte er seinen Arm um mich und zog mich an sich. Ohne Widerstand zu leisten, ließ ich mich an ihn sinken. Für diesen Moment war es einfach nur das, was ich gerade brauchte. Trotz meiner immer noch klammen Jacke durchfuhr mich nun eine Wärme, die den Schmerz ein wenig verdrängte.

»Deshalb bist du gestern so schnell verschwunden. Du hast es nicht ausgehalten«, begriff er und ich brauchte nicht zu antworten, damit er wusste, dass er richtig damit lag. Wieder lief eine einzelne Träne über mein Gesicht, um sich nur kurz darauf wieder auf der Haut aufzulösen und nur Salz zurückzulassen.

»Darf ich fragen wieso?« Rowan fragte vorsichtig und sehr bedacht. Mein Kopf lang an seiner Schulter und ich konnte seinen Herzschlag spüren. Er war entspannt und das half mir. Wir sahen einander nicht an und trotzdem konnte ich mir seinen Gesichtsausdruck in diesem Moment gut vorstellen. Es war ein leicht besorgter, aber trotzdem kein mitleidiger Ausdruck, zumindest in meinem Kopf. Ich drehte mich nicht so, dass ich ihn sehen konnte. Ich wollte meine Vermutung gar nicht überprüfen. Es reichte mir zu wissen, dass er einfach nur da war. Trotzdem kam mir in den Sinn, dass er, wenn ich ihm das jetzt erzählte, etwas in der Hand hatte, was man ohne Weiteres gegen mich verwänden könnte. Vor allem da sich meine Angst vor dem Feuer seit dem Attentat noch verschlimmert hatte, obwohl es zuvor schon besser geworden war. Wenn er das weitergeben würde, dann könnten sämtliche meiner zukünftigen Gegner sich genau das zunutze machen. Ich hielt Rowan trotzdem nicht für jemanden, der damit hausieren gehen würde.

»Es gab da einen Bürobrand, vor fast zwei Jahren ungefähr. Bei dem ist meine Mutter gestorben ...« Ich machte eine kurze Pause, da sich jedes einzelne Wort, das aus meinem Mund kam, anfühlte wie Tausende Nadelstiche. Der Kloß in meinem Hals wurde immer größer und größer.

»Ich war auf dem Weg zu ihr, um sie von der Arbeit abzuholen. Wir haben früher viel heiße Schokolade getrunken, eigentlich immer, wenn wir etwas zu feiern hatten. Bis zu dem Zeitpunkt, wo ich die Feuerwehrautos vor ihrem Büro sah, aus dem so unfassbar viel Rauch aufstieg, hatte ich den Tag für perfekt gehalten …«

Einatmen. Ausatmen. Einatmen. Ausatmen. Ich fühlte, wie sich das Geruchsgemisch von verbranntem Fleisch, Rauch und heißer Schokolade in meine Nase schlich. Ich musste schnell zu einem Ende kommen, wenn ich nicht wollte, dass es mich übermannte. Rowans Arm um mich zu spüren half es etwas unter Kontrolle zu behalten. Es hielt mich in der Realität und hinderte mich daran, es komplett in meinen Kopf zu lassen.

»Ich konnte sehen, wie sie auf einer Bahre nach draußen getragen wurde. Sie war mit einem weißen Tuch bedeckt und es stank ganz entsetzlich. Ich hatte heiße Schokolade geholt. Die Gerüche haben sich vermischt und seitdem kann ich den Geruch nicht mehr ab. Als sie sie weggetragen haben, ist ihre Hand unter dem Tuch heruntergefallen. Das war der Moment, in dem mir klar geworden ist, dass sie nicht da sein und auf mich warten würde. Dass sie das nie wieder würde.« Tränen rannen über mein Gesicht und ich spürte, wie Rowan mich noch fester an sich zog. Eine ganze Zeit lang sagten wir nichts. Wir schwiegen, er hielt mich fest und wir starrten in den fallenden Schnee.

»Ich weiß, dass keine Entschuldigung der Welt sie dir zurückbringen kann, aber es tut mir wirklich sehr leid. Ich werde mit niemandem drüber sprechen, wenn du es nicht willst.«

»Danke schön. Es wäre wirklich schön, wenn du es für dich behältst. Nicht mal Nate weiß, warum Feuer und ich keine Freunde sind. Der Einzige, der es theoretisch noch weiß, ist Aaron und der liegt noch im Koma.« Als ich das aussprach, setzte sich ein großer Kloß in meinen Hals.

»Es muss schwer sein, zwei Menschen, die man liebt, so kurz hintereinander auf so tragische Weise zu verlieren.« Ich nickte nur, weil ich in diesem Moment nicht dazu in der Lage war, ihm zu erklären, dass das mit Aaron noch mal etwas ganz anderes war.

»Okay, ich lösche kurz das Feuer im Kamin. Warte.« Rowan löste sich sanft von mir. In dem Moment, in dem sich unsere Körper trennten, wurde mir wieder kälter. Rowan stand auf und sprang die wenigen Stufen leichtfüßig nach oben, bevor er wieder durch die quietschende Tür der Hütte verschwand. Meinen Blick ließ ich wieder über die traumhafte Landschaft streifen wie ein Fuchs durch den Wald. Der Schnee fiel nun immer dichter, was die Sicht verschlechterte. Der Himmel wurde grau und dunkel, obwohl es erst nachmittags war. Ich zog einen Handschuh aus und hielt die Hand auf. Schneeflocken purzelten in meine Handfläche und jedes Mal, bevor sich ein kleiner Haufen bilden konnte, schmolz der Schnee. Ich erinnerte mich nicht, wann ich das letzte Mal kalten Schnee berührt hatte. Es fühlte sich toll an.

Ein Knacken riss mich aus meiner Trance und lenkte meinen Blick von dem Schnee in die Richtung des Birkenwaldes. Trotz der schlechten Sicht stachen zwei schwarze Augen aus dem hellen Schnee heraus. Sie näherten sich mir, ohne auch nur eine Sekunde wegzusehen. Die Umrisse des Tiers erinnerten mich an einen Hund, vielleicht einen Husky. In meinem Kopf schlug mein Fluchtinstinkt Alarm. Ich hielt kurz meinen Atem an, um besser sehen und hören zu können, was natürlich völliger Irrsinn war, aber irgendwie tat ich es trotzdem ganz automatisch. Das, was da auf mich zukam, war kein Hund, es war ein Wolf. Ein großer grauer und irgendwie Furcht einflößender Wolf. Ich hatte keine Ahnung gehabt, dass es in Gelaria Wölfe gab. Gab es hier auch Bären? Mich über die Flora und Fauna in diesem Land zu informieren rutschte in diesem Moment auf meiner To-learn-Liste nach ganz oben.

Ich hatte keine Ahnung, wie man sich in der Gegenwart eines solchen Raubtiers verhielt. Was konnte ich tun? Die Flucht nach hinten anzutreten erschien mir sinnvoll. Ganz vorsichtig und vor allem langsam stand ich auf, um mich zu der Hüttentür zu begeben, die sich nicht mal zwei Meter hinter mir befand. Ich drehte dem Wolf nicht meinen Rücken zu, sondern beschloss einfach rückwärtszulaufen, was treppaufwärts gar nicht so einfach war. Und dann passierte es. Eine Stufe quietschte. Ich sah, wie die Ohren des Tieres sich in meine Richtung aufstellten. In dem Moment, in dem sich das Tier in Bewegung setzte, tat ich es auch. Ich schiss auf ruhig bleiben und sprang die letzte Stufe nach oben, wo ich kurz darauf die Tür aufriss, hindurchhechtete und sie hinter mir wieder zuschlug. Rücklings presste ich mich gegen das Holz der Tür, um zu verhindern, dass der Wolf hereinkam. Natürlich war mir bewusst, dass Wölfe im Regelfall keine Türen öffnen konnten, aber man konnte ja nie wissen. Damit hatte ich Rowan ganz schön überrascht, zumindest ließ sein Blick das vermuten. Er war offensichtlich gerade dabei gewesen, ein paar Decken auf die Couch zu legen. Das Kaminfeuer hatte er schon gelöscht. Noch ein leichter Restrauch der glühenden Asche war zu sehen, wie er durch den Kamin nach oben stieg.

»Was ist los?«, fragte Rowan. Er ließ die Decken, die er noch in der Hand hielt, fallen und kam schnell zu mir herüber.

»Draußen ist ein Wolf«, sagte ich noch etwas atemlos von der Anspannung. Rowans überraschtem Ausdruck folgte ein nachdenklicher.

»Normalerweise kommen Wölfe nicht so nah an Häuser heran«, murmelte er mehr zu sich selbst als zu mir.

»Rowan, er war da. Er ist direkt auf mich zugelaufen.«

»Ich glaube dir ja, aber mich wundert es. Normalerweise meiden Wölfe den Menschen und laufen weg, sobald sie einen sehen.«

»Er wollte mich bestimmt fressen.« Rowan lachte laut über meine Bemerkung. Wenn der Wolf noch da gewesen war, war er nun verschwunden.

»Natürlich wollte er das, junge Prinzessinnen mag er am liebsten, nach Rotkäppchen und Großmüttern natürlich.« Rowans gelöstes Lachen beruhigte mich, obwohl mein Herz sich weigerte langsamer zu schlagen.

Rowan schob mich von der Tür weg, um sie ein Stück zu öffnen und herauszuschauen.

»Er ist weg«, sagte er kurz.

»Was meinst du, warum er hier war?«, fragte ich.

»Ich vermute, dass er die Pferde gewittert hat. Ich gehe noch mal kurz nach draußen, um nachzusehen, ob wir die Stalltüren vernünftig geschlossen haben. Mach du es dir doch schon mal gemütlich und häng deinen Mantel zum Trocknen auf, bevor du noch alles volltropfst.«

Während Rowan draußen unterwegs war, tat ich genau das, was er gesagt hatte. Ich musste feststellen, dass mein Mantel so feucht geworden war, dass auch der Pullover, den ich unten drunter getragen hatte, an einigen Stellen ziemlich nass geworden war. Allerdings hatte ich nur einen BH drunter und oben ohne wollte ich eigentlich den Tag nicht mit meinem Konkurrenten verbringen. Deshalb beschloss ich ihn anzubehalten und wickelte mich in eine der Wolldecken ein. Die Couch war aus weichem Leder, aber nicht besonders bequem. Die Federn waren teilweise gebrochen oder ausgeleiert, sodass man an keiner Stelle wirklich gut sitzen konnte. Wirklich schade, denn sie hatte total gemütlich ausgesehen.

Als die Tür sich wieder öffnete, rutschte ich gerade auf der Ledercouch herum. Wie als hätte ich keine andere Wahl gehabt, sah ich zu Rowan. Er strubbelte sich die nassen Schneeflocken aus seinen schwarzen Haaren, sodass diese auf dem Weg zu Boden schmolzen. Seinen Parker hängte er an die Rückseite der Tür neben meinen Mantel. Im Gegensatz zu meinem Mantel hatte seine Jacke die Nässe gut abgehalten. Das dunkelgrüne Flanellhemd, das er darunter getragen hatte, schien nicht einen Tropfen abbekommen zu haben.

»Sooo, jetzt kann es endlich losgehen«, sagte Row. Ein dickes Grinsen legte sich auf sein Gesicht.

»Was geht los?«, fragte ich neugierig.

»Das hier ist unser letzter Spaßtag, bevor es ernst wird. Also dachte ich, wir sollten ihn so richtig genießen, und da du keine Ahnung hast, wer Kevin Bacon ist, schauen wir auf jeden Fall einen seiner Filme. Ich habe Popcorn und ich dachte, wir könnten uns so ein bisschen besser kennenlernen«, sagte er, während er sich in Richtung der Küchenzeile aufmachte.

»Du meinst einander ausspähen«, fügte ich an. Row zuckte mit den Schultern.

»Vielleicht auch das ein wenig«, stimmte er zu, obwohl ich mir fast sicher war, dass er diesen Gedanken nicht gehabt hatte, als ihm die Idee für diesen Ausflug gekommen war. Rowan holte eine Tüte mit Maiskörnern aus einem Hängeschrank und stellte einen Kochtopf auf den Herd.

»Wie magst du dein Popcorn am liebsten?«

»Ich weiß, dass du das nicht so meinst.« Wir hatten gleichzeitig angefangen zu sprechen und weil das, was wir gesagt hatten, völlig verschieden war, müssten wir lachen.

»Du zuerst«, sagte ich.

»Na gut, wie magst du dein Popcorn am liebsten?«, wiederholte er seine Frage.

»Ich mag sowohl süß als auch salzig. Ich bin da ganz frei«, antwortete ich, während ich gespannt beobachtete, wie er ein Stück Butter in den Kochtopf gleiten ließ.

»Dann mache ich eine Kombination. Mein Salz-Karamell-Popcorn wird dich umhauen.«

»Ach wird es das?«, fragte ich. Popcorn, das anders gewürzt war als mit Salz oder Zucker, hatte ich noch nie gegessen. Meine Mum hatte früher gerne Wasabi-Popcorn gegessen, worüber ich immer die Nase gerümpft hatte. Wenn ich nur etwas Scharfes roch, fing ich direkt an zu heulen.

»Ja, wird es. Es ist ein Spezialrezept. Aber du wolltest auch noch etwas sagen.« Row ließ die Maiskörner ganz sanft in den Topf gleiten, als ein warmer buttriger Geruch begann sich im Raum zu verteilen. Zum Schluss verteilte er noch einen Löffel Zucker über den nun buttrigen Maiskörnern.

»Ich habe gesagt, dass mir klar ist, dass du das hier nicht organisiert hast, um mich auszuhorchen«, gab ich zu.

Rowan spannte ein Stofftuch über den heißen Kochtopf. Im selben Atemzug drehte er sich zu mir um und lehnte sich gegen die Arbeitsfläche. Mit vor der Brust verschränkten Armen und einem schiefen Grinsen sah er mich an.

»Und woher genau willst du das wissen?«, fragte er in voller Erwartung auf die Antwort. Ich spürte, wie meine Wangen erröteten. Es war nur ein Gefühl, eine Einschätzung, etwas, das man über jemanden sagen konnte, wenn man ihn kannte. Ich kannte Rowan erst seit ein paar Tagen und bis gestern hatte ich mich gewehrt mich auch nur ein Stück weit auf ihn einzulassen, aber jetzt war ich hier. Ich vertraute ihm, was ich spätestens jetzt nur noch schwer abstreiten konnte. Auch bei Nate hatte ich das Gefühl, ihn bereits zu kennen, als wir uns die ersten Male getroffen hatten. Aber bei

Rowan war es anders. Ich hatte das Gefühl, genau zu wissen, was er dachte, wenn er etwas sagte. War das verrückt? Auf jeden Fall. Und trotzdem war es für mich unmöglich, dieses Gefühl abzuschütteln. Das konnte ich ihm natürlich schlecht sagen.

»Ich weiß nicht, so wirkst du einfach nicht«, sagte ich stattdessen einfach.

»Du hast auch gesagt, dass du Männer wie mich kennen würdest, und warst trotzdem überrascht, als ich heute Mittag bei dir aufgetaucht bin. Oder als du herausgefunden hast, dass mein erster Name Neil ist und ich der bin, der dir den Thron streitig machen könnte. Du hast dich mehrfach geirrt und glaubst trotzdem, dass du wüsstest, warum ich wie handle?« Rowans Erwiderungen brachten mich zum Nachdenken. Natürlich hatte er recht mit dem, was er sagte, aber da hatte ich noch versucht mich dagegen zu wehren, ihn zu mögen.

»Also hast du es so gemeint?«, fragte ich.

»Natürlich nicht, Alpha. Ich bin nicht so ein durchtriebener Idiot, wie du dachtest. Ich frage mich, warum dir deine Berater solches Misstrauen anerzogen haben.«

Oh, er hatte ja keine Ahnung. Aaron war der Grund dafür. Aaron. Er hat mich den Glauben an die Aufrichtigkeit von Menschen, die mich für etwas brauchen, verlieren lassen. Er hatte mir die Möglichkeit genommen, bedingungslos zu vertrauen. Etwas, das mich mal ausgemacht hatte. Verrückt, wie schnell sich alles ändern konnte. Jedes Mal, wenn ich versuchte jemandem zu vertrauen oder jemandem zu glauben, den ich noch nicht kannte, sah ich sein Gesicht vor meinem inneren Auge. Es war wie ein Mahnmal, das immer zu blinken anfing, wenn ich jemandem zu nahe kam. Aber Rowan war irgendwie anders. Bei Rowan machte mein Verstand eine Ausnahme.

»Haben sie nicht. Ich habe nur schlechte Erfahrungen gemacht, das ist alles«, gab ich zurück. Row musterte mich, auch wenn er von mir wegen der braunen Decke, die ich um mich gewickelt hatte, nicht viel sehen konnte. Sein Blick wanderte von mir zu dem Kochtopf vor ihm, in dem es allmählich zu ploppen begann. Er hob das Tuch an und begann mit einem Metallwender darin zu rühren.

»Hängt das mit Aaron Kingston, deinem Freund, zusammen?«, fragte er. Wunder Punkt, würde ich sagen.

An diesem Punkt hätte ich einfach nur Nein sagen sollen, so wie Nate es von mir erwartete. Und trotzdem begann ich zu reden, ohne dabei zu hinterfragen weshalb.

»Er war nicht mein Freund, wir sind miteinander ausgegangen. Er hat mit meiner Freundin Li geschlafen«, schob ich vor. Natürlich war das auch ein schmerzhafter Teil unserer Geschichte, aber das konnte ich ihm irgendwie verzeihen. Dass er mich benutzt hatte und daran beteiligt gewesen war, als man versuchte mich umzubringen, war der wirklich problematische Teil von Aarons und meiner Geschichte. Doch den hielt ich erst mal zurück. Und offenbar war Ersteres Erklärung genug gewesen. Rowan hielt einen Moment inne, bevor er den Topf mit dem frisch duftenden Popcorn vom Gasherd nahm und auf einem Untersetzer abstellte.

»Das ist nicht gut gelaufen. Tut mir leid. Aber offenbar hast du ihm trotzdem etwas bedeutet, sonst hätte er sich vermutlich keine Kugel für dich eingefangen«, sagte er. Mein schlechtes Gewissen begann in dieser Sekunde wieder an meinem Kopf zu kratzen, aber ich wollte es nicht hereinlassen. Überhaupt war diese Aussage ziemlich gewagt für jemanden, der keine Ahnung hatte, was wirklich vorgefallen war.

»Willst du ihn etwa in Schutz nehmen?«, fragte ich mit einem provozierenden Unterton.

»Gott, nein, der Typ ist ein Riesenarsch. So was macht man nicht. Man trifft sich nicht mit anderen Frauen, wenn man eine Freundin hat«, sagte Rowan, während er das dampfende Popcorn in eine Bambusschale kippte und mit Salzbrezeln vermengte.

»Ach ja und was tust du gerade hier?«, fragte ich. Rowan schnappte sich noch ein kleines braunes Glasfläschchen von der Arbeitsplatte und kam mit beidem zu mir herüber.

»Das mit Kat und mir ist kompliziert. Eigentlich sind wir kein Paar, aber das ist eine lange Geschichte. Davon abgesehen schlafen du und ich nicht miteinander.«

Als er Letzteres sagte, konnte ich nicht anders, als ihn anzusehen und mir genau das für eine Sekunde vorzustellen. Ein warmes Kribbeln verteilte sich in meiner Brust, als ich daran dachte, wie er sein grünes Hemd abstreifte und ich seine warme Haut auf meiner spürte. Wie seine Hände meinen ganzen Körper berührten und er jeden Zentimeter von mir in sich aufsog. So heiße Gedanken hatte ich schon lange nicht mehr.

Ich sah von ihm zum Popcorn, das er in diesem Augenblick vor uns abstellte, damit er nicht bemerkte, wie warm mir gerade geworden war, aber vor allem, damit er nicht die Möglichkeit dazu bekam zu ahnen, woran das lag.

Ich schob es darauf, dass das letzte und einzige Mal, das ich mit jemandem geschlafen hatte, bereits zwei Jahre zurücklag.

Als Row sich neben mich auf die Couch fallen ließ, wurden die letzten intakten Federn unter mir so in Gang gesetzt, dass ich automatisch direkt an ihn heranrutschte. Ich fühlte, wie sein Atem aussetzte, als mein Gesicht seinen Hals berührte. Dabei fiel mir auf, wie gut er roch. Das war mir beim Tanzen nicht aufgefallen. Natürlich war der Kaminholzgeruch da, aber präsent war er nicht, da war noch etwas anderes, etwas Frischeres. Ich hatte keine Ahnung, was es war.

Langsam setzte ich mich wieder auf und schob mir eine Strähne meiner braunen Haare verlegen hinters Ohr.

»Tut mir leid, das war keine Absicht«, entschuldigte ich mich für meine ungefragte Körperkontaktattacke. Rowan lachte. »Die Couch ist nicht mehr die jüngste und müsste dringend mal getauscht werden. Du bist nicht schuld an der Physik.« Dann legte er einen Arm um mich. »Du kannst aber natürlich so nah bleiben, wie du willst ...«, raunte er gespielt verführerisch, bis er seinen Satz abbrach. »Warum ist deine Decke so feucht?«, fragte er. Er runzelte die Stirn, als er die Decke etwas von mir nahm und meinen nassen Pullover sah.

»Den solltest du ausziehen, sonst fängst du gleich an zu frieren. Nicht dass du krank wirst«, riet mir Rowan.

»Ja, eigentlich schon, aber das geht nicht«, erwiderte ich etwas verlegen.

»Wieso, hast du nichts drunter?«, fragte er ironisch.

»Ja, irgendwie schon. Ich habe sonst nur noch einen BH an.«

Row zog eine Augenbraue nach oben und schenkte mir sein schelmischstes Lächeln.

»Und dir ist es wichtiger, dass ich dich nicht in deiner Unterwäsche sehe, als nicht krank zu werden, kurz vor der wichtigen Feier morgen?«, fragte er.

Verdammt, er hatte recht. Es käme vermutlich nicht so gut, wenn ich morgen am Rumschniefen war oder sogar mit Fieber im Bett lag. Ihm konnte das egal sein, er hatte seinen Stein längst im Brett, aber ich war die Neue und musste mich von meiner besten Seite zeigen.

»Woran denkst du?«, fragte er, als er mein Denkfältchen sah.

»Eigentlich hast du ja recht, aber ich möchte nicht, dass du mich die ganze Zeit nur im BH siehst. Nachher glaubst du noch, du hättest gewonnen mit deinem Charme.«

Rowan warf seinen Kopf in den Nacken und lachte. Sein Arm vibrierte an meinen Schultern, bevor er ihn hinter mir hervorzog. Eine Gänsehaut breitete sich über meinem ganzen Körper aus.

»Mein unwiderstehlicher Charme ist ja nicht der Grund dafür, dass du dich vor mir ausziehst, auch wenn es mich ein bisschen schmerzt, das zuzugeben. Aber ich möchte natürlich nicht, dass du dich unwohl fühlst«, sagte er und begann sein Hemd aufzuknöpfen.

Mir stockte der Atem. Was tat er da?

Sein trainierter Oberkörper kam zum Vorschein. Ich hatte schon wieder ganz verdrängt, wie ... heiß er aussah. Er streifte es ab und gab es mir. Verwundert sah ich ihn an.

»Na ja, mich kennst du schon ohne Hemd und ich hatte nicht das Gefühl, dass es dir unangenehm war, mich so zu sehen. Also zieh bitte deinen Pullover aus und das Hemd an.«

Ich wurde rot, weil ihm aufgefallen war, wie ich ihn angesehen hatte. Er war ja nicht blöd. Sicher wusste er, welche Wirkung er auf mich und auf Frauen allgemein hatte, und ich wurde das Gefühl nicht los, dass er das für sich nutzte. Mich abzulenken wäre eine gute und fast unbeeinflussbare Strategie. Andererseits wäre das alles andere als fair.

»Ist das ein Trick?«, fragte ich humorvoll, obwohl ich es wirklich in Erwägung zog, und ich fürchtete, dass er das direkt durchschaute.

»Was für ein Trick?«, fragte er mit einem süffisanten Grinsen und zog eine Augenbrauen nach oben.

»Willst du mir den Kopf verdrehen und mich so vom eigentlichen Grund ablenken, weshalb ich hier bin? Na ja, aber solche Ausflüge macht man normalerweise nicht mit Leuten, die man als seine Rivalen bezeichnen könnte. Und jetzt ziehen wir uns beide aus«, gab ich meine Gedanken zum Besten. Row schüttelte den Kopf, ohne das Grinsen von seinen Lippen zu verbannen. Dann lehnte er sich ein Stück zu mir vor, was mich daran erinnerte, dass uns die Couch zu dieser Nähe zwang. Ich spürte seinen Atem auf meinen Lippen und für eine Sekunde erwartete ich, dass er mich küsste. Das tat er nicht. Und trotzdem hämmerte mein Herz wie nach einem Marathon. Seine grauen Augen brannten auf mir, als er flüsterte: »Für so einfältig halte ich dich nicht, keine Sorge. Aber es ist gut zu wissen, dass du Angst davor hast, mir zu verfallen.«

Das Sitzpolster der Couch erhob sich und ließ mich wieder etwas zur Seite rutschen, als Row aufstand und mir seine Hand entgegenstreckte.

»Wenn du mir deinen Pullover gibst, hänge ich ihn über die einzige Heizung in der Hütte.«

Ich musste zugeben, dass ich wirklich Mühe hatte, meine Augen vom Anblick seines Oberkörpers zu lösen und ihm ins Gesicht zu sehen. Seine hochgezogenen Augenbrauen machten klar, dass er sich dessen durchaus bewusst war. Ich fragte mich, wann genau ich mich darauf eingelassen hatte, ihn attraktiv zu finden. Irgendwie wurde er immer anziehender, je näher ich ihn kennenlernte. Das war gar nicht gut. Nate würde mir den Kopf abreißen, wenn er das mitbekam. Und trotzdem stand ich auf und stellte mich vor Rowan, um meinen Pullover auszuziehen. Als ich mich von dem nassen Ungetüm befreit hatte, legte ich ihn in Rowans Hand. Ich spürte seinen Blick auf mir. Für einen kurzen Moment sah er mich an, als hätte er noch nie eine fast nackte Frau gesehen. Dann schaute er mit einem verlegenen Lächeln zur Seite. In dieser Sekunde war ich wirklich froh den schwarzen Spitzen-BH angezogen zu haben und keinen von meinen Liebestötern. Natürlich interessierte es mich nicht, wie er mich fand. Zumindest versuchte ich mir genau das einzureden. Wenn ich ehrlicher zu mir selbst wäre, dann müsste ich mir eingestehen, dass ich wollte, dass ich attraktiv auf ihn wirkte. Das würde aber bedeuten, dass ich mich von ihm einlullen ließ.

Anstatt weiter in meinem Kopf auszufechten, ob es okay war, den Konkurrenten anziehend zu finden, zog ich mir sein Hemd an. Es war noch ganz warm von ihm und so unfassbar weich. Beinahe war ich versucht den Kragen bis zu meiner Nasenspitze hochzuziehen und seinen Geruch in mich aufzusaugen. Da das aber ziemlich seltsam sein könnte, ließ ich es lieber bleiben.

»Wie ist der Plan, Mr Calley?«, fragte ich, nachdem ich mich zurück auf die Couch gesetzt und mir das Popcorn geschnappt hatte. Rowan legte sich eine Wolldecke über die Schultern und schaltete den Flat-Screen ein.

»Wir schauen einen Kevin-Bacon-Film. Es kann ja nicht sein, dass du Kevin Bacon nicht kennst.«

»Okay und welcher Film wird es?«, fragte ich.

»Du hast die Wahl zwischen *Crazy, Stupid, Love, Flatliners* und *Footloose.*«

»Hmm, das ist schwierig. Ich weiß bei keinem der Filme, worum es geht, weshalb ich vorschlagen würde, dass du einen aussuchst.«

»Du bist dir ganz sicher, dass du diese wahnsinnig wichtige Entscheidung mir überlassen willst?«, fragte Rowan so ernst, als ginge es um die Einführung der Todesstrafe.

»Ich vertraue dir«, rutschte es mir raus. Jetzt war es ausgesprochen und bestätigt. Ich vertraute dem, der mir die gelarische Krone streitig machte.

Rowan waren meine Worte aufgefallen, aber statt sie zu kommentieren, lächelte er einfach nur.

Auf dem Flat Screen erschien in geschwungenem Schriftzug *Footloose.*

Es stellte sich heraus, dass es sich dabei um einen unfassbar coolen Tanzfilm mit einem mitreißenden Soundtrack handelte. Selbst als der Abspann lief, konnte ich nicht aufhören mitzuhibbeln und zu summen, obwohl ich die Texte nicht kannte. Sehr zu Rows Belustigung.

Ich beschloss mir die Songs auf meinen MP3-Player zu laden. Damit ich das nicht vergaß, zückte ich mein Klapptelefon, um mir eine Notiz zu speichern. Rowan sah mein Handy an, als wäre es ein schlechter Scherz.

»Moment, das ist dein Telefon? Und ich wundere mich, dass du mir SMS geschrieben hast statt über einen Messengerdienst«, sagte Rowan.

»Ja, es hat mal meiner Mum gehört und da es noch funktioniert, bringe ich es nicht übers Herz, es auszutauschen. Es ist nicht das modernste und hat weder einen AUX-Anschluss noch eine Tastensperrmöglichkeit, aber es tut seinen Dienst«, erklärte ich Rowan.

»Na dann habe ich ja jetzt einen Grund, warum ich noch eine SMS-Flat in meinem Vertrag habe.«

»Wie gut, dass die inklusive ist«, gab ich zurück.

Rowan stand auf und räumte die nun leere Popcornschüssel in die Spüle und tippte kurz auf seinem Smartphone rum.

»Normalerweise dippe ich das Salzbrezelpopcorn noch immer in Karamellsoße für die ultimative Karies-Geschmacksexplosion, aber irgendwie haben wir das vergessen. Schade.«

»Nicht schlimm, dann können wir es nächstes Mal ja noch toppen.« Die Zuversicht in meiner Stimme ließ sich nicht leugnen.

»Das heißt also, dass du mich morgen nicht wieder anmeckern wirst, weil ich ein arroganter Arsch bin?«, feixte er und hielt mir eine Hand hin. Ich nahm sie und wurde von ihm direkt auf die Beine gezogen.

»Gut, vielleicht war ich etwas zu sehr auf dem Du-bist-mein-Feind-Trip. Die Geschichte mit Aaron hat da wohl auch noch etwas zu beigetragen. ES tut mir leid, dass ich so unfair zu dir war in den letzten Tagen«, sagte ich. O verdammt, das war zu viel verraten. Aber Row fiel es nicht auf, zumindest sagte er nichts zu meinen Worten.

»Dass dein Ex-Freund mit deiner Freundin geschlafen hat, tut mir wirklich leid. Aber ich bin nicht dein Freund und das werde ich auch nicht. Also brauchst du dich davor schon mal nicht zu fürchten.«

»Was, wieso?«, rutschte es mir raus, ohne dass ich etwas dagegen tun konnte.

Rowan zog kurz sein Smartphone aus der Hosentasche und drückte kurz darauf. Plötzlich ertönte Musik aus dem Fernseher. Ein wunderschöner melodischer Song wurde abgespielt und Row nahm seine rechte Hand in meine und platzierte die andere an meinem unteren Rücken. Ohne mich darauf vorzubereiten, begannen wir den Blumenwalzer zu tanzen. Am Anfang etwas holprig, doch nach ein paar Minuten wurde ich immer sicherer. Die Distanz zwischen uns schrumpfte und schrumpfte. Lauter kleine Funken sprühten in meinem Körper herum. Seine nackte Haut unter meinen Fingern zu haben, elektrisierte mich und so wie er mich ansah, ließ ihn das auch nicht kalt.

»Mir war nicht klar, dass du in Erwägung gezogen hast, etwas mit mir anzufangen«, raunte er, während er uns über den knarzenden Dielenboden führte. Ich spürte, wie mir die Röte in die Wangen schoss.

»Habe ich auch nicht, ich habe mich nur gefragt, warum es für dich auch keine Option ist«, versuchte ich zu retten, was zu retten war. Natürlich hatte ich nicht ernsthaft darüber nachgedacht, mit ihm, Neil Rowan Calley, etwas anzufangen, aber das wusste er ja nicht.

»Es liegt nicht daran, dass ich dich nicht attraktiv finde, denn das zu behaupten wäre schlichtweg gelogen. Nein, ich habe es meiner Mutter versprochen. Sie ist keine große Freundin davon, mich abgelenkt zu sehen. So kann man es wohl noch am ehesten beschreiben, ohne dabei unter der Gürtellinie zu landen.«

»Oh, ach so, ja, das macht natürlich Sinn«, blubberte ich bestätigend. Seine Andeutung, dass Lady Calley explizit etwas dagegen hatte, wenn ihr Sohn sich von mir ablenken ließ, ließ mich stutzen. Ich hatte keine Ahnung, weshalb sie dachte, dass gerade ich ihn mit ins Bett nehmen sollte. Immerhin hatte er Katherine dafür.

Als die Musik aufhörte, stoppten auch wir. Etwas verlegen sahen wir einander an.

»Tja und jetzt?«, fragte ich vorsichtig.

»Der Schneefall hat sich beruhigt, wir sollten hier aufräumen und zurückreiten. Das Abendessen werden wir aber so oder so verpassen.« Rowans Stimme war auf einmal distanzierter als vorher.

»Ich sattle schon mal die Pferde. Magst du abwaschen? Ich weiß, du bist eine Prinzessin und Prinzessinnen tun so was nicht, aber vielleicht würdest du es ja trotzdem machen«, bat er. Ich antwortete mit einem Nicken in seine Richtung.

KAPITEL 15

Als ich am nächsten Morgen aufwachte, fühlten sich die vergangenen vierundzwanzig Stunden wie ein Traum an. Es war schön gewesen, mit Rowan zusammen den Tag zu verbringen. Er war so charmant wie am ersten Abend gewesen, wofür ich zugegebenermaßen eine Schwäche hatte. Aber das war nicht zu ändern. Der Ritt zurück zum Anwesen war zu einem Wettschweigen geworden, das keiner von uns versucht hatte zu beenden. Ich hatte mich gewundert, warum er so plötzlich nach Hause wollte, obwohl er den Nachmittag genauso genossen hatte wie ich.

Vielleicht würde sich das nachher ja alles aufklären, aber jetzt musste ich mir erst mal überlegen, was ich heute Abend anziehen wollte und wo ich so schnell noch etwas herbekam, denn soweit ich wusste, hatte ich kein passendes Abendkleid da. Lady Margret hatte mir zwar ein paar Kleider und Kostüme gegeben, aber die waren nicht für so einen Anlass gedacht. Wahrscheinlich hatte sie einfach erwartet, dass ich Abendkleidung dabeihatte, und wenn ich so recht drüber nachdachte, wäre es einfach klug gewesen, ein Kleid einzupacken. Ich hätte mir ja denken können, was mich hier erwartete.

Vielleicht konnte Amelia mir behilflich sein ein Kleid zu finden, andererseits hatte sie heute Geburtstag und bestimmt eine Menge zu tun.

Ich habe kein Geschenk, fiel es mir wie Schuppen von den Augen. Es war erst kurz vor sieben und wenn ich mich beeilte, hatte ich eine Idee, was ich Amelia schenken könnte.

Ich zog mir schnell eine Jeans und eine karierte Bluse an, damit es nicht schlimm war, wenn ich mich einsaute. Dann klemmte ich mir meinen Laptop unter den Arm und huschte durch das Speisezimmer hindurch in die Küche.

Noch war niemand hier, aber bis zum Frühstücksbeginn war es noch knapp eine Stunde. Das würde ich locker schaffen, wenn ich direkt alles fand, was ich suchte. Ich hatte vor ihr einen richtig leckeren Kuchen zu zaubern. Mal schauen, was ich hier so fand. Damit das Ganze nicht so langweilig war, stellte ich meinen Laptop auf die Arbeitsfläche und startete den Film *Tod auf dem Nil*. Das richtige Backequipment zu finden war gar nicht so schwer, was bei den Zutaten schon ganz anders aussah. Es gab eine Menge Vorratsschränke, einen Kühlraum und eine Speisekammer und ich hatte keine Ahnung, was ich wo fand. Deshalb war es etwas mühselig, alles zusammenzusuchen, aber als ich dann alles parat hatte, freute ich mich schon auf das Backen.

Meine Wahl fiel auf einen Apfel-Zimt-Kuchen mit selbst gemachter Zimtsahne. Während ich die Äpfel schnitt, den Zimt hobelte und den Teig anrührte, verging die Zeit wie im Flug, sodass ich gar nicht bemerkte, als Natalie eintrat.

»Was veranstalten Sie hier, Prinzessin?«, fragte sie skeptisch. Erschrocken sah ich auf und vergaß für eine Sekunde auf den Mixer zu achten. Der Teig spritzte, bevor ich schnell genug reagieren konnte, um den Mixer abzuschalten. Ein Teil des Teigs landete auf meinem Pullover, der andere auf der Arbeitsfläche.

»Was?«, fragte ich sie die Schüssel umklammernd.

»›Wie bitte‹«, korrigierte Natalie. »Alpha, Sie müssen jetzt ›Wie bitte?‹ fragen, wenn Sie etwas nicht verstanden haben. ›Was?‹ wirkt einfältig.«

»O ja, auf solche Kleinigkeiten muss ich mehr achten«, entgegnete ich.

»Aber nun noch mal zu meiner eigentlichen Frage. Was tun Sie hier so früh?« Die Frage musste sie rhetorisch meinen, denn Natalie sah doch, was ich hier tat.

»Ich backe einen Geburtstagskuchen für Amelia.« Ich stellte die Teigschüssel zur Seite und wischte mir einige Flecken mit einem Küchenpapier vom Pullover. Am liebsten hätte ich meinen Finger genommen und den Teig davon abgeleckt, aber ich war mir ziemlich sicher, dass ich das nicht durfte.

»Sie wissen aber schon, dass Sie für so was Angestellte wie mich haben, oder?«, fragte sie und lächelte.

»Natürlich. Aber ich habe kein Geschenk für sie und dachte, selbst gemachte Dinge sind doch die schönsten Geschenke.« Mit einem entschuldigenden Grinsen im Gesicht holte ich die vorgefettete Form an den Arbeitsplatz und begann den Teig aus der Schüssel hineinlaufen zu lassen. Gott sei Dank war das meiste im Topf geblieben.

Natalie krempelte ihre Ärmel hoch und stellte sich neben mich, dann nahm sie sich ein Messer und begann die Birnen aus der Obstschale zu hacken, die ich eigentlich gar nicht für mein Rezept verwenden musste. Bevor ich sie darauf hinweisen konnte, zwinkerte sie mir zu.

»Die Säure des Apfels harmoniert ganz fabelhaft mit der süßen Birne. Sie werden sehen.«

»Gute Idee, darauf bin ich gar nicht gekommen. Danke schön. Das könnte das Ganze noch etwas besser ausbalancieren«, gab ich zu.

Wir belegten den Kuchen und schoben ihn dann in den vorgeheizten Backofen. Während Natalie begann die Küche von dem Chaos zu befreien, das ich größtenteils verursacht hatte, kümmerte ich mich um die Zimtsahne. Beim plötzlich einsetzenden Klingeln eines Weckers fuhr ich zusammen und hätte mein herrlich nach Zimt duftendes Gemisch beinahe fallen lassen. Könnte die Küche reden, könnte sie sich wenigstens nicht darüber beschweren, dass sie nicht probieren durfte.

»Keine Angst, der Wecker läuft synchron mit dem von Lady Margret. So weiß ich, wann ich anfangen kann das Frühstück vorzubereiten.«

Natalie schaltete den Wecker aus und begann damit, Brötchen zu schneiden und Käseplatten anzurichten.

»Natalie, darf ich Ihnen die Verantwortung für den Kuchen kurz übertragen? Ich würde mich gerne noch mal umziehen.« Der Wink auf meinen Pullover genügte, um sie zu überzeugen.

Eilig lief ich zu meinem Zimmer zurück und wurde überrascht, wen ich da vor meiner Tür vorfand. Rowan stand mit dem Gesicht zur Tür und seinen Händen in den Taschen einfach nur da.

»Guten Morgen, Rowan. Wie geht es dir?«, fragte ich und konnte nicht vermeiden, dass sich bei seinem bloßen Anblick direkt ein Lächeln auf meine

Lippen verirrte. Row hingegen sah mich mit einem Gesichtsausdruck an, der dem eines emotionslosen Vampirs sehr ähnelte.

»Guten Morgen, Prinzessin. Ich bin nur gerade an deinem Zimmer vorbeigekommen«, sagte er, ohne dabei auf eine meiner Fragen zu antworten.

»Du bist also gerade an meinem Zimmer vorbeigekommen und dachtest, du stellst dich einfach mal da hin, starrst die Tür an und schaust, was passiert?« Ein süffisantes Grinsen konnte ich mir nicht verkneifen, aber auch darauf reagierte er nicht. Zumindest nicht mit einem Gesichtsausdruck. Es war, als hätte Rowan sich in den letzten vierundzwanzig Stunden um hundertachtzig Grad gedreht. Lag es an mir? Hatte ich irgendwas getan, was ihn verärgert haben könnte? Selbst wenn, ich hatte keine Ahnung, was genau es gewesen sein könnte.

»Nicht ganz. Was hast du eigentlich gemacht?«, fragte er ernst.

»Ich habe deiner Schwester einen Geburtstagskuchen gebacken«, antwortete ich stolz.

Rowan zog eine Augenbraue hoch. Ich konnte den Anflug eines Lächelns bei ihm erkennen. Er war also doch noch da. Aber wenn er sich so verhielt, musste es doch einen Grund dafür geben.

»Da wird sich Amelia sicher freuen. Sie mag gerne Kuchen. Welche Geschmacksrichtung?«, fragte Row. Er klang interessiert, aber dann auch wieder nicht. Ich war mir nicht sicher, was hier eigentlich gerade vorging.

»Das hoffe ich. Es ist ein Apfelkuchen«, antwortete ich. Meine gerunzelte Stirn stellte offen zur Schau, wie seltsam ich sein distanziertes Verhalten fand.

Row hob seine rechte Hand und führte sie zu meinem Gesicht, doch kurz bevor seine Finger meine warme Haut berühren konnten, brach er ab und ließ den Arm fast schon kraftlos wieder sinken. Stattdessen sagte er einfach nur: »Du hast da Teig im Gesicht, das solltest du besser wegmachen. Meine Mutter sieht das bestimmt nicht gern.« Dann zeigte er auf eben die Stelle auf seinem Gesicht, die er bei mir gerade beinahe berührt hatte.

»Ja, deshalb bin ich auf dem Weg in mein Zimmer. Aber, Rowan, was ist los? Du verhältst dich irgendwie seltsam.«

»Alles gut, mit mir ist alles in Ordnung, du brauchst dir da wirklich keine Gedanken zu machen«, entgegnete er. Ich bemerkte, wie schwer ihm das Aussprechen dieser Worte fiel.

»Ganz sicher?«

Bevor er antworten konnte, schlug die Tür meiner Nachbar-Suite auf und eine ziemlich zurechtgemachte Katherine kam zum Vorschein. Ein rotes Kleid und spitze Pumps zum Frühstück kamen mir selbst in einem Anwesen wie diesem erstaunlich overdressed vor.

»Rowi, da bin ich. Wir können jetzt runtergehen. Ich musste deinem Schwesterchen doch noch ihr Geschenk mitnehmen, das hätte ich sonst um ein Haar vergessen«, sagte Katherine und hakte sich freudestrahlend bei Rowan unter. Als ihr Blick zu mir rüberhuschte, wurde er eisig. Rowans Miene hingegen hatte sich nicht verändert.

»Na ja, bis gleich«, sagte ich und verschwand durch meine Zimmertür, ohne auf eine Reaktion zu warten.

***

Als ich das Speisezimmer betrat, waren alle anderen bereits da und unterhielten sich miteinander. Ich ging schnurstracks zu Amelia und gab ihr die Hand zum Gratulieren. Statt sie zu nehmen, umarmte sie mich einfach, womit ich nicht gerechnet hatte, aber Amelia war mir sowieso wie ein sehr offener Mensch vorgekommen. Sie gab mir in diesem Moment das erste Mal das Gefühl von bedingungsloser Zuneigung, seit ich hier war. Automatisch verformte sich mein Mund zu einem Lächeln.

»Alles Gute zum Geburtstag, Amelia, ich hoffe, dass du heute einen zauberhaften Tag haben wirst«, wünschte ich ihr. Amelia strahlte mich an, als sie sich von mir löste, und bedankte sich überglücklich. Dann setzten wir uns alle und begannen zu frühstücken. Heute schien Natalie sich besonders viel Mühe gemacht zu haben, denn auf dem Tisch standen nicht nur die leckersten Sachen, sondern auch jede Menge Glitzerkonfetti und Kerzen waren darauf verteilt worden.

Nach dem Essen erhob sich Lady Calley und klatschte in die Hände.

»So, damit wir alle bestmöglich auf den heutigen Abend vorbereitet sind, möchte ich alles mit euch besprechen. Ich schlage vor, dass wir uns vor den Kamin setzen.«

Nein. Nicht der Kamin.

Die Aussicht, in der Nähe von offenem Feuer zu sitzen, schnürte mir die Kehle zu. Ich musste nur an Feuer denken und schon begannen meine Hände zu schwitzen.

Mein nervöser Blick traf auf Rowans. Er sah mich wissend an und irgendwie wusste ich, dass er mir helfen würde.

»Nein, Mutter, es gibt ja gleich noch Kuchen, weshalb ich lieber hier sitzen bleiben würde. Wenn es allen recht ist, natürlich«, schritt er ein.

»Natürlich, wenn das so ist, gerne. Ich wusste nur nicht, dass Natalie jetzt schon einen Kuchen vorbereitet hat.«

»Das habe ich auch nicht, Alpha hat gebacken«, warf Natalie mit einem dicken Lächeln ein. Lady Calley sah mich stutzig an.

»Das stimmt. Das ist mein Geburtstagsgeschenk für Amelia.« Meine Worte klangen nach einer Rechtfertigung, auch wenn ich mich eigentlich gar nicht zu rechtfertigen brauchte.

Bevor Lady Calley sich dazu äußern konnte, fiel Amelia dazwischen.

»Awww, was für eine süße Idee. Danke, Alpha.« Ihre Freude war echt, genau wie das Strahlen in ihren Augen.

Anerkennend nickte ich Rowan zu. Er hatte mir wirklich geholfen, doch so konnte das nicht ewig weiterlaufen. Ich musste irgendwas tun, um meine Angst vor dem Feuer in den Griff zu bekommen.

Der Kuchen kam erstaunlich gut an. Sogar Katherine musste zugeben, dass sie den Kuchen mochte, auch wenn sie das nicht von mir behaupten konnte.

Die Abendplanung war so weit klar. Amelia und ihr Tanzpartner würden den Abend mit einem Blumenwalzer eröffnen, an den Rowan und ich uns anschließen würden, sobald die erste Strophe durch war.

Danach würde der Abend entspannter werden. Eine bekannte Cateringfirma sorgte für ein Buffet, das wahnsinnig gut klang. Rita Ora und ein DJ würden für eine ausgelassene Stimmung sorgen und für Mitternacht war ein kleines Feuerwerk geplant. Nicht im Traum hätte ich mal daran gedacht, auf solchen Veranstaltungen ein und aus zu gehen.

Nach der Besprechung verließen fast alle den Raum. Aber Amelia und Lady Calley waren noch da. Als Margret dann doch den Raum verließ, nutzte ich die Gelegenheit und tippte Amelia auf die Schulter.

Erstaunt drehte sie sich zu mir um.

»Hey, Alpha, was gibt's?«, fragte sie freundlich.

»Ich weiß, dass du bestimmt superviel zu tun hast, und ich möchte dich ganz bestimmt nicht davon abhalten, aber eine Frage habe ich trotzdem. Ich habe leider noch nichts Festliches zum Anziehen hier. Hättest du etwas, das du mir leihen könntest?«, fragte ich.

Amelia lachte. »Alpha, du störst doch nicht, ganz im Gegenteil. Endlich eine Aufgabe, die richtig sinnvoll ist. Komm mit in meine Suite, wir schauen mal in meinem Kleiderschrank vorbei.« Amelia nahm meine Hand und führte mich voller Energie durch das halbe Anwesen. Mir fiel auf, wie weit ihr Zimmer von Rowans und meinem entfernt lag. Auf dem Flur vor Amelias Zimmer standen mehrere kleine Tische voll mit Orchideen. Es sah wunderschön aus. Abgesehen davon sah der Flur den anderen sehr ähnlich. Helle Wände und glänzende Böden, so weit das Auge reichte. Mit jedem Tag, den ich hier verbrachte, gefiel es mir ein bisschen besser.

Als sie die Tür zu ihrem Zimmer aufschloss und mich hineinbat, musste ich schmunzeln.

Die Wände waren mit wunderschönen fliederfarbenen Tapeten tapeziert und die Vorhänge ihres hölzernen Himmelbetts waren in einem dunklen Violett gehalten. In der Mitte des Raumes lag ein irrsinnig großer Kuschelteppich in fast derselben Farbe, wie die Vorhänge hatten. Erstaunt lief ich umher und sah mich um. Es war im Grunde ein ganz normales Mädchenzimmer, nur dass es vielleicht etwas größer ausfiel. An den Wänden hingen Fotos und Lichterketten und auf dem Boden neben dem Bett türmte sich ein Zeitschriftenstapel.

Das Einzige, was so ganz und gar nicht normal war, war der gigantische

Kleiderschrank. Er war begehbar wie der in meinem Zimmer, nur dass Amelias an deutlich mehr Inhalt verfügte. Die Stangen quollen fast über vor Dior, Versace, Prada und wie sie alle hießen. Der Wert war vermutlich unbezahlbar. So was hatte ich noch nie gesehen. Amelia fiel auf, wie geflasht ich war, was vermutlich an dem Umstand lag, dass mein Mund so weit offen stand, dass ein Fliegenschwarm locker darin Platz gefunden hätte.

»Die meisten Sachen waren tatsächlich Geschenke von den Designern oder von den Modenschauen«, erklärte Amelia. Sie zog ein schlichtes beigefarbenes Abendkleid hervor, dessen Corsage mit schwarzer Spitze abgesetzt war.

»Das hier habe ich zum Beispiel für Hermès getragen, auf der Fashion Week letztes Jahr«, sagte sie stolz.

»Was sagt deine Mutter eigentlich dazu, dass du schon so jung als Model arbeitest?«, fragte ich neugierig.

»Ich modele, seitdem ich acht Jahre alt bin. Für sie war das nie ein Problem, auch wenn sie anfangs nicht begeistert war. Mein Dad hat mich damals in diese Welt gebracht, weil ich sooo modeverrückt war, dass ich ständig meine ganzen Kleider zerschnitten habe, um sie anders zusammenzukleben. Nähen war nicht so mein Ding und tragbar waren sie dann auch nicht mehr, aber er war begeistert. Nicht dass du glaubst, ich wäre eines dieser Mädchen, die dazu gezwungen werden, um die Träume ihrer Mütter zu erfüllen«, sagte sie, während sie ein weinrotes Kleid hervorzog und das beige zurückhängte. Sie hielt es vor mich und verzog den Mund. Ohne etwas dazu zu sagen, hängte sie es wieder zurück und nahm ein neues. So ging das drei-, viermal.

»Was ist los?«, fragte ich sie mit einer leichten Irritation in der Stimme.

»Wir haben ein Problem, würde ich sagen. Es tut mir leid, dass ich das jetzt sage, aber du bist leider zu klein für meine Kleider.«

Es tat ihr sichtlich leid, das sagen zu müssen, aber ich hätte damit rechnen können. Amelia war ein Model und circa zwanzig Zentimeter größer als ich, das war doch vorprogrammiert gewesen.

»Nicht schlimm, dann ziehe ich eines der hübschen Cocktailkleider an, die deine Mutter mir in den Schrank gehängt hat. Aber danke für deine Hilfsbereitschaft«, sagte ich zuversichtlich.

»Ach papperlapapp, das kommt gar nicht infrage. Ich habe eine andere Idee. Um eines der Kleider anzupassen, fehlt uns die Zeit, aber nicht um ein neues zu kaufen.«

»Du willst an so einem stressigen Tag wirklich shoppen gehen?«, fragte ich sie. Amelia nickte.

»Ja, will ich. Foxville ist eine kleine Hafenstadt ganz in der Nähe, wenn man an der Küste herunterfährt. Da gibt es eine tolle Schneiderei. Ich kaufe da ganz viele meiner Kleider. Emmi, die Besitzerin, hat eigentlich für jeden was da. Hast du einen Führerschein?« Amelia war ganz begeistert von ihrer Idee.

»Ja, habe ich. Aber sollte uns nicht jemand fahren? Wegen dem Begleitschutz, meine ich«, warf ich ein.

»Ach was, wir reden hier von einem winzigen gelarischen Kaff und nicht von New York. Rowan und ich gehen auch immer überall ohne hin. Nur zu Veranstaltungen wie diesen kommt Security. Wir haben einen Wachmann im Anwesen, der für die Videoüberwachung des Außengeländes zuständig ist, das war's, und es ist noch nie was passiert.«

»Na gut, aber dann muss ich noch mal kurz in mein Zimmer, damit ich mein Portemonnaie holen kann.«

»Brauchst du nicht, die Schneiderei schickt uns die Rechnungen immer her«, argumentierte Amelia.

»Also gut, aber meinen Mantel muss ich trotzdem holen und dagegen hast du jetzt so schnell keine Ausrede«, erwiderte ich.

***

Ich war überrascht darüber, dass es tatsächlich so leicht war, aus dem Anwesen rauszukommen. Das gab mir ein bisschen das Gefühl von Normalität. In Antira konnte ich den Bauernhof meiner Grandma mittlerweile nicht ohne mindestens zwei Bodyguards verlassen und auch nur wenn wir vorher jeden Punkt genau durchgingen, den ich passieren würde. Hier brauchten wir nur

Lady Calley nach den Autoschlüsseln fragen und ihr versprechen, dass wir vorsichtig fuhren. Natürlich mussten wir auch kurz Bescheid sagen, wenn wir in dem kleinen Lädchen ankamen, aber das war ja normal.

Wir fuhren die Landstraße, über die ich bereits zu den Calleys gekommen war, ein Stück zurück, um dann bei einem Schild abzubiegen auf dem »Foxville noch neun Kilometer« stand. Die Landschaft von Gelaria war wunderschön, na ja, zumindest der Teil, den ich schon kannte. Das hier war ja nur der östlichste Zipfel des Landes und tatsächlich der abgeschiedenste. Je dichter man in Gelaria an die antiranische Grenze kam, desto größer wurden die Städte. Wenn ich Gelaria später mal so regieren wollte, wie es am besten für das Land war, dann musste ich mich damit auseinandersetzen. Ich freute mich schon darauf, alles genau kennenzulernen, mit den Menschen zu reden und ein Stück weit auch für jeden von ihnen da zu sein.

Als wir in Foxville einfuhren, staunte ich nicht schlecht. Es war eine Kleinstadt wie aus einem Bilderbuch. Es gab zwei kleine Cafés, vor denen weiße Stühle und Tische standen, auf denen Gäste saßen und die winterliche Kälte im warmen Licht der Sonne genossen. Ich sah viele kleine Einzelhandelsgeschäfte, die sich wunderbar in das maritime Ambiente der Stadt einfügten. Die meisten Häuser waren in Blautönen gestrichen und manche sogar mit Holz verkleidet. Das wäre ein Ort, den sich meine Grandma definitiv zum Leben aussuchen würde.

Amelia lotste mich zu einem kleinen Laden mit dunkelblauen Fensterläden und einem beleuchteten Schild über der hölzernen Eingangstür.

»Emilys Schneiderei«, las ich vor, als wir aus dem dunklen Rolls-Royce ausstiegen.

»Ja und genau da gehen wir jetzt hinein«, sagte Amelia und schob mich scherzhaft zur Tür des Ladens.

Ein kleines Glöckchen bimmelte, als wir ihn betraten und in einem Traum aus Stoffen landeten. Das Geschäft war nicht besonders groß, was es nicht weniger schön machte. An der ganzen linken Seite des Ladens hingen Kleiderstangen an den Wänden, die wie ein Regenbogen farblich sortiert mit Kleidern behängt waren. Unter der Decke waren durch den ganzen Raum

Lichterketten gespannt, die ihn in sanftes warmweißes Licht tauchten. Auf der rechten Seite war ein kleiner Tresen, vor dem zwei alte Polsterstühle standen, die wie die Fensterläden in dunklem Blau gestrichen worden waren. Auf einem der beiden Stühle saß ein kleines Mädchen, das freudig quietschend durch das Kinderbuch auf ihrem Schoß blätterte. Sie war blass und trug eine weiße Pudelmütze auf dem Kopf, obwohl es im Laden nicht kalt war.

»Ich gehe mal kurz nach Emmi schauen, die ist bestimmt hinten im kleinen Lager und hat uns nicht gehört. Bin sofort wieder da«, sagte Amelia, kurz bevor sie durch die Tür hinter dem Tresen verschwand.

Ich sah mich im Raum um, während ich immer wieder von den Fersen auf die Fußspitzen wippte.

»Suchst du ein Kleid?«, fragte mich auf einmal das kleine Mädchen und lächelte mich freundlich an. Sie trug eine helle Jeans und einen blauen Pullover mit weißen Bommeln, die über den ganzen Pullover verteilt waren.

»Ja, genau. Du bist klug«, sagte ich und lächelte zurück. Das Mädchen rollte mit den Augen, bevor es zu lachen begann.

»Dafür muss man nicht schlau sein. Das hier ist ein Kleiderladen, hier gibt's nix anderes«, erklärte sie.

»Oh, ach so, und ich dachte, das hier wäre ein Bäcker. Was für ein Glück, dass ich ein Kleid brauche.«

Das Mädchen lachte erneut.

»Dann bist du aber nicht so schlau.«

»Ja, ich fürchte fast, dass du recht hast. Aber damit bist du einfach schlau für uns beide, okay?«, fragte ich und sie nickte.

»Ich kann dir aus meinem Buch vorlesen, wenn du magst«, bot sie mir an.

»Ach was, du kannst schon lesen? Was liest du da?«, fragte ich, so überrascht ich konnte.

»Nein, ich bin erst sieben. Nächstes Jahr kann ich hoffentlich zur Schule gehen und es richtig lernen. In meinem Buch gibt es ›Herr Bär‹. Er ist ein kleiner Bär und der rettet mit seinem Freund, dem Huhn, Weihnachten. Ich kenne das Buch auswendig und kann dir die Geschichte erzählen. Das ist bestimmt fast wie vorlesen«, erzählte sie mir stolz.

»O ja, das klingt toll. Aber darf ich dich vorher noch etwas fragen?«, fragte ich.

»Ja klar«, antwortete sie gespannt.

»Du sagtest, dass du sieben bist und noch nicht zur Schule gehst. Aber kommt man nicht eigentlich mit sechs zur Schule?« Mein Tonfall war vorsichtig, weil ich nicht sicher war, wie sie auf die Frage reagieren würde.

Der eben noch freudige Blick des Mädchens veränderte sich. Er wurde traurig. Ich sah, dass dem kleinen Mädchen Tränen in die Augen stiegen. *Verdammt, Alpha. Du musst sensibler zu einem Kind sein.*

»Das ist wahr. Aber ich habe Krebs und bin deshalb ganz oft im Krankenhaus und im Krankenhaus gibt es keine Schule. Deswegen kann ich erst zur Schule, wenn ich gesund bin.«

Die Geschichte des kleinen Mädchens ließ mich schlucken.

»Wieso gibt es denn im Krankenhaus keine Schule?«, fragte ich das Mädchen.

»Muma sagt, weil es für Eltern zu teuer ist, Medizin und Schule zu bezahlen«, antwortet sie. Der niedergeschlagene Blick in ihren Augen verriet, wie sehr sie dieser Umstand traf. Wie konnte es sein, dass Kinder, die krank waren, so benachteiligt wurden?

»Das hat deine Muma gesagt?«

Das Mädchen nickte. »Sie hat es aber nicht zu mir gesagt, sondern zu meiner Tante. Ich durfte da gar nicht zuhören. Glaubst du, es ist schlimm, dass ich trotzdem zugehört habe?«

Unweigerlich kam mir das Gespräch zwischen Ferkel und Aaron in den Sinn, das Gespräch, das die große Bombe hatte platzen lassen, das Gespräch, von dem nur eine Handvoll Leute wusste.

»Nein, manchmal passiert das einfach, das ist nicht schlimm.«

»Gut, weil ich schon ein bisschen ein schlechtes Gewissen hab.«

Die Worte des Mädchens hatten mich zum Nachdenken gebracht. Mir war von vorherein klar gewesen, dass das gelarische Gesundheitssystem einige Mängel aufwies, gerade wenn es um die Kosten ging, aber dass es so schlimm war, erschreckte mich ein wenig. Jetzt wusste ich aber zumindest, wo ich auf jeden Fall ansetzen würde. So konnte es jedenfalls nicht bleiben.

Dann kamen Amelia und die Ladenbesitzerin freudig kichernd zurück in den Hauptraum. Ich war erstaunt darüber, wie jung Emily war. Sie konnte höchstens Mitte zwanzig sein. Als ihr Blick auf mich fiel, erschrak sie ein wenig.

»Eure Hoheit, was für eine Ehre, dass Sie meinen kleinen Laden besuchen«, sagte sie und versuchte zu knicksen. Obwohl ich wusste, dass es eigentlich ziemlich unangebracht war, darüber zu lachen, gelang es mir nicht, ein leises Lachen zurückzuhalten. Etwas irritiert sah mich Emily an.

Glücklicherweise fing ich mich direkt wieder und gab ihr die Hand.

»Es tut mir wirklich leid, das ist sehr lieb von Ihnen, aber Sie brauchen für mich nicht knicksen. Ich bin mir nicht mal sicher, ob ich mich überhaupt Prinzessin nennen darf. Bis vor Kurzem war ich noch ein ganz normales Mädchen, also bitte nennen Sie mich Alpha«, erklärte ich mich und erntete zwei sehr freundliche Lächeln. Eins von Amelia und eins von Emily. Nicht lächelnd, aber mich mit weiten Augen anstarrend sah mich das kleine Mädchen an.

»Du bist eine echte Prinzessin?«, fragte sie. Ich grinste.

»Ich denke schon, auch wenn ich mir nicht ganz sicher bin, ob eine Prinzessin sich selbst so nennen darf.«

»Doch, darf sie, sie ist eine Prinzessin. Sie darf machen, was sie will«, klärte mich die Siebenjährige auf.

»Ja, ich fürchte, dass das nur in Märchen so ist, denn in echt haben Prinzessinnen viel zu tun.

»Was denn so?«, fragte sie neugierig.«

»Kleider aussuchen zum Beispiel«, schlug Amelia die Überleitung zu dem eigentlichen Grund, aus dem wir gekommen waren.

»Ganz genau und damit ich heute Abend auch aussehe wie eine Prinzessin, brauche ich fachmännische Unterstützung von dir. Bekommen wir das hin?«, fragte ich an das Mädchen gewandt. Ihre Augen begannen zu leuchten und zur Antwort nickte sie eifrig.

»Gut, dann fangen wir an!«, sagte Emily.

Wir stöberten uns durch die schöne Auswahl und ich probierte bestimmt zehn Kleider an, bevor wir das fanden, was meins werden wollte.

Ein leicht ausgestelltes dunkelblaues Kleid, das mit einer leichten Schicht aus transparentem, glitzerndem Stoff bezogen war. Es war zwar schulterfrei, hatte aber trotzdem kleine Ärmel, die um meine Oberarme lagen, fast wie bei einer Carmenbluse. Es war einfach nur schön.

»Damit siehst du aus wie Cinderella«, sagte Emilys Tochter anerkennend. In ihren glitzernden Augen spiegelte sich der Wunsch, auch mal so ein Kleid zu tragen.

»Ich denke, wir haben es. Danke, Emily«, sagte Amelia.

Immer wieder glitt mein Blick an mir herunter. Der Stoff lief weich und seidig durch meine Finger.

Emily musste meinen verträumten Blick bemerkt haben, denn sie sah mich mit einem zum Lächeln hochgezogenen Mundwinkel an. Erst jetzt fiel mir auf, wie hübsch sie war. Sie hatte ihre braunroten Haare zu einem Pferdeschwanz zusammengebunden, wobei einige Strähnen heraushingen. Um ihren Nacken lag das Maßband und hinter ihren kleinen Ohren klemmte ein Bleistift. Für eine Schneiderin war sie ziemlich schlicht gekleidet. Ihr oranger Pullover steckte in einer High-Waist-Jeans. Die glänzenden schwarzen Slipper sahen sehr elegant dazu aus. Ich mochte ihren Stil.

»Emily, hat man Ihnen schon Mal gesagt, dass Sie Zauberhände haben?« Bevor die hübsche Schneiderin darauf antworten konnte, sprang ihre kleine Tochter auf sie zu und umarmte sie.

»Ja, meine Mumi ist die Beste.«

Emily streichelte ihrer Tochter verlegen über die Mütze.

»Und du bist die beste Tochter der Welt, Tira.«

Es rührte mich, die beiden so zu sehen, auch wenn es mich daran erinnerte, dass meine Mum nicht mehr da war, um mir das zu sagen. In diesem

Moment wurde mir richtig bewusst, dass sie nie mehr da sein würde. *Sie ist tot, Alpha.* Sie würde nie sehen, wie ich mein Brautkleid aussuchte, wie ich meinen Abschluss bekam oder dieses wunderschöne Kleid trug. Sie würde nie wieder mit mir Pom-Bären zum Frühstück essen oder heiße Schokolade mit Zimt trinken.

Eine Träne rollte still und leise meine Wange herunter, während ich in den Spiegel sah und darüber nachdachte, dass der wichtigste Mensch meines Lebens für immer verschwunden war. Das blieb allerdings nicht unbemerkt. Emily reichte mir ein Taschentuch, das ich dankend annahm und für einen Moment anstarrte, bevor ich meine Träne wegtupfte.

»Es ist bestimmt nicht ganz einfach, Sie zu sein«, sagte se mitfühlend.

»Nein, da haben Sie recht«, gab ich zu.

»Und warum machen Sie es dann? Warum wollen Sie Königin eines Landes werden, das Sie nicht kennen?«, fragte sie vorsichtig.

»Weil ich dann die Möglichkeit habe, etwas zu verändern. Man muss ein Land nicht kennen, um zu begreifen, dass es Hilfe braucht. Ich weiß, wie es ist, mit Geldproblemen aufzuwachsen, wie es ist, ständig die Neue zu sein oder auch mal zu versagen. Gelaria wurde wie ein Land zweiter Klasse behandelt, aber mein Vater hat angefangen das zu ändern und ich möchte da ansetzen, wo er aufhören musste. Das Gesundheitssystem möchte ich deshalb tatsächlich als Erstes angehen.«

»Und Sie sind sicher, dass Sie das schaffen?«, fragte Emily misstrauisch. Sie sah Tira an, ihre kleine, lebensfrohe Tira, und ich verstand, wie viel Angst sie hatte.

»Jeder Politiker würde mir vermutlich von dem abraten, was ich jetzt sagen werde. Ich weiß nicht, wie lange es dauern wird oder ob es funktionieren wird, aber ich werde es versuchen, so gut ich kann, und ich denke, dass Rowan mich dabei sicher unterstützen wird.«

Emily sah mich überrascht an.

»Also stimmt es doch, Sie und Lord Calley sind zusammen.«

»Wir sind was?«, entfuhr es mir. Mein Blick wanderte zu Amelia, die offenbar ganz genau wusste, wovon Emily gerade sprach.

»Ja, also was das angeht, das ist ein Gerücht. Mein Bruder geht mit Miss Katherine Dekkat aus«, winkte Amelia ab.

»Dann ist das Foto in dem Gelarian Messenger also eine Fotomontage«, sagte Emily trotzdem überzeugt.

»Könnt ihr mich mal aufklären? Von was für einem Foto reden wir hier?«, fragte ich etwas aufgebracht.

Emily lief zum Ladentresen und zog unter der Zeile eine bereits ziemlich zerknüllte Zeitung hervor, die sie mir gab.

»Seite zwei.« Es war ihr offenbar etwas unangenehm, mich darauf angesprochen zu haben, und als ich die Seite aufschlug, wusste ich auch wieso. Da prangte es, ein riesiges Foto von unserem Tag in der Berghütte, aber nicht irgendeins. Man sah ihn oberkörperfrei und mich, wie ich gerade dabei war, sein Hemd zuzuknöpfen. *Alpha, du steckst in der Scheiße.* Wenn Nate und Mr Brown das sahen, würde es richtig Ärger geben, aber noch viel kritischer war, wenn Lady Calley oder, schlimmer noch, sämtliche Parlamentsmitglieder es zu Gesicht bekamen.

Der Artikel las sich auch nicht viel besser. Die Headline sagte zumindest alles.

Verführerin der Prinzen – wie sich Thronerbin Alpha van Aerssen den nächsten Royal angelt.

Auch wenn Rowan streng genommen kein Prinz war, wurde auch auf Nate und Aaron angespielt. Meine Kehle wurde trocken, das warf mich meilenweit zurück und war im höchsten Maße kompromittierend.

»Hat Rowan es schon gesehen?«, fragte ich Amelia, sie nickte. Jetzt war mir jedenfalls klar, weshalb er heute Morgen so kühl gewesen war. Ich musste mit ihm reden, wir brauchten dringend einen Weg, wie wir da wieder rauskamen, denn das ließ keinen von uns sonderlich professionell aussehen. Mich noch weniger als ihn. Dann kam mir ein Gedanke. Was, wenn er das alles inszeniert hatte, um mich absichtlich wie eine skrupellose Verführerin aussehen zu lassen, der gar nichts zu schade war, um zu bekommen, was sie wollte? Ich schluckte. *Was, wenn es wirklich so war?*

»Alpha, ist alles okay?«, fragte Amelia. Ich war ziemlich erschüttert, was ich absolut nicht abstreiten konnte.

»Nein, das lässt mich ziemlich mies aussehen und ist völlig aus dem Zusammenhang gerissen.« Es fiel mir schwer, das zu sagen, besonders wo Emily hier war, die mich noch weniger kannte als Amelia. In diesem Moment wünschte ich mir Li und Anila her, sie könnten bestätigen, dass ich überhaupt nicht so war, wie man mich hier darstellte.

»Wie war es denn wirklich?«, fragte Emily. Ihre Stimme spiegelte eine Mischung aus Interesse und Unbehagen.

»Wir sind zur Berghütte geritten, damit ich etwas von der unberührten Natur Gelarias sehe. Es hat ziemlich heftig geschneit und ich bin durchnässt oben angekommen. Heute Abend ist Amelias Geburtstagsparty und da wollte ich nicht durch Abwesenheit glänzen, indem ich erkältet im Bett liege. Rowan hat mir sein Hemd gegeben und mein Pullover auf die Heizung gehängt. So war er wieder fast ganz trocken, als wir wieder zum Anwesen geritten sind«, erklärte ich niedergeschlagen. Sowohl Amelia als auch Emily glaubten mir und fühlten mit.

»Das tut mir leid, Alpha. Aber wer könnte dieses Foto gemacht haben?« Amelias Ton klang besorgt und ich wollte ihr lieber nicht verraten, dass ich ihren Bruder verdächtigte etwas damit zu tun zu haben. Ich wollte erst mit ihm reden, um zu sehen, was er dazu zu sagen hatte.

»Ich weiß es nicht«, gab ich ehrlich zu, auch wenn ich dabei meinen Verdacht erst mal unter den Tisch fallen ließ.

»Das klärt sich bestimmt bald. Aber erst mal wollen wir euch ja balltauglich machen«, versuchte Emily die Stimmung wieder zu heben, was ihr auch gelang. Sie ging zu der Ladentheke und holte zwei kleine Stoffschächtelchen hervor, um sie uns zu geben. Sowohl Amelia als auch ich öffneten sie mit großen Augen. Darin befanden sich zwei lange, wunderschöne Haarspangen, die aussahen wie verschiedene Blumenranken. Typisch gelarisch.

»O mein Gott, Emily, sind die schön!«, stöhnte ich. Emily lächelte zufrieden.

»Die sind für euch. Damit könnt ihr, und damit meine ich Sie besonders,

Alpha, eure Verbundenheit zu unserem schönen Land zeigen. Vielleicht sammeln Sie dann ja wieder Bonuspunkte nach diesem furchtbaren Artikel heute. Ich werde aber allen, die ich heute treffe, erzählen, dass ich aus sicherer Quelle weiß, dass die Geschichte aus der Luft gegriffen ist. Das ist zumindest etwas, was ich für Sie tun kann.«

Ich war einen Moment sprachlos von Emilys Großzügigkeit. Als ich meine Worte dann wiederfand, konnte ich nicht anders, als sie in den Arm zu nehmen und ihr zu danken. Sie war die erste Bürgerin, die mir in so kurzer Zeit ans Herz gewachsen war, und ich war sicher, dass viele weitere folgen würden. Ich beschloss mich jetzt noch mehr anzustrengen, schon alleine damit ich ihr und Tira helfen konnte. Sie hatten es verdient, jeder hatte das.

KAPITEL 16

Das Fertigmachen für die Party ging überraschend schnell. Ich hatte darauf bestanden, mich selbst zu schminken, weil ich mich so am wohlsten fühlte, und bis auf den beerenroten Lippenstift meiner Mum hielt ich mein Make-up sehr schlicht. Ich wollte so natürlich aussehen wie die Unmengen von Blumen, die heute Vormittag geliefert worden waren und nun im ganzen Festsaal verteilt wurden. Meine Haare ließ ich größtenteils offen, nur die vorderen Strähnen flocht ich nach hinten weg und fixierte sie mit der Blumenspange, die Emily mir geschenkt hatte. Das Kleid würde ich aber erst, kurz bevor die Gäste eintrafen, anziehen, irgendwie befürchtete ich es sonst dreckig zu machen. Ich hatte zwar im Moment nicht vor zu backen, aber wer wusste schon, was passieren würde.

Einen kurzen Moment überlegte ich, was als Nächstes auf meiner Liste stand. Kurz darauf griff ich zu meinem Steinzeittelefon und wählte die Nummer meiner Grandma.

»Alpha, Liebes, schön, dass du dich meldest! Wie geht es dir? Gibt es irgendwas Neues?«, fragte sie strahlend. Es tat gut, ihre gedämpfte Stimme durch den alten Lautsprecher zu hören.

»Ja, einiges, hast du schon in die Zeitung von heute reingeschaut?«, fragte ich sie. Ich konnte mir vorstellen, wie sie gerade ihr Telefon in der Hand hielt und nickte, weil sie vergaß, dass ich sie gar nicht sehen konnte. Ihr alles zu erzählen, was genau passiert war, dauerte bestimmt eine halbe Stunde.

»O Mann, und was glaubst du, wer das war?« Die Stimme meiner Grandma klang so besorgt, wie ich es war.

»Tja, wenn ich das wüsste, dann wäre das Ganze hier viel einfacher.«

»Ja, das glaube ich dir. Denkst du, dass dieser Lord Calley etwas damit zu tun hat?«

»Ehrlich gesagt bin ich mir nicht sicher. Der Gedanke ist mir gekommen, andererseits ist es für ihn ja genauso schlimm wie für mich. Ich halte Row für fair und aufrichtig.«

»Ich weiß, dass das, was ich jetzt sagen werde, dir nicht gefallen wird, aber Aaron haben wir auch für ehrlich gehalten«, erinnerte mich Grandma. *Ja, also das hatte ich in den letzten Tagen erfolgreich verdrängt.* Wieder füllte der Schmerz über Aarons Verrat mich für einen kurzen Moment aus. Unweigerlich begann ich mich zu fragen, ob das jemals aufhören würde.

»Weißt du was, Grandma, ich werde ihn fragen gehen. Vielleicht war er es, vielleicht auch nicht. Falls ja, weiß er, dass ich ihn auf dem Schirm habe, und hört damit auf, weil er sonst riskiert aufzufliegen, oder er hat nichts damit zu tun und kann mir helfen herauszufinden, wer es war«, nahm ich mir vor. Im Hintergrund bei meiner Grandma war das Klingeln der Haustür zu hören.

»Das klingt nach einem vernünftigen Plan. Ich wünsche dir ganz viel Spaß heute Abend, grüß Jonathan und Matthew lieb von mir. Ich muss auflegen, jemand möchte Eier kaufen. Ich habe dich lieb, meine Kleine«, verabschiedete sie sich.

»Mache ich, Grandma. Ich habe dich auch lieb.«

Dann legte sie auf.

Ich nahm das schöne Abendkleid schon mal aus dem Kleidersack und hängte es an den Himmel meines Bettes.

Denn bevor ich es anzog, wollte ich erst mal mit Rowan reden, den ich seit dem Frühstück nicht mehr gesehen hatte.

Etwas nervös lief ich zu Rowans Zimmer hinüber und gerade als ich klopfen wollte, hörte ich, wie Katherine Rowan wütend anschrie.

»Du elender Mistkerl. Wie konntest du nur mit dieser königlichen Schlampe schlafen? Bei allem, was wir haben?«, kreischte sie aufgebracht.

»Himmel, Katherine, wie oft willst du noch hören, dass da überhaupt nichts war? Das Bild ist aus dem Zusammenhang gerissen, ich habe dir doch schon erzählt, was wirklich passiert ist«, versuchte Rowan zu retten, was zu retten war, auch wenn er dabei ziemlich genervt klang.

»Und das soll ich dir glauben? Eine schlechtere Ausrede, als dass ihr Pullover nass war, hätte dir ja gar nicht einfallen können, du Lügner!« Ihre Stimme glich beinahe einem Kreischen. Doch dann ergriff Rowan das Wort. Der Ton seiner Stimme jagte mir eine Gänsehaut über den ganzen Körper.

»Weißt du was, Kat, ich habe dir gesagt, was passiert ist. Wenn du mir nicht glaubst, dann ist das nicht mein Problem. Ich denke, du solltest jetzt besser gehen.«

»Weißt du was, Neil Rowan Calley? Genau das werde ich tun, aber nicht weil du mich rauswirfst, sondern weil ich es so will«, schnaubte sie beleidigt. Ein paar Sekunden später wurde die Tür direkt vor meiner Nase aufgerissen und die wütende Katherine stand mir gegenüber. »Na das wird ja immer besser. Rowan, die kleine Hure ist da. Viel Spaß!« Bevor ich überhaupt dazu kam, einen Schritt zur Seite zu machen, rannte sie mich auch schon absichtlich um, sodass ich fast zur Seite gefallen wäre. Etwas beschämt sah ich Katherine nach, die mit geballten Fäusten davonstöckelte. Rowan kam zur Tür und lehnte sich gegen den Rahmen. Das schlichte schwarze T-Shirt, das er trug, schmiegte sich wie eine zweite Haut an seine Brust an. Die schmal geschnittene Anzughose, die er dazu kombinierte, ließ darauf schließen, dass er auch bereits dabei war, sich auf die Geburtstagsparty seiner kleinen Schwester vorzubereiten.

»Ich kann auch später wiederkommen, wenn es dir gerade nicht so gut passt«, sagte ich.

»Jetzt ist Katherine sowieso weg. Wie kann ich dir helfen?«, fragte er und wies mit der Hand in sein Zimmer. Momentan hielt ich es jedoch nicht für eine gute Idee, das unausgesprochene Angebot anzunehmen. Schon allein falls Katherine doch noch mal umkehren würde.

»Alles gut, ich habe nur eine kurze Frage. Hast du was damit zu tun, dass dieses Foto gemacht und veröffentlicht wurde?«, fragte ich vorsichtig. Ich wusste, dass er angespannt war, aber ich musste es wissen.

»Nein, natürlich nicht, das kompromittiert mich doch genauso wie dich«, antwortete er.

»Ja schon, aber du hast den Fuß bereits in der Tür. Dich mögen die Gelarier und das Parlament. Mich mögen genau fünf Gelarier, wenn man dich mitzählt. Obwohl ich mir bei dir nicht ganz sicher bin«, scherzte ich und konnte Rowan so ein kleines Lächeln abringen.

»Ich mag dich also nicht, ja?«

»Das weiß ich nicht, ich kann ja schließlich nicht in deinen Kopf schauen. Aber wenn du mich mögen würdest, dann hättest du jedenfalls nichts mit dem Foto zu tun.«

»Habe ich ja auch nicht, reicht dir das als Antwort? Aber das macht es natürlich schwieriger herauszufinden, wer dafür verantwortlich ist.«

»Wer hat eigentlich das Feuer im Kamin entfacht? Ich habe Rauch aus dem Schornstein aufsteigen sehen, als wir ankamen«, erinnerte ich mich.

»Das war Roy, der Förster, du kennst ihn vom Abendessen. Meine Mutter hat ihn sehr gern, er gehört irgendwie fast zur Familie, obwohl das wohl ein wenig seltsam klingt. Keine Sorge, vor ihm haben wir nichts zu befürchten. Er ist ein sehr netter alter Mann, dem eigentlich nur die Tiere wichtig sind. Er darf in der Hütte immer Igel und Eichhörnchen aufpäppeln, deswegen hat er mir den Gefallen getan.«

»Hmm, sonst fällt mir keiner ein und dir?«

Rowan schüttelte den Kopf. »Nein, ich habe absolut keine Idee.«

»Na gut, dann schlage ich vor, dass wir einfach weiterüberlegen. Wir sehen uns auf dem Fest.« Meine Verabschiedung war so abrupt wie Katherine, als sie um die Ecke kam, und ich hatte absolut keine Lust, zwischen die beiden zu geraten.

So schnell, wie ich bei ihm aufgetaucht war, verschwand ich auch schon wieder in mein Zimmer. Katherine war eine Furie und da sie mich sowieso nicht besonders leiden konnte, obwohl wir eigentlich noch kein richtiges Wort miteinander gewechselt hatten, beschloss ich ihr in Zukunft lieber aus dem Weg zu gehen.

***

Pünktlich gegen sechzehn Uhr trafen die ersten Gäste ein, Amelias und

Rowans nächste Verwandtschaft. Ich drückte mich nur der Form halber kurz bei ihnen herum, begrüßte alle freundlich und stellte mich vor. Sie waren alle sehr nett, wenn auch etwas anstrengend. Besonders Rowans Tante Patricia machte keinen Hehl daraus, dass sie kein besonders großes Bedürfnis hatte, hier zu sein, was mir für Amelia etwas leidtat. Wenn sie das nicht gut fand, ließ sie es sich nicht anmerken und strahlte weiterhin um sich, als wäre sie der hellste Stern am Himmel. Ich war froh, dass ich mich von dort schon nach kurzer Zeit verdrücken konnte, denn ich wollte das familiäre Zusammensein nicht weiter stören.

Stattdessen nahm ich mir den restlichen Nachmittag Zeit, um mich fertig zu machen und dabei ein paar Folgen meiner Lieblingsserie zu schauen. Ich hatte mir angewöhnt nebenbei die Projekte meines Vaters durchzugehen und eine Art Plan zu schreiben, was ich für umsetzbar hielt. Zum Beispiel war mir der Gedanke gekommen, einen Spendenstand auf dem Frühjahrsfest aufstellen zu lassen, wo die Gelarier sowohl Bücher als auch Geld für die Krankenhäuser spenden konnten. Damit wäre es möglich, eine Art kleine Bücherei für die kranken Kinder einzurichten. Vielleicht würden sich ja auch pensionierte Lehrer und Lehrerinnen finden, die Lust hätten, den jüngeren Kindern in ihrer Freizeit Lesen und Schreiben beizubringen und sie so auf die Schule vorzubereiten, denn ich fürchtete, dass Tira nicht die einzige Betroffene war.

Irgendwann klappte ich den Laptop zu und lehnte mich zurück. Hätte man mir vor einem Jahr erzählt, dass ich heute in einem noblen Anwesen sitzen würde und Ideen sammelte, um kranken Kindern zu helfen, hätte ich vermutlich laut gelacht und ihn für verrückt erklärt.

Die Party sollte um acht beginnen, weshalb ich mich bereits gegen kurz nach sieben in mein wunderschönes Glitzerkleid wagte und die hohen Schuhe anzog, um vorher noch kurz zu üben, wie man damit ging. Immerhin wollte ich Desaster an diesem Abend so gut es ging vermeiden. Ungefähr eine halbe Stunde später hatte ich das Gefühl, zumindest mit mir umgehen zu können, und machte mich auf den Weg zum Festsaal, in dem Rowan und Amelia schon warteten, da wir die Aufgabe erhalten hatten, die Gäste zu begrüßen. Auch Katherine war da und gab sich, als wäre sie die Hauptperson des Abends und nicht Amelia. Dass sie wunderschön war, konnte ich aber nicht abstreiten. Sie trug ein langes weinrotes Kleid mit Schleppe, das perfekt zu Rowans Fliege passte. Er sah so unfassbar gut aus in diesem Anzug, dass es mir immer wieder schwerfiel, statt ihm die Gäste anzusehen, die ich da gerade begrüßte. Natürlich entging mir nicht, dass Katherine nicht von seiner Seite wich. Sein Gesicht verriet allerdings nichts. Sie lachten gerade mit einem Paar in Smoking und Meerjungfrauenkleid und wirkten wie das perfekte Paar.

Was ich besonders seltsam fand, war die Tatsache, dass Katherine den Streit von vorhin wie verflogen aussehen ließ. Wann hatten sie sich vertragen? ... Und wie?

Ohne es zu wollen, stellte ich mir Rowan und Katherine beim heißen Versöhnungssex vor. Wie sie sich bewegten, wie er stöhnte, wie ...

»Erde an Alpha. Ist alles in Ordnung mit dir?«, unterbrach Rowan meine Gedanken. Gott sei Dank, denn viel länger hätte ich mir das nicht ansehen können, weder in der Realität noch vor meinem inneren Auge.

Ich wollte nicht, dass Rowan merkte, wie ertappt ich mich fühlte, weshalb ich begann mich umzusehen.

Ausweichend schaute ich die vielen Gäste an, die mittlerweile in dem wunderschön gestalteten Tanzsaal standen und sich unterhielten. Das warme und weiche Licht der Lichterketten spiegelte sich in den gläsernen Bogenfenstern und machte den Raum noch einladender. Es sorgte für romantische Stimmung, die sich im Verhalten der Gäste widerspiegelte. Hier und da zupften Herren ihren Begleiterinnen einzelne Blumen aus der üppigen Dekoration und steckten sie ihnen ins Haar. Eine weitere Blume steckten sie sich dann selbst ins Revers. Irgendwie mochte ich das, es wirkte, als würden sie die Blumen miteinander verbinden.

»Alpha?«, versuchte Rowan es erneut.

»Hmm?«, fragte ich, als hätte ich ihn das Mal davor einfach nicht gehört, obwohl er direkt neben mir stand. Ich bemühte mich mich nicht zu ihm umzudrehen, aber das schaffte ich nicht besonders lange und auch nicht sehr erfolgreich. Sein Anblick fesselte mich dafür viel zu sehr, was mich schon ein wenig ärgerte. Ich stand doch nicht auf ihn, weshalb verhielt sich mein Körper denn so?

Rowan schmunzelte, als wüsste er genau, was mir gerade im Kopf rumgeschwirrt war.

»Du hast geträumt.«

»Ja, das passiert mir manchmal«, bestätigte ich.

»Mir auch. Manchmal verliere ich mich so sehr in meinen Tagträumereien, dass ich sie für einen Moment für real halte. Wenn ich dann merke, dass sie es nicht sind, habe ich dann so ein wehmütiges Gefühl.«

Ja, also das konnte mir bei diesem nicht passieren.

»So spannend war meiner nicht«, sagte ich und erntete ein schelmisches Grinsen.

»Ich bin mir nicht sicher, ob ich dir das glaube. Dafür sah dein Gesicht schon sehr abwesend aus.«

»Apropos glauben. Du hast da noch ein Geheimnis für mich, wenn ich mich richtig erinnere«, lenkte ich ab.

»Das wirst du auch heute noch erfahren. Aber ich fürchte, dass es deins nicht schlagen wird. Das könnte vermutlich kein Geheimnis der Welt. Es tut mir wirklich leid. Ich hatte ja keine Ahnung, wie schwerwiegend dein Geheimnis ist. Sonst hätte ich diesen Deal nicht vorgeschlagen«, flüsterte er mir bedrückt ins Ohr. Ein kalter Schauer durchfuhr mich und meine innere Traurigkeit kämpfte sich für eine Sekunde an die Oberfläche, bevor ich sie wieder tief in mir einschließen konnte. Natürlich hatte er das nicht, wer rechnete schon mit so was?

»Das muss es nicht. Ich bin froh, dass du es weißt«, sagte ich ehrlich.

»Es ist aber nicht selbstverständlich, jemandem so etwas Persönliches anzuvertrauen, wenn man ihn nicht besonders gut kennt. Wieso bist du froh darüber?« Neugierig schaute Rowan zu mir runter.

Bevor ich antworten konnte, kamen klackernde Pumps auf uns zu. Eine Frau um die fünfzig in einem rosa Abendkleid entpuppte sich als die Trägerin, die nun direkt vor uns stand und mich abwertend musterte. Als sie ihren

Blick von mir zu Rowan wandern ließ, blühte ihr Gesicht förmlich auf. Natürlich hatte ich nicht unbedingt damit gerechnet, viele Fans hier zu haben, aber das fand ich doch etwas übertrieben.

Sie schloss Rowan strahlend vor Freude in die Arme, als wäre er ihr verloren gegangener Sohn.

»Neil Rowan, mein Schatz. Es freut mich so sehr, dich und vor allem dich mit meiner lieben Katherine zu sehen. Ihr saht eben so toll zusammen aus und habt euch farblich so gut aufeinander abgestimmt. Eigentlich hättet ihr schon viel eher zusammenkommen müssen. Ich sage schon so lange, dass das mit euch Schicksal sein muss«, brabbelte sie unkontrolliert los. Mit jedem Satz, den sie sagte, verfinsterte sich Rowans Miene ein bisschen mehr.

»Also was das angeht, Magda ...« Doch die heraneilende Katherine ließ ihn nicht aussprechen.

»Hallo, Mommie! Wie schön, dass du meinen Verlobten schon begrüßt hast!«, quietschte sie und schob sich in Rowans Arm, der keine Anstalten machte, den Arm wegzunehmen.

Moment, verlobt? Rowan hatte sich nach der Szene vorhin mit Katherine verlobt? So viel zu »Das ist nichts Ernstes«. Ich wusste nicht, warum mich das ärgerte, vielleicht weil es sich ein wenig so anfühlte, als hätte er gelogen. Natürlich war das Schwachsinn, ich hatte überhaupt kein Recht dazu, eifersüchtig zu sein, aber dass sie verlobt waren, konnte ich mir so gar nicht vorstellen. Vielleicht wollte ich das auch einfach nur nicht. Das passte nicht zusammen.

Himmel, Alpha, reiß dich zusammen. Das geht dich nichts an. Du hattest deine Tage doch gerade erst. Bekomm deine Hormone in den Griff!

»Und Sie möchten sich mir nicht vorstellen?«, fragte Katherines Mutter mich schnippisch.

»Oh, doch, natürlich. Ich war nur so überrascht über die Verlobung. Ich bin Alpha van Aerssen. König Roylands Tochter. Es freut mich, Sie kennenzulernen«, sagte ich überspitzt freundlich, um meine wahren Emotionen zu verstecken.

»Oh, Sie sind also das frische Früchtchen, das glaubt, es hätte mehr Anrecht auf den Thron als ein gelarischer Lord, den sein Volk über alles liebt«, stellte sie voll gespielter Enttäuschung fest.

»Ja, genau. Sie ist so gewöhnlich und hat leider noch nicht gelernt, wann Schluss ist. Um Königin zu werden, hat sie einiges nachzuholen und ich bin ehrlich. Ich denke nicht, dass sie dem gewachsen ist. Ich denke, Alpha ist ein Opfer ihrer maßlosen Selbstüberschätzung.«

Autsch. Katherine lächelte und betonte ihre Worte so, als wären sie nur ein gut gemeinter Hinweis. *Nicht aufregen. Denk an das, was Rowan dir gesagt hat. Ruhig bleiben, sachlich sein und nicht aufregen.*

»Ich habe schon einiges dazugelernt in der kurzen Zeit, seit ich hier lebe. Deshalb bitte ich Sie, mich nun zu entschuldigen. Da sind noch genügend weitere Gäste, die begrüßt werden wollen, und ich möchte Ihnen da keine Sonderrolle geben. Ich wünsche Ihnen viel Spaß auf Amelias Party, vergessen Sie nicht ihr zu gratulieren. Sie würde sich sicher freuen«, konterte ich Katherines vorangegangenen Angriff in dem freundlichsten Ton und mit dem schönsten Lächeln, zu dem ich mich überwinden konnte. Gerade als ich dieser fürchterlichen Situation den Rücken kehren wollte, griff Rowan nach meiner Hand und hielt mich zurück.

»Alpha und ich müssen uns jetzt sowieso auf die Eröffnung der Party einstimmen. Magda, hat mich sehr gefreut«, sagte Rowan und zog mich mit sich durch die vielen Menschen, denen er dabei immer noch ein freundliches Kopfnicken zuwarf. Er führte mich aus dem Saal, ein Stück den Flur hinunter, in einen weiteren noblen Raum, der wie ein altmodisch eingerichtetes Arbeitszimmer aussah, und schloss die Tür hinter uns.

»Was ist los?«, fragte ich etwas überrascht. Rowan begann etwas nervös auf und ab zu gehen, bevor er vor mir stehen blieb. Er strich sich nachdenklich mit den Fingern durch seine perfekt gestylten schwarzen Haare und sah mich eindringlich an. Als unsere Augen sich trafen, wurde mir warm. Nein, das war falsch ausgedrückt, mir wurde heiß, so unfassbar heiß.

Und mit dem, was jetzt passierte, hatte ich nicht gerechnet. Rowan machte einen Schritt nach vorn und legte seine Hand an meine Taille. Die Berührung entfachte ein kleines Feuer an der Stelle, wo seine Hand auflag.

»Ich glaube, ich sollte dir sagen, dass du atemberaubend aussiehst, denn das tust du. Als du in den Saal kamst, habe ich kurz gedacht, dass du die hübscheste Frau im Raum bist«, sagte er. Bei jedem anderen wäre das eine superschlechte Anmache gewesen, aber bei ihm klang jedes Wort wie die reinste Wahrheit.

»Das klingt schon ziemlich schmalzig, das weißt du schon, oder?«, fragte ich. Meine Stimme war leise, beinahe wie ein Flüstern, weil ich so gebannt war. Seine nebelgrauen Augen erinnerten mich an einen kühlen Frühlingsmorgen auf Grandmas Hof, wenn der Raureif noch auf den Wiesen rund ums Haus lag und der Nebel im Sonnenaufgang glitzerte. Da war eine Spannung zwischen uns, die sich zwar richtig anfühlte, aber falsch war. Das hier war keine gute Idee, was auch immer er vorhatte.

Ich versuchte mich von ihm zu lösen, wobei mein Blick auf seine Narbe fiel. Ohne drüber nachzudenken, hob ich meine Hand und fuhr sanft darüber. Sie gab ihm etwas Rebellisches, das nicht in diese nach außen perfekt wirkende Welt zu passen schien.

»Wie ist das passiert?«, fragte ich sanft.

»Das ist mein Geheimnis, das ist der Grund, warum ich dich hergebracht habe«, antwortete er geheimnisvoll.

Dann ließ er mich los, trat einen Schritt zurück und beendete so den seltsam intimen Moment zwischen uns.

»Das ist fast fünf Jahre her. Ich war siebzehn, als es passierte, und gerade dabei, meinen Abschluss zu machen. Mit ein paar Freunden bin ich zum Campen in die Berge gefahren. Wir hatten es nicht geplant, es war also ziemlich spontan. Katherines Bruder Marlon war auch dabei. Als wir ankamen, gingen Marlon und ich Feuerholz sammeln, während die anderen das Zelt aufbauten.« Rowan stockte an dieser Stelle und kratzte sich nachdenklich am Hinterkopf, während er tief ein- und ausatmete.

»Wir kannten uns in der Region nicht aus und liefen ziemlich planlos durch den Wald auf dem Berg, der an einigen Stellen ziemlich abschüssig war. Marlon trat auf einen nicht festen Stein, der eine Kette in Gang setzte, die damit endete, dass wir beide an einem Felsvorsprung hingen. Zwar ging es unter uns nicht so tief runter. Es waren höchstens vier, fünf Meter, aber unter uns war ein reißender Fluss. Da wir nicht besonders sportlich waren zu dem Zeitpunkt, konnten wir uns nicht hochziehen und beschlossen uns fallen zu lassen. Wir landeten mitten im Fluss. Ich hatte Glück und kam recht schnell ans Ufer. Marlon nicht. Er war in eine Strömung gekommen. Als ich ihn sah, bin ich natürlich direkt hingerannt und habe mich über einen kleinen Felsen gehängt, um Marlon greifen zu können, was auch geklappt hat. Ich habe mehrmals versucht ihn aus dem Wasser zu ziehen, aber die Strömung war zu stark und ich war zu schwach. Meine Muskeln haben versagt. Ich habe losgelassen. Ich habe losgelassen, obwohl Marlon die ganze Zeit geschrien hat, dass ich ihn festhalten solle und dass er Angst habe. Er wurde von der Strömung mitgerissen und gegen einen Felsen geschleudert.« Rowans Augen glänzten. Eine Träne löste sich und rann über sein Gesicht. Ich kannte diesen Schmerz gut. Wie lange hatte ich mir Vorwürfe gemacht, als meine Mutter gestorben war, wie lange hatte ich gedacht, ich hätte es verhindern können, wenn ich die heiße Schokolade nicht geholt hätte. Ich hatte mir die Schuld dafür gegeben und nicht der defekten Stromleitung.

»Ist er tot?«, fragte ich vorsichtig. Rowan schüttelte den Kopf. »Nein, das nicht, aber er ist querschnittsgelähmt und kann nicht mehr sprechen.«

»Das war nicht deine Schuld, Row«, flüsterte ich sanft und wischte ihm die Träne von der Wange. Seine Haut war warm und ebenmäßig.

»Mittlerweile weiß ich das. Aber es vergeht kein Tag, an dem ich nicht trotzdem eine Sekunde lang daran denke, was wäre, wenn ich stärker gewesen wäre? Hätte ich es dann geschafft?«

»Es muss schwer sein, jeden Tag daran zu denken und dann auch noch mit Katherine zusammen zu sein«, sagte ich.

Dann tat er etwas, mit dem ich nicht gerechnet hatte. Er zog mich an sich und nur eine Millisekunde später lagen seine Lippen auf meinen. Ich spürte seine warmen Hände durch die enge Korsage meines Kleides und ein Kribbeln lenkte sich durch meinen ganzen Körper. Es war Trost und das Nachgeben der Anziehung zwischen uns zugleich. Meine Hände gruben sich in seine

Haare und das Einzige, was mir in diesem Moment in den Sinn kam, war … Katherine.

Ich löste mich von Rowan und stieß ihn zurück.

»Bist du verrückt geworden? Du bist verlobt!«, herrschte ich Rowan an, der mich anlächelte.

»Okay, aber wenn ich eines dazu sagen darf. Es hat sich nicht so angefühlt, als hättest du es nicht gewollt«, merkte er an. Ich schnaubte so verächtlich ich konnte. »Ach nein? Dann war es also nicht eindeutig genug, dass ich dich weggeschubst habe?«, fragte ich. Wir wussten beide, dass das eine mehr als billige Ausrede war, aber irgendwas musste ich ja sagen. Lady Calley hatte ihm offensichtlich schon mehr als klargemacht, dass sie Nähe zwischen uns nicht guthieß. Im Grunde tat das keiner und obwohl ich überhaupt nicht wusste, was mit mir los war, musste ich mir selbst doch eingestehen, dass ich es gewollt hatte.

»Aber wenn ich mich richtig erinnere, hast du den Kuss vorher ziemlich heftig erwidert.« Mit einer Hand fuhr er demonstrativ durch sein verwuscheltes Haar, um mir zu zeigen, dass ich es war, die das verursacht hatte.

»Vielleicht habe ich mir vorgestellt, du wärst Aaron«, log ich schlecht. Belustigt zog er eine Augenbraue hoch.

»Autsch, so was sagt man einem Gentleman doch nicht.«

»Na gut, vielleicht war das eine Lüge, aber richtig war das trotzdem nicht. Du hättest mich nicht küssen dürfen, was, wenn uns jemand gesehen hätte? Was, wenn es jemand Katherine oder ihrer gruseligen Mutter dann erzählt?«, gab ich zu bedenken, aber ihn schien das nicht sonderlich zu kümmern. Entweder war ihm seine Verlobung so unwichtig, dass es ihm egal war, oder er legte es drauf an, gesehen zu werden. Ein Kuss war nämlich wesentlich schwieriger abzustreiten als ein aus dem Zusammenhang gerissenes Foto. Was mich aber noch viel mehr ärgerte als die Tatsache, dass er mich einfach so ohne Vorwarnung geküsst hatte, war, dass ich es genossen hatte. Denn genauso wenig wie den Kuss konnte ich abstreiten, dass er in mir etwas ausgelöst hatte, etwas, das ich nicht für möglich gehalten hatte.

»Okay, wenn du das so siehst, werde ich es nie wieder tun«, versprach er und ich wusste, dass er es ernst meinte. Ich schluckte. Es war besser so, denn selbst wenn da etwas zwischen uns war, waren unsere Chancen schwindend gering, dass etwas Tieferes aus uns werden könnte. Dafür gab es zu viele Punkte, die dagegensprachen und nicht von heute auf Morgen verschwinden würden. Seine Mutter, Nate und Mr Brown, die meinten, ich solle mich von der Politik nicht ablenken lassen, und natürlich das Parlament, das uns als Konkurrenten sah.

»Gut, danke schön«, antwortete ich so überzeugend, wie ich konnte. Row nickte.

»Wir sollten wieder reingehen, sonst fragt man sich noch, wo wir stecken.«

Wortlos liefen wir nebeneinander, nur eine Handbreit, die uns trennte, zurück in den herrlich geschmückten Festsaal. Und auch wenn ich vorhin schon einen Moment in diesem Saal verbracht hatte, erstaunte er mich doch. Die durch den ganzen Raum gehängten Lichterketten, die sich wie das Netz einer Spinne über die Köpfe der Besucher webten. Die edlen Tische und Stühle, die so vornehm gedeckt waren, dass niemand mit einem Buffet gerechnet hätte, der nicht wusste, dass diese Feier der nun sechzehnjährigen Tochter der Hausherrin gehörte. Überall standen die verschiedensten Blumen und schmückten den Saal auf ihre ganz eigene Weise. Es war atemberaubend schön.

In dem Moment, in dem Lady Calley uns sah, wusste sie es. Für eine Sekunde verlor sie ihre Fassung und sah uns entsetzt an, dann fand sie ihr aufgesetztes Lächeln wieder und kündigte uns an.

»Schön, dass Sie heute alle hier so zahlreich erschienen sind. Meine Tochter feiert ihren sechzehnten Geburtstag und ich bin froh, dass wir alle ein Teil davon sein dürfen. Sie und Matthew Kingston werden nun die Feierlichkeiten offiziell mit meinem Sohn Neil Rowan und Alpha van Aerssen zusammen eröffnen. Ich wünsche allen ein wunderbares Fest.«

Ihre Ankündigung traf mich wie ein Schlag. Matt? Wieso war Matt Amelias Tanzpartner? Warum wusste ich nichts davon?

Als die Musik begann zu spielen, nahm Rowan erneut meine Hand und zog mich ganz sanft auf die Tanzfläche zu Amelia und Matt. Wir drehten uns mit ihnen und tanzten gemeinsam den Blumenwalzer. Matt lächelte mich freundlich an, als er mich sah, während ihn die zwei Jahre jüngere Amelia fast schon schmachtend ansah. Ein leichtes Lächeln konnte ich mir nicht verkneifen. Automatisch sah ich mich nach Nate um, der in Anzug und Krawatte am Rand stand und mich mit ernsten Augen verfolgte. Ich lächelte ihm freundlich zu, aber er schüttelte nur leicht den Kopf, was mich aus dem Takt brachte. Als ich Row auf den Fuß trat, hörte ich, wie er schmerzhaft die Luft einsog.

»Tut mir leid«, flüsterte ich.

»Das passiert den Besten. Aber falls ich daran schuld bin, dass du abgelenkt bist, tut es mir auch leid. Das ist so aus dem Moment heraus passiert. Du bist schön, es war so emotional zwischen uns, da ist es irgendwie einfach passiert. Aber falls es dir hilft, Katherine und ich sind nicht verlobt«, versuchte er sich zu entschuldigen. Dann drehte er mich und wir klatschten kurz in die Hände, bevor wir wieder miteinander verschmolzen.

»Warte, ihr seid nicht verlobt?«, fragte ich, als ich ihm wieder in die Augen sehen konnte.

»Nein, sind wir nicht. Waren wir nie und werden wir auch nie sein.«

»Warum behauptet sie es dann?«, fragte ich verwirrt. Als Katherine das ihrer Mutter erzählte, hatte er nichts dazu gesagt.

»Weil sie das will. Mehr als alles andere. Sie ist seit der sechsten Klasse in mich verliebt und war da, als es mir nach dem Unfall ihres Bruders wirklich schlecht ging. Wir haben damals etwas miteinander angefangen, weil es uns beiden nicht gut ging und das den Schmerz für eine kurze Zeit lindern konnte.«

Rowan drehte mich noch zweimal, bevor er mich so an sich zog, dass mein Rücken seine Brust berührte. Das war definitiv der Teil des Tanzes, der mir jedes Mal den Schweiß auf die Stirn trieb. Ich sah sein Gesicht nicht, aber ich spürte jede Faser seines Körpers. Er roch nach Vanille und teurem Rasierwasser, sein Atem war warm, genau wie sein Körper. Als ich mich zu ihm zurückdrehte, wusste ich, dass es gleich vorbei war und sich diese Nähe, die mich endlich wieder etwas spüren ließ, was ich so lange vermisst hatte, auflösen würde.

***

Die Gäste klatschten, als wir von der Tanzfläche traten und sie so offiziell freigaben. Um Katherine nicht noch mal in die Arme zu laufen, machte ich mich direkt auf den Weg zu Nate. Nates blonde Haare wirkten dunkler als sonst, was vermutlich daran lag, dass es Winter war und es an Sonnenschein mangelte. Er hatte die Hände in den Taschen und sah selbst dabei noch königlich aus. Er unterhielt sich mit einer hübschen rothaarigen jungen Frau, die ich nicht kannte.

Höflich stellte ich mich dazu, sagte aber nichts, um ihr Gespräch nicht zu unterbrechen. Das tat Nate dann aber, indem er mir von hinten eine Hand auf die Schulter legte und mich vorstellte.

»Veronice, darf ich Ihnen Alpha van Aerssen vorstellen? Sie ist die Tochter von König Royland. Alpha lebt momentan bei den Calleys, um Gelaria näher kennenzulernen.«

Freundlich reichte ich Veronice meine Hand.

»Es freut mich sehr. Amelia freut sich bestimmt auch sehr, dass Sie da sind«, sagte ich, weil mir nichts Besseres einfiel.

Veronice musterte mich interessiert.

»Wie gefällt es Ihnen hier? Ich meine, Sie hatten ja noch nicht so viele Möglichkeiten, Gelaria kennenzulernen.«

»Ich finde es schön und bin tatsächlich sehr froh, diese Chance zu haben. Die Calleys sind sehr nett und geben sich viel Mühe, mir alles zu zeigen. Ich war auch schon in einem kleinen Dorf in der Nähe und auf dem Berg«, erzählte ich. Veronice lächelte, wobei ich nicht ausmachen konnte, ob es ein ernst gemeintes Lächeln war oder ein aufgesetztes.

»Ich hatte Sie mir ehrlicherweise anders vorgestellt.«

»Das ist interessant. Darf ich fragen, was sie dachten, wie ich bin?«, fragte ich neugierig.

»Irgendwie skrupelloser. So wirken Sie ja eher wie eine normale junge Frau«, antwortete sie.

»Ich versichere Ihnen, dass Alpha keine bösen Absichten hat«, schaltete Nate sich in die Konversation ein.

»Verstehen Sie mich nicht falsch, Mr Kingston. Ich bin nicht die Misstrauische, aber das Volk traut ihr nicht. Bisher hat Miss van Aerssen nicht besonders positiv für Aufsehen gesorgt.«

Ich runzelte die Stirn.

»Und deshalb dachten Sie, ich wäre skrupellos?«, fragte ich.

»Ich meine, Ihren Konkurrenten, Neil Rowan Calley, zu verführen, um so zu bekommen, was Sie wollen, ist schon sehr berechnend. Zumal er bei den Gelariern sehr beliebt ist. Dass Sie eine kriminelle Vergangenheit haben, ist ja nun auch bereits hinreichend bekannt. Da verstehe ich, dass ein Teil der Bevölkerung sich Sorgen darüber macht, dass ihre potenzielle nächste Königin eine Wilde ist.«

Veronice verzog nicht eine Miene, während sie mir das vor den Latz knallte.

»Also, Veronice, wir reden hier von der Darstellung in den Boulevardblättern. Ich bin mir absolut sicher, dass gerade Ihnen klar ist, wie viel Schund in solchen Zeitschriften täglich gedruckt wird.«

»Natürlich, aber die Aussage ihrer Komplizin und das Foto sind schon sehr schwer zu dementieren«, entgegnete sie.

»Miss Veronice, ich kenne Sie nicht, aber …«, setzte ich an, bis Nate mich unterbrach.

»Alpha, lass mich besser reden«, sagte er herrisch, was mich direkt nervte. Glaubte er etwa immer noch, dass ich in den letzten Monaten so wenig gelernt hatte, dass ich mich vorführen würde?

»Nein, Nate, ich kann für mich selbst sprechen. Danke für deine Unterstützung.« Ich machte deutlich, dass ich sehr wohl für mich selbst sprechen konnte. Nates Blick verfinsterte sich, aber er nickte und trat einen Schritt zurück, wobei seine Hand von meiner Schulter glitt.

»Veronice, ich verstehe sehr gut, wie das aussehen muss. Wenn ich an der Stelle jedes Einzelnen stände, würde es mir genauso gehen, wenn irgendein Mädchen daherkommt und behauptet eine rechtmäßige Thronerbin zu sein. Ich bin ein normaler Mensch wie Sie auch und bis vor ein paar Monaten habe ich nicht einmal geahnt, wer ich bin. Aber jetzt, wo ich es weiß, möchte ich es als Chance nutzen. Ich habe heute im Dorf ein kleines Mädchen und seine

Mutter kennengelernt, die dringend meine Hilfe brauchen, und da sind sie bestimmt nicht die Einzigen. Natürlich habe ich Fehler gemacht und dass ich es nicht leicht hatte, ist keine Ausrede dafür, aber ich versichere Ihnen und jedem anderen auch, dass ich nur das Beste für Gelaria, für jeden Einzelnen möchte. Das ist auch der Grund, weshalb ich hier bin, damit ich beweisen kann, wie ernst ich es meine. Wenn wir in den nächsten Wochen und Monaten feststellen sollten, dass ich mich nicht dafür eigne, darf das Parlament Rowan als zukünftigen König bestimmen«, erklärte ich ihr voller Überzeugung.

»Das Einzige, worum ich bitte, ist eine faire Chance, das zu beweisen. Natürlich sehen ein aus dem Zusammenhang gerissenes Foto und das Interview mit meiner sensationsliebenden Ex-Klassenkameradin nicht besonders gut aus, aber das ist nur ein Fünkchen der Wahrheit. Jeder macht Fehler und natürlich habe auch ich, die als Normalsterbliche aufgewachsen ist, ein paar Sachen auf dem Kerbholz, was nicht heißt, dass ich mich nicht verändert habe. Denn das habe ich.«

Veronice sah mich verblüfft an.

»Sie sind eine beeindruckende junge Frau, die weiß, was sie will. Was mich angeht, bekommen Sie Ihre Chance, Miss van Aerssen. Wenn Sie den Bürgern zeigen, wie wichtig sie Ihnen sind, tun die das bestimmt auch. Es hat mich wirklich gefreut«, sagt sie mit einem ehrlichen Lächeln, bevor sie unsere kleine Gesprächsrunde verließ.

»Das lief doch gut.« Selbstbewusst und etwas stolz drehte ich mich zu Nate um, der mich ziemlich finster ansah, was meine frisch gewonnene gute Laune direkt wieder verfliegen ließ.

»Das war überhaupt nicht gut. Veronice ist eine Sensationsreporterin, der du gerade gestanden hast, dass du einiges auf dem Kerbholz hast und dass du Fehler machst. Alpha, Royals können sich keine Fehler oder Kerbhölzer erlauben. Du könntest alles ruiniert haben, alles, wofür wir gearbeitet haben. Wenn du dich so hinstellst, kannst du auch auf Twitter posten, dass du eine Kriminelle bist, denn genau das ist es, was du morgen in der Zeitung lesen wirst. Nächstes Mal lässt du mich reden«, sagte Nate bestimmend.

»Ich wusste gar nicht, dass du mir so wenig vertraust«, erwiderte ich. Gekränkt presste ich meine roten Lippen aufeinander, um meine Emotionen unter Kontrolle zu behalten. Nate war in letzter Zeit ziemlich gestresst gewesen, schon bevor ich hergekommen war. Aber manchmal fragte ich mich schon, wohin mein charmanter Freund verschwunden war.

»Das hat nichts mit Vertrauen zu tun, Alpha. Ich bin es nur leid, mir immer wieder ansehen zu müssen, wie du dir ins eigene Fleisch schneidest«, sagte er.

Autsch. Das hatte gesessen.

»Was soll das denn heißen?«, fragte ich, so ruhig ich konnte, weil ich kein Aufsehen erregen wollte. Gott sei Dank war es um uns herum mittlerweile so laut durch die Musik und die feiernden Menschen, dass uns niemand beachtete. *Er ist dein bester Freund, Alpha, er meint das nicht so.*

»Das soll heißen, dass es unfassbar dumm ist, sich von seinem Gegner verführen und sich dabei auch noch fotografieren zu lassen.« Sein Gesichtsausdruck verriet, wie verletzt er war. Daher rührte seine angespannte Haltung also.

»Nate …«, fing ich an. Eigentlich wollte ich ihm sagen, dass da nichts war, aber ich fürchtete, dass das vor einer Stunde zu einer Lüge geworden war. Natürlich hatten Rowan und ich jetzt nicht automatisch etwas miteinander. Ich meine, es war nur ein Kuss gewesen und das mit der Verlobung war ja auch noch nicht ganz geklärt, aber ich konnte mittlerweile nicht mehr leugnen, dass irgendetwas an Rowan mich magisch anzog. Das würde ihn wohl am meisten verletzen.

Bevor ich mir überlegen konnte, was ich nun stattdessen sagen wollte, legte sich eine starke Hand auf meine Schulter und jagte mir einen warmen Schauer über den Körper.

»So war das nicht. Sie hat doch gesagt, dass es aus dem Kontext gerissen ist«, sagte Rowan. Seine Stimme war so ernst, wie Nate mich anschaute.

»Ich habe dich nicht gefragt«, erwiderte Nate trocken.

»Sie hast du auch nicht gefragt, wie es wirklich war. Du hast ihr einfach unterstellt ein sexuelles Verhältnis mit mir zu haben, zu dem ich sie manipuliert habe. Das ist in so einer Position eine ziemliche Anschuldigung. Wie soll ihr denn so eine Pressetante wie die eben glauben, wenn nicht mal du es tust?« Rowans Worte brachten Nate zum Nachdenken. So hatte ich ihn noch nie erlebt.

»Okay und wie war es deiner Meinung nach wirklich?«, fragt Nate kritisch.

»Sie hat mich verführt. Ganz einfach. Sie kam zu mir in die Hütte, hat sich ausgezogen, sich mir an den Hals geworfen, mich geküsst und mich dann so verführt, dass wir im Bett gelandet sind. Es war wirklich gut, ich bereue keine Sekunde, aber mein Charme hat halt schon immer funktioniert«, sagte Rowan sarkastisch, auch wenn ich mir in diesem Moment nicht sicher war, wie gut Nate das verstand. Einen Augenblick später sah ich Nates Faust auf Rowans Gesicht zurasen.

»Nate, nicht ...«, hauchte ich. Ich kniff automatisch meine Augen zusammen, um mir nicht ansehen zu müssen, wie mein eifersüchtiger bester Freund gerade dabei war, meinen Konkurrenten zu schlagen. Mir fiel direkt auf, wie dumm das war, weshalb ich sie sofort wieder öffnete.

Rowan hielt Nates Faust nur Zentimeter vor seinem Gesicht fest.

»Alpha, du solltest ihm vielleicht später am Telefon erzählen, wie es wirklich war, denn ich denke, dass es besser ist, wenn er jetzt geht«, sagte Rowan ernst, während er Nates Arm sinken ließ.

»Die erste vernünftige Idee. Ich verabschiede mich nur noch von der Gastgeberin«, schnaubte Nate und ging in die Richtung, in der ich Matt und Amelia eben noch hatte stehen sehen. So hatte ich ihn noch nie erlebt.

»Gott, Row, das kannst du doch nicht einfach machen!«, zischte ich ihn an.

»Ich wohne hier, ich kann rauswerfen, wen ich will«, antwortete er trocken.

»Du weißt genau, dass ich das nicht meinte.« Mit den Worten ließ ich ihn stehen und eilte Nate nach zu Amelia und Matt, aber Nate war schon weg.

»Nate hat sich verabschiedet, es geht ihm nicht so gut. Er ist auf dem Weg nach draußen«, sagte Matt und deutete mit seinem Glas in Richtung des Flurs, der zur Eingangshalle führte.

»Danke, Matt, ich sehe mal nach ihm«, antwortete ich.

Auf der Treppe der Haustür fand ich ihn dann. Er stand bereits auf der letzten Stufe, auf den Fahrer wartend, der ihn gleich in ein Hotel fahren würde. Ich hatte angenommen, dass Nate und Matt in einer der vielen Suiten des Anwesens übernachten würden, und vermutlich war das ursprünglich auch der Plan gewesen, zumindest wenn man Lady Calleys Planungen bedachte. Doch nach dieser unschönen ersten Begegnung mit Rowan verstand ich, dass er nicht bleiben wollte.

»Nate ... Geht es dir einigermaßen gut?«, fragte ich ihn, als ich mich zu ihm stellte. Es war kühl, aber es schneite immerhin nicht.

»Nein, natürlich geht es mir nicht gut. Ich habe mich gerade von deinem Konkurrenten vor einer Menge Menschen demütigen lassen.«

»Er war ein Arsch, okay. Ich weiß. Er hatte kein Recht, dich so zu provozieren. Aber, Nate, wieso konnte er dich damit so provozieren? Du bist doch sonst immer entspannt und durch nichts aus der Ruhe zu bringen«, fragte ich. Nate drehte sich zu mir, sodass ich in seine traurigen blauen Augen sehen konnte.

»Du hast die Eigenschaft, das Schlechteste eines Menschen nach außen zu holen und jedem zu zeigen, wie verletzlich er ist. Das mit uns beiden könnte so schön sein. Erinnerst du dich an den Kuss in der Scheune?« Nate klang etwas melancholisch.

»Natürlich, wie könnte ich das vergessen?«

Nate lachte sarkastisch auf und schüttelte den Kopf.

»Weißt du, danach dachte ich, du würdest dich wirklich für mich entscheiden, und nicht, dass dir dadurch klar werden würde, dass du einen anderen liebst.«

Meine Brust brannte. Daran hatte ich nicht eine Sekunde gedacht. Ich war so sehr mit meiner Gefühlswelt und mir beschäftigt gewesen, dass mir gar nicht aufgefallen war, dass ich Nate damit verletzt haben musste.

»Es tut mir so leid, Nate. Ich habe nicht gedacht, dass du dich wirklich in mich verliebt haben könntest.«

»Was hast du dann gedacht, Alpha?«, fragte er bestürzt.

Ich rieb mir meine kalten Arme und sah ihn an, als ich den Kies der Einfahrt hörte. Der Fahrer kam.

»Ich habe gedacht, dir würde nur die Vorstellung von uns beiden gefallen. Ich hatte nicht das Gefühl, dass du bei Aaron tatsächlich eifersüchtig warst, und in ihn hatte ich mich wirklich verliebt. Ich meine, was hast du bei dem Kuss mit mir gefühlt?« Mit Augen so weit aufgerissen wie eine Eule sah ich ihn an. Seine Stirn legte sich nachdenklich in Falten.

»Ich weiß es nicht mehr«, gab er ehrlich zu.

»Siehst du. Glaub mir, du wüsstest es, wenn du wirklich in mich verliebt gewesen wärst. Es wäre ein süchtig machendes Hochgefühl, ein Kribbeln, ein innerlicher Luftsprung.«

»Und was, wenn ich mich jetzt in dich verliebt habe?«, fragte Nate ernsthaft.

»Das wüsstest du, das würdest du fühlen«, sagte ich.

»Ich weiß nicht mehr, was ich fühle, weil ich mir die meiste Zeit einfach nur Sorgen um dich mache. Ich denke ständig an dich, ich vermisse dich sogar und ich habe noch nie jemanden vermisst. Du bist klug, du bist wunderschön, du bist alles, was ich immer wollte.« Nate bedachte mich mit einem flehenden Blick, als er sich zu mir herüberlehnte. Er wollte mich küssen. Sanft legte ich meine Hand auf seine Brust und drückte ihn ein wenig zurück.

»Nate, das ist keine gute Idee, denke ich.«

»Wieso nicht? Wieso lässt du mir keine Chance?«

»Du bist mein bester Freund, der Einzige, dem ich wirklich vertraue, und ich brauche dich. Wenn das hier schiefgeht, dann habe ich meinen wichtigsten Verbündeten verloren.«

Nate nickte und ließ seinen Blick schmerzerfüllt zu Boden sinken.

»Und wenn ich dich um einen Kuss bitte? Einen einzigen? Um zu sehen, ob da etwas zwischen uns ist? Wenn ja, ist das doch gut, und wenn nicht, dann wissen wir Bescheid.«

Da war er wieder, mein rationaler bester Freund. Wann er wohl merkte, dass Gefühle nicht rational waren?

»Hältst du das für klug?«, fragte ich besorgt.

»Nein, vermutlich nicht, aber ich brauche Gewissheit. Ich will mir über meine Gefühle für dich klar werden.« Ich verstand das Dilemma, in dem er gerade steckte, weshalb ich eine Entscheidung traf, von der ich genau wusste, dass ich sie wenig später schon bereuen würde.

»Ich werde dich jetzt küssen, unter der Bedingung, dass das nicht zwischen uns steht und keinen Einfluss auf unsere Zusammenarbeit haben wird. Es geht hierbei nämlich um das Leben vieler Menschen und ohne dich schaffe ich das alles hier nicht.« Die Bedingungen, die ich stellte, erschienen mir fair und vernünftig.

Als Nate zur Antwort stumm nickte, lehnte ich mich vor, bis sich unsere Lippen berührten.

Es war schön, sanft, aber es gab keine Gefühlsexplosion. Es fühlte sich nicht richtig an. Es war nicht genug. Unweigerlich musste ich an Rowan denken. Bei ihm hatte sich das ganz anders angefühlt. Ich wollte nicht, dass es endete. Es tat mir wirklich leid, dass ich, während ich Nate küsste, an Rowan dachte. Als ich mich von Nate löste, sah auch er mich enttäuscht an.

»Und?«, fragte ich. Nate schüttelte deprimiert den Kopf.

»Nichts. Gar nichts. Es war, als würde ich meine beste Freundin küssen, was es ja im Grunde auch war. Ich dachte wirklich, da wäre etwas zwischen uns«, gab er zu.

»Manchmal spielt uns der Verstand einen Streich und lässt uns das glauben, was am einfachsten wäre. Aber Gefühle sind nicht logisch und alles andere als einfach. Aber das macht nichts, du bist mein bester Freund und ich bin deine beste Freundin. Das ist etwas, was nicht jeder hat«, sagte ich aufmunternd. Nate nickte mit einem leichten Lächeln.

»Vielleicht im nächsten Leben«, sagte er.

»Vielleicht, wir werden sehen.«

Nate ging zur Wagentür und öffnete sie, doch bevor er einstieg, hielt er noch einen Augenblick inne.

»Aber das bedeutet nicht, dass ich meinen Beschützerinstinkt jetzt einfach ausschalte. Nimm dich vor Neil Rowan Calley in Acht. Er bekommt in der Regel, was er will. Häng dein Herz nicht an ihn, wenn er dich nicht mehr braucht, streicht er dich wieder aus seinem Leben. Menschen wie er sind so«, warnte mich Nate. Ich nickte.

»Ich gebe mein Bestes«, versprach ich, ohne ihm zu sagen, dass ich vermutlich längst in der Schlange zur Gefühlsachterbahn stand.

KAPITEL 17

Am nächsten Morgen wurde ich von dem Klopfen an meiner Tür geweckt.

»Wer ist da?«, schnauzte ich im Halbschlaf.

»Hier ist Matt. Dein Freund Matt. Du weißt schon, der Attraktive mit den heißen Locken«, tönte es dumpf durch die Tür.

Mit einem fetten Lächeln im Gesicht stand ich auf und lief zur Tür. Matt war schon völlig angezogen, gestriegelt und gebügelt, und das obwohl ich mit Sicherheit die war, die um einiges eher ins Bett gegangen war.

»Du bist ja gestern früh schlafen gegangen«, stellte er fest, während er eintrat. Matt lief im Zimmer umher und sah sich um, während ich das Bett machte und in das Ankleidezimmer watschelte, um mich umzuziehen.

Ich entschied mich für eine schwarze Hose mit Bluse, wie so oft in letzter Zeit, obwohl ich schon festgestellt hatte, dass es an normalen Tagen keine Kleiderordnung fürs Essen gab.

Ich hörte, wie Matt ein Fenster in meinem Zimmer öffnete. Ein kalter Windzug wehte durchs Zimmer und ließ mich frösteln.

»Musst du gerade jetzt lüften, während ich dabei bin, mich umzuziehen?«, fragte ich lachend.

»Oh, tut mir leid, es roch hier nur ungefähr so angenehm wie in einem Pumakäfig. Ich mach wieder zu«, antwortete Matt.

Als ich zurück ins Zimmer kam, war das Fenster schon wieder zu. Matt stand grinsend in Hemd und Jeans vor mir.

»Sag mal, das wollte ich dich eigentlich schon gestern fragen. Wie kam es, dass du mit Amelia die Eröffnung getanzt hast?«, fragte ich neugierig.

»Wir haben uns Anfang des Jahres auf einer Modenschau kennengelernt, zu der Aileen eingeladen war. Seitdem halten wir eigentlich den Kontakt, was wohl auch maßgeblich für unsere Trennung mit verantwortlich war«, sagte er.

»Du und Aileen, ihr seid getrennt?«, fragte ich überrascht, weil weder er noch Nate irgendwas in diese Richtung gesagt hatten.

»Ja, es war aber auch einfach die Luft raus zwischen uns. Außerdem muss ich zugeben, dass ich Amelia sehr interessant finde. Also wirklich«, gab er zu.

»Das verstehe ich. Amelia ist toll«, stimmte ich zu.

»Ja, das ist sie. Deshalb war ich echt froh, als sie mich vor ein paar Tagen anrief, ob ich gern ihr Tanzpartner sei. Glaubst du, ich hätte eine echte Chance?«, fragte Matt. Ich lachte.

»Hast du mal bemerkt, wie sie dich ansieht? Ich würde mir an deiner Stelle keine Sorgen um ein Nein machen, falls du sie nach einem Date fragen möchtest«, sagte ich.

»Gut, ich nehme dich beim Wort. Wer weiß, vielleicht frage ich sie direkt nach dem Frühstück. Hopp, hopp, das fängt nämlich gleich an.«

***

Das Frühstück war wie eine Ansammlung von Menschen, die auch noch in der Disco tanzten, obwohl die gleich schloss. Zumindest sahen fast alle so fertig aus. Die gestrige Feier hatte bei allen ihre Spuren hinterlassen, weshalb das Frühstück ziemlich ereignislos verlief.

Das, was auf das Frühstück folgte, war nicht ganz so schön. Während sich die restlichen Gäste verteilten, rief Lady Margret Rowan und mich zu sich ins Büro.

»So, ihr zwei, ihr habt bestimmt schon eine Ahnung, worum es geht«, sagte sie. Keiner von uns regte sich, auch wenn ich einer Vermutung hatte und sicher war, dass Rowan längst wusste, worum es gehen würde. Auch an ihm war die Nacht nicht spurlos vorübergegangen. Die strubbeligen dunklen Haare und seine müden Augen sprachen da Bände.

»Mir ist zu Ohren gekommen, dass ihr zwei eine Beziehung miteinander eingegangen seid, und in jedem anderen Falle würde ich mich freuen, aber nicht so, wie es jetzt ist. Das könnte euch beiden immens an Ansehen und Ruf schaden. Ihr seid Konkurrenten und das bleibt ihr, bis einer von euch gekrönt wird. Das Parlament hat mich gebeten euch von nun an im Auge zu behalten und das werde ich tun. Ich muss es ab jetzt melden, wenn ich merke, dass sich da etwas entwickelt, das euch von eurer eigentlichen Aufgabe ablenkt. Haben wir uns verstanden?«, fragte Lady Margret. Ich nickte, während Rowan sich nicht rührte. Ich fühlte mich wie in der Schule, wenn ich meine Hausaufgaben vergessen hatte. Es war eine Mischung aus peinlicher Berührtheit und Nervosität.

»Gut, dann seid ihr jetzt entlassen. Ich wünsche euch einen schönen Sonntag, meine Lieben«, sagte sie und brachte uns noch zur Tür ihres Arbeitszimmers.

Rowan begleitete mich noch stillschweigend bis zu meiner Suite. Vor der Tür blieben wir stehen.

»Okay, da sind wir«, sagte ich, weil ich keine Ahnung hatte, was ich sonst hätte sagen sollen. Seitdem er und Nate am Abend zuvor aneinandergeraten waren, hatten wir kein Wort miteinander gewechselt.

»Darf ich noch mit reinkommen?«, fragte Row. Überrascht sah ich ihn an.

»Du hast deine Mutter doch gehört.«

Ein zartes Lächeln zeichnete sich auf seinen Lippen ab.

»Ich darf dich nicht mehr küssen. Das bekomme ich hin, da brauchst du dir keine Gedanken zu machen. Nein, ich möchte mit dir reden.«

»Okay«, sagte ich.

Als ich die Tür öffnete, schlug uns ein heftiger Windstoß entgegen.

»Hast du etwa Ende Februar dein Fenster aufgelassen?«, fragte Row. Ich runzelte die Stirn, während ich zu dem offenen, klappernden Fenster lief, es zudrückte und verschloss. Seltsam, Matt hatte es doch zugemacht. Hatte er es nicht richtig eingehakt?

»Matt hat vorhin gelüftet. Vielleicht hat er es aus Versehen nicht richtig zugemacht«, spekulierte ich achselzuckend. Ich ging zu der Couch hinüber und ließ mich neben Row auf die Kissen sinken. Es war fast wie am ersten Abend.

»Was gibt's?«, fragte ich Row. Er hatte sich zurückgelehnt und krempelte lässig sein Jeanshemd hoch, bevor er sich mit dem Ellenbogen auf der Rückenlehne des Sofas abstützte und mich eindringlich beobachtete.

»Ich wollte mich entschuldigen, Alpha.«

»Wofür genau? Dafür dass du Nate provoziert hast oder dafür dass du ihn rausgeschmissen hast, nachdem du ihn provoziert hattest?«, fragte ich zur eindeutigen Sachverhaltsklärung.

»Eigentlich für alles. Ich habe überreagiert bei der Sache mit Nate. Ich fand, dass du deine Sache sehr gut gemacht hast, und es unfair war, dich so anzufahren.«

»Nate ist momentan sehr gestresst«, versuchte ich dessen Verhalten zu erklären.

»Oder er ist einfach nur bis über beide Ohren in dich verliebt und musste das Alphamännchen raushängen lassen«, scherzte er. Ich musste grinsen.

»Was, mehr als so ein schlechtes Wortspiel hast du nicht drauf? Da hatte ich irgendwie mehr erwartet.«

»Was denn?«

»Ich weiß nicht, ich hatte dich mehr für den Galgenhumortyp gehalten als für den drittklassigen Wortwitzler.«

Sein Lachen steckte mich an. Als wir uns beide wieder eingekriegt hatten, saßen wir da und sahen uns an und dann stellte Row die wirklich wichtige Frage.

»Wie gehen wir damit um, dass wir uns geküsst haben?«

»Ich weiß es ehrlich gesagt nicht«, gab ich zu. Ich rief mir den Kuss zurück in meine Gedanken und erinnerte mich sofort daran, wie er sich angefühlt hatte. Intensiv, gefühlvoll, warm, fordernd. Augenblicklich überkam mich das Bedürfnis, das zu wiederholen. Es war süchtig machend, genau wie ich es zu Nate gesagt hatte. Ich wollte Rowans Wärme spüren, seine Hände an meinem Rücken, seine Haare zwischen meinen Fingern, seine Lippen auf meinen. Ich schüttelte leicht den Kopf, um die Gedanken zumindest für den jetzigen Zeitpunkt zu verdrängen. Ich hörte Rowan leise lachen.

»Ja, ich habe auch Probleme, nicht daran zu denken.«

Ich war peinlich berührt und fühlte mich auch ein wenig ertappt, was sich auf meinen Wangen deutlich sichtbar widerspiegelte.

»Wie wäre es, wenn wir das einfach für uns behalten und abmachen, es nicht wieder zu tun?«, schlug ich vor.

»Das klingt fair. Dann könnten wir uns ja auch weiterhin normal verhalten, wenn wir uns treffen«, stimmte Rowan zu.

»Klingt gut, aber eine Sache muss ich noch wissen. Bist du wirklich nicht verlobt? Ich muss wissen, ob ich den Mann einer anderen geküsst habe.«

Er merkte, wie wichtig es mir war. Wenn wir uns nicht geküsst hätten, wäre es nicht wichtig geworden, aber so? Rowan setzte an und brach direkt wieder ab.

»Das ist nicht so leicht«, sagte er und ließ seinen Kopf hängen. Oh, oh, mir schwante Böses.

»Wie kann das bitte nicht so leicht sein?«, fragte ich. Er sah wieder auf. Unsere Blicke trafen sich. Es war, als würden sie sich gegenseitig aneinanderfesseln. Weder er noch ich sahen auch nur für einen Moment zur Seite.

»Es ist vielleicht so was wie eine arrangierte Ehe«, sagte er. Ich sprang auf.

»Du verarschst mich doch. Wir leben im Europa des einundzwanzigsten Jahrhunderts.«

Rowan sah leider so ganz und gar nicht aus, als wäre das ein Spaß.

»Es ist ja auch keine so arrangierte Ehe. Es ist mehr ein Bündnis. Als ich noch dachte, ich wäre der einzige Thronfolger, ging ich einen Deal ein. Gelaria steht finanziell sehr schlecht da. Antira hat jahrelang die Staatskasse geplündert und die Menschen können sich eine Steuererhebung nicht leisten. Was doof ist, weil man die Steuern braucht, um das Land aufzuwerten, damit die Menschen mehr verdienen. Es ist eine Schraube, die sich nur in eine Richtung dreht. Also wollte ich schon mal private Investoren organisieren, die mich bei Projekten für die Menschen hier unterstützen. Kats Stiefvater ist sehr reich und hat gesagt, dass er zwei geplante Projekte komplett finanziert, wenn ich Kat heirate. Ich habe dir ja erzählt, wie sehr sie das will. Ich habe damals eingewilligt. Und dann kommst du und bringst alles durcheinander«, sagte er.

»Das hättest du für Gelaria getan?«, fragte ich. Rowan nickte. Ich bekam ein schlechtes Gewissen, denn ich hatte das Gefühl, dass ich das nicht könnte.

»Dann wissen wir ja jetzt, wer der bessere König wäre«, stellte ich fest. Rowan lachte trocken und schüttelte den Kopf. »So einfach ist das nicht. Du gibst dein komplettes Leben auf, um den Menschen eines fremden Landes ein besseres Leben zu ermöglichen. Amelia hat mir von eurem Besuch bei Emily und Tira erzählt und gesagt, dass du großartig warst.«

»Na ja, im Grunde habe ich mich nur mit ihnen unterhalten und Kleider anprobiert«, erwiderte ich.

»Nein, du hast ihnen zugehört. Das ist viel mehr wert.« Rowan klang bestimmt. Ich hatte den Eindruck, dass er ganz genau wusste, wovon er da sprach.

»Und was machst du nun wegen der Verlobung?«, fragte ich.

Rowan zuckte mit den Achseln. Ich habe mich in den letzten vierundzwanzig Stunden bestimmt viermal von Katherine getrennt. Irgendwann versteht sie hoffentlich, dass wir miteinander nicht glücklich werden würden.«

In diesem Moment war mir egal, was Lady Margret von körperlicher Nähe hielt. Ich schlang meine Arme um Rowans Hals und vergrub meinen Kopf an seiner Schulter.

Er legte seine Hände um meinen Rücken und zog mich noch etwas näher an seine Brust. So saßen wir noch eine ganze Weile da, bis er sich von mir löste und zurück in sein eigenes Reich aufmachte.

KAPITEL 18

Die nächsten Wochen verliefen weitestgehend ereignislos, obwohl ich das Gefühl hatte, immer verplanter zu werden. Ständig vergaß ich meine Sachen oder fand sie an Orten, bei denen ich mir nicht sicher war, weshalb ich sie genau dort abgelegt haben sollte. Meinen Zimmerschlüssel fand ich im Schrank, mein Handy auf dem Balkon und meinen Laptop unterm Bett. Das war alles mehr als seltsam und sorgte dafür, dass ich noch ein klein wenig paranoider wurde. Aber immerhin lief beinahe alles andere wie am Schnürchen. Es war mittlerweile Ende März, was bedeutete, dass zwei große Ereignisse auf mich zukamen: das gelarische Frühjahrsfest und mein Schulabschluss. Vor Zweiterem hatte ich nicht so große Angst, da ich ja bereits wusste, dass ich bestanden hatte. Ich sollte nur zur Zeugnisverleihung nach Westby fahren, nicht mal zum Ball durfte ich bleiben. Aber ich freute mich darauf, Li und Anila wiederzusehen. Nächste Woche war die Zeugnisverleihung und dann musste ich zwei Wochen später das Frühjahrsfest über die Bühne bringen. Das eröffnete ich nicht nur, sondern dort würde ich auch die Möglichkeit bekommen, mich hautnah mit den Menschen auszutauschen, um etwas über ihre Bedürfnisse zu erfahren, und natürlich um meinen Plan für eine große Veränderung vorzustellen. In meinem stand nach wie vor das Gesundheitssystem an erster Stelle, wenn auch etwas anders. Wir hatten im Unterricht festgestellt, dass es viel zu lange dauern würde, alles auf einmal umzustellen, und natürlich auch viel kosten würde. Deshalb hatte ich mit Rowan und Lady Margret überlegt, wie man das am besten angehen konnte. Amelia und ich waren noch ein paarmal bei Emily und Tira gewesen, um einmal das Kleid für das Frühjahrsfest in Auftrag zu geben und um ein bisschen zu recherchieren. Einmal hatten sie mich sogar zu einer Chemotherapie für Tira mitgenommen. Dabei hatte ich feststellen können, woran es den kranken Kindern besonders mangelte: Bildung. Und damit meinte ich nicht nur, dass die Kinder keine Lehrer und Lehrerinnen hatten, sondern auch dass keine Möglichkeit da war, um selbst für Bildung zu sorgen, weshalb ich mir vorgenommen hatte zuerst eine kleine Krankenhausbibliothek einzurichten, in der Freiwillige erst mal zweimal die Woche einen Kurs für Kinder gaben, damit sie Lesen lernten. Anfangen wollte ich mit dem in der Hauptstadt. Rowans Projekt beschäftigte sich mit dem Naturschutz und der Erhaltung verschiedener Tier- und Pflanzenarten, da die Gelarier sehr naturverbunden waren.

Wir updateten uns gegenseitig bei den Projekten und unterstützten einander, wie ich es unter Konkurrenten noch nie gesehen hatte. Es war schön und seltsam zugleich. Natürlich unter den strengen Augen von Lady Calley und den Mitarbeitern des Anwesens, denn ich war mir sicher, dass jeder es ihr erzählen würde, wenn er uns zusammen sah. Trotz der Distanz, die sich zwischen uns hochzog wie eine Mauer, kamen wir uns näher und das war nicht mal beabsichtigt, sondern entstand aus der Situation heraus. Einerseits war es spannend und verrucht, andererseits war es ziemlich anstrengend, nicht einfach rübergehen zu können.

Wir waren dazu übergegangen, uns Nachrichten zu schreiben, wenn irgendetwas war. Wo wir waren, was wir taten, wann wir etwas Lustiges sahen. Jedes Mal, wenn ich im Etikette- oder im Politikunterricht saß und die leichte Vibration meines Handys in meiner Hosentasche fühlte, stahl sich ein Lächeln auf meine Lippen.

Natürlich hatten wir ausgemacht nur Freunde zu sein, was ihn nicht daran hinderte, mit mir zu flirten. Das gehörte mittlerweile irgendwie trotzdem dazu.

Als ich an diesem Abend nach der abendlichen *Wie-war-dein-Tag?*-Runde das Speisezimmer verließ, um auf mein Zimmer zurückzugehen, hörte ich ein seltsames Quietschen, immer wieder ertönte es. Verwundert lief ich an meiner Zimmertür vorbei auf das Ende des Flures zu, von wo aus das

Geräusch kam. Vorsichtig öffnete ich die Tür, hinter der ich den Ursprung des Geräuschs erwartete. Mein Herz schlug schneller.

»Hallo, ist hier jemand?«, fragte ich in das leere Gästezimmer hinein und spähte mit meinem Kopf um die Tür. Doch da war niemand. Moment, irgendwas war komisch.

Als ich vor meinem Zimmer auf dem Flur stand, konnte ich es ganz deutlich hören, doch jetzt war es nur noch ganz leise.

»Ich komme jetzt rein!«, rief ich verunsichert, während ich die Tür endgültig aufschubste. Auf der rechten Seite, direkt neben dem Eingang, stand eine große metallische Blumenvase auf einer Holzkommode, die definitiv schon bessere Zeiten gesehen hatte. Ich zog die Blumen heraus und legte sie tropfnass auf die Kommode. Die noch leicht mit Wasser gefüllte Vase umklammerte ich mit festen Händen, bereit um mich zu schlagen. Langsam, aber sicher näherte ich mich dem seltsamen Quietschen und musste dabei aussehen wie eine ängstliche Dame in einem der alten Edgar-Wallace-Schinken.

Die Suite war aufgebaut wie die anderen Gästezimmer auch. Mir fiel gleich auf, dass nur eine Tür verschlossen war, und das war nicht die vom Bad. Ich horchte mit meinem Ohr an der Tür des Ankleidezimmers. Das Quietschen drang gedämpft hindurch und nun konnte ich auch eine Melodie erahnen, die von dem unangenehmen Begleitgeräusch fast übertönt wurde. Es hatte etwas Gruseliges, ein bisschen, wie wenn die Protagonisten in einem Horrorfilm unheimliche Melodien aus leeren Zimmern hörten und dann auf Horror-Clowns und Porzellanpuppen trafen, von denen sie dann ermordet wurden.

Ich legte meine eine Hand auf den kühlen verschnörkelten Griff, während ich die Vase immer noch mit der anderen Hand festhielt.

Bitte kein Clown, bitte keine Puppen, bitte kein Clown, bitte keine Puppen …

Mit einem gewaltigen Schwung drückte ich die Tür auf. Doch da war nichts. Gut, nichts stimmte auch nicht. Das Ankleidezimmer war leer. An den Kleiderstangen hing nicht ein Stück und auch die Schuhregale beherbergten kein einziges Paar. Aber in der Mitte des Raumes stand ein kleiner Beistelltisch mit einem Grammophon darauf. Die abgenutzte Nadel des Plattenspielers griff die Platte nicht richtig, weshalb die Melodie immer wieder von dem unangenehmen Quietschton unterbrochen wurde.

Ich runzelte die Stirn, die ganze Szenerie war seltsam. Warum sollte jemand einen Plattenspieler in die Mitte eines wahrscheinlich unbewohnten Zimmers rücken, anmachen und dann gehen?

Ein unangenehmer Schauer durchfuhr mich. Was, wenn das eine Falle war? Ich sah mich um, doch niemand schien hier auf mich zu warten.

Ich hob die Nadel des Plattenspielers an und setzte sie richtig auf, sodass der Song einmal kurz von einem lauteren Rauschen und einem Schleifen unterbrochen wurde, um dann vernünftig zu starten. Es war ein Pianostück, so viel konnte ich sagen, aber ich kannte die Melodie nicht. Die Lautstärke war bei diesem Grammophon nicht veränderbar. Es klang irgendwie verstopft. Als hätte jemand etwas in den Trichter gesteckt.

Ich griff vorsichtig hinein und holte eine ganze Menge Staub und Wollmäuse heraus. Igitt! Ich wollte gar nicht wissen, wie viele Jahrzehnte das da schon drinnen gewesen war, aber man merkte deutlich, wie der Klang des Geräts sich veränderte. Er war lauter und klarer. *Was soll das hier?*

Gerade als ich mir das Grammophon noch mal genauer ansehen wollte, hörte ich, wie hinter mir eine Tür zufiel. Im Affekt drehte ich mich um und warf die Vase, aus der dabei das Blumenwasser spritzte. Ich traf.

»Musst du mich denn eigentlich immer mit irgendwas bewerfen? Ich dachte, wir mögen uns jetzt, oder habe ich da etwas falsch verstanden?«, frage Row, der nun wie ein begossener Pudel vor mir stand. Ein ungleichmäßiger Teil seines weißen Baumwollhemdes klebte nun transparent an seiner trainierten Brust.

So unheimlich die ganze Situation auch war, ich konnte es mir nicht verkneifen zu lachen. Denn Rowan zu sehen milderte meine Anspannung ein wenig.

»Gott, was machst du denn hier?«, fragte ich neugierig.

»Dasselbe könnte ich dich fragen. Wieso stehst du mit einer Blumenvase bewaffnet in einem leeren Gästezimmer und hörst Musik mit einem Grammophon? Ich meine, ich weiß ja, dass Vintage dein Ding ist, seit ich dein Handy gesehen habe, aber das ist schon seltsam, selbst für dich«, merkte er an.

»Das heißt, dass du das Grammophon nicht angeschaltet hast?«, fragte ich. Rowan schüttelte den Kopf.

»Ich war auf dem Weg zu dir, habe es gerade erst auf dem Flur gehört und bin ja auch direkt hergekommen.«

Ich runzelte die Stirn und begann mich automatisch umzusehen, ob ich etwas übersehen hatte, und tatsächlich fiel mir da etwas ins Auge. Ein winziger gefalteter Zettel zwischen all dem Staub und den Wollmäusen aus dem Horn des alten Spielers. Ich nahm ihn an mich und faltete ihn behutsam auseinander. Er war kaum größer als eine Streichholzschachtel.

ICH SEHE DICH, DU KLEINES MISTSTÜCK, IM DUNKELN NOCH BESSER ALS BEI TAG. VERGISS DAS NICHT, ICH SEHE DICH, ICH BEOBACHTE DICH, DU WIRST NIE WIEDER ALLEIN SEIN.

Ein Schauer lief mir den Rücken runter und ich fühlte, wie mir die Farbe aus dem Gesicht wich.

»Alpha, was ist los?«, fragte Rowan jetzt besorgt.

»Nicht hier, okay?«, flüsterte ich und zog ihn an seinem feuchten Ärmel vor die Tür. Ich ging zu meinem Zimmer und schloss die Tür auf. Rowan folgte mir sichtlich irritiert. Bevor ich die Tür schloss, sah ich noch einmal auf den Flur, ob uns jemand gesehen haben könnte, aber da war niemand.

Ich zog sie hinter mir ran, lief eilig durch das Zimmer und sah hinter jede Tür, bevor ich mich zu Rowan auf die Couch setzte.

Ich faltete den Zettel auseinander und gab ihm den. Rowans Augen weiteten sich beim Lesen der einzelnen Worte.

»Glaubst du, jemand will dir Angst machen?« Seine Stimme und sein Blick trieften nur so vor Sorge. Rowan schloss ich aus. Wieso sollte er das auch tun? Wir waren gerade dabei, uns wirklich kennenzulernen, davon hätte er doch viel mehr als von so einem Angstspiel wie diesem. Das roch vom Stil her nach Aaron und Ferkel. Aber wie sollte das möglich sein? Aaron lag im Koma und ohne ihn war das Ganze für meinen Stiefvater sinnlos. Außer natürlich, es ging um Rache, aber falls das der Fall war, steckte ich in ziemlicher Gefahr. Denn jetzt hatte Ferkel nichts mehr zu verlieren.

»Ja, da bin ich mir ziemlich sicher«, gab ich zu.

»Wieso warst du denn überhaupt in dem Zimmer?«, fragte Row, während er den Zettel näher untersuchte. Er drehte und wendete ihn, hielt ihn ins Licht oder ins Dunkle unter dem Tisch, aber er schien nichts zu finden.

»Ich wollte eigentlich in meins, aber dann habe ich auf dem Flur ein Quietschen gehört, es war relativ laut, und da bin ich dem Geräusch, quasi wie du auch, ins Zimmer gefolgt. Dann wurde es erst so richtig seltsam. Denn im Zimmer war das Quietschen des Grammophons viel, viel leiser«, schilderte ich.

»Okay, ist dir, seit du hier bist oder vielleicht sogar schon, kurz bevor du hergekommen bist, etwas Seltsames aufgefallen? Ist dir jemand gefolgt oder so was?«

Tja, gute Frage, seit Aaron im Koma lag, war das eigentlich vorbei gewesen, oder zumindest hatte man mich das glauben lassen.

»Hmm, nein, nicht dass ich wüsste ... Hat irgendjemand irgendwen überraschend mitgebracht, der nicht eingeladen war?«, fragte ich. Rowan schüttelte den Kopf.

»Das hat Will kontrolliert. Er ist ziemlich gewissenhaft. Sollte das so gewesen sein, wüssten wir das längst«, antwortete Rowan.

»Magst du mir die Gästeliste kopieren? Ich habe ja schon mal erwähnt, dass ich einen guten Freund bei der Polizei habe. Vielleicht kann er uns ja helfen. Denn ich habe irgendwie das Gefühl, dass das nur der Anfang ist.«

***

Schon kurze Zeit später hatte Rowan mir einen heimlichen Abzug der Gästeliste gegeben, die ich fotografierte und sofort per E-Mail an Cosmo schickte.

Komm schon, nimm ab, Rivers!

»Hallo.«

»Hallo, Cosmo! Hier ist ...«, stieg ich ein.

»Hier ist der elektronische Anrufbeantworter von Detective Inspector Cosmo Rivers. Hinterlassen Sie nach dem ...«

Noch bevor die Durchsage beendet war, legte ich auf. Das war jetzt das dritte Mal innerhalb einer Stunde, dass ich versucht hatte ihn anzurufen. Erfolglos.

Frustriert klickte ich in meinem Kontaktbuch auf eine andere Nummer. Dort nahm fast direkt jemand ab.

»Hallo, Nate, hier ist Alpha«, versuchte ich es erneut. Bei Nate ging zwar nicht die Mailbox ran, er selbst allerdings auch nicht.

»Heyy. Nathan ist nicht da. Kann ich was ausrichten?«, fragte eine Frau gelangweilt am anderen Ende der Leitung. *Wow, Nate, das ging schnell.*

»Alles gut. Danke. Richten Sie Jonathan doch bitte herzlichste Grüße aus«, sagte ich und betonte das J und das O, damit sie merkte, dass der gute Nate nicht Nathan hieß, was ihr trotzdem egal zu sein schien.

»Okay, tschau«, sagte sie nur. Bevor ich die Möglichkeit bekam, mich zu verabschieden, hatte sie schon aufgelegt.

Okay, eine Person, abgesehen von Mr Brown, die von Ferkels Komplott wusste, gab es noch. Matt. Ich hoffte, dass er noch nicht abgefahren war. Die Person, die mir das vermutlich am ehesten sagen konnte, war Amelia.

Seit Amelias Party verbrachte er ziemlich viel Zeit hier. Es war kaum zu übersehen, wie glücklich er war, mit Amelia zusammen zu sein. So unbeschwert und glücklich hatte ich ihn mit Aileen nie gesehen.

***

Außer Atem klopfte ich an die Suitetür von Rowans kleiner Schwester, die mir direkt öffnete.

»Alpha, ist alles in Ordnung?«, fragte sie, als ich so atemlos hereinstürmte.

»Hast du Matt gesehen? Ist er noch da?«, fragte ich, ohne eine Sekunde zu verlieren.

»Ja, er ist da vorn auf der Couch, komm doch rein«, schlug sie vor. Matt, der mich offenbar schon gehört hatte, war schon aufgestanden und auf dem Weg zu mir. Er kannte mich, er wusste, wie meine Stimme klang, wenn etwas nicht in Ordnung war. Im Gegensatz zu Amelia, die sich über uns zu wundern schien.

»Was ist los?«, fragte Matt. Seine Augen waren geweitet, als ich ihm alles erzählte, und seine Haut wurde bleich. Amelia hörte gespannt zu, aber auch sie konnte nur schlecht verbergen, dass es sie schon mitnahm, was vorhin passiert war.

»Ich glaube, Ferkel ist wieder da.«

Matt schluckte schwer, bevor er nickte.

»Dann sollten wir uns schnell etwas einfallen lassen.«

KAPITEL 19

Am nächsten Morgen stellte ich fest, wie überraschend gut ich geschlafen hatte, obwohl ich noch fast den ganzen Abend mit Amelia und Matt herumgetüftelt hatte, was wir am besten tun konnten, um uns zu schützen. Denn wenn Ferkel aus Rache hinter mir her war, dann würde er es früher oder später nicht mehr nur auf mich abgesehen haben. Wieder einmal hasste ich es, dass wir keine Beweise für seine Schuld hatten und trotzdem ahnten, dass er es war, der dahintersteckte.

Wir hatten gemeinsam festgehalten, dass wir momentan nicht viel mehr machen konnten, als Cosmo die Gästeliste auf irgendwelche Verbindungen oder Ungereimtheiten checken zu lassen.

***

Da heute Sonntag war, beschloss ich in einem entspannten Outfit zu bleiben. Ich zog mir eine enge, dunkle Laufhose und einen Fleecepullover an und beschloss vor dem Frühstück einen Ausflug in den Garten zu machen. Ich freute mich schon auf die frische Frühlingsluft, die seit zwei Wochen dabei war, den gelarischen Winter zu vertreiben. Als ich mein Zimmer gerade verlassen wollte, trat ich auf einen Papierumschlag, der an meiner Sohle kleben blieb. Überrascht zog ich ihn ab und öffnete ihn. Als ich sah, was sich darin befand, setzte mein Herz einen Schlag aus.

***

Ich hämmerte gegen Rowans Zimmertür, bis er mir noch etwas schlaftrunken und nur in einer eng anliegenden Boxershorts öffnete. Das verursachte gerade die zweite Herzrhythmusstörung. Egal wie sehr ich wegsehen wollte, es ging nicht. Es war wie bei einem Unfall, nur dass er dann ein ziemlich attraktiver Unfall war. *Alpha, reiß dich zusammen, saug die Sabber wieder ein, du hast einen Grund, weshalb du hier bist!* Ermahnen konnte mich meine innere Stimme ziemlich gut, genau wie tadeln oder mich beleidigen.

»Zieh dich an, wir gehen raus«, befahl ich und warf ihm das T-Shirt in die Arme, das neben seinem Bücherhaufen lag.

»Hast du ein Glück, dass ich auf dominante Frauen stehe«, scherzte er und unter normalen Umständen hätte mich das so verlegen gemacht, dass mein Gesicht angeschwollen wäre wie Georgies Ballon aus Stephen Kings *Es*. Aber das hier war kein Spiel mehr.

»Wir haben keine Zeit für so was, es ist wirklich ernst! Triff mich am Eingang des Labyrinths.«

***

Keine zehn Minuten später wartete ich nervös vor dem Eingang des altmodischen Labyrinthes im Garten des Anwesens. Die warme Frühlingssonne schien auf mein Gesicht und eine kleine Armee von Osterglocken kämpfte sich heraus. Überhaupt hatte sich der Garten rund um das im mediterranen Stil gebaute Anwesen in eine Frühlingswiese verwandelt. Überall sprossen Tulpen, Hyazinthen und Narzissen in den verschiedensten Farben und tauchten den Garten in ein freundliches Farbenmeer.

An jedem anderen Tag hätte ich es genossen, hier zu stehen und mir einfach die Sonne auf die Haut scheinen zu lassen, aber heute war es anders. Heute hatte ich keine Zeit für so was. Als ich Rowan auf mich zujoggen sah, lief ich ins Labyrinth und bedeutete ihm mir zu folgen. Hinter der zweiten Ecke wartete ich dann auf ihn, zwischen den Hecken.

»Okay, Alpha, was ist los? Und warum musst du mir das gerade hier erzählen?«, fragte Rowan mit einem charmanten Lächeln auf den Lippen.

Ich zog den Umschlag unter einem Pullover hervor und reichte ihm den.

»Ich dachte, dass ein Labyrinth mit Gängen, die höchstens anderthalb Meter breit sind, nicht so viel Spielraum für unerwünschtes Publikum lässt.«

»Ahh, du bist meinem Charme also doch verfallen und möchtest das hier zu unserem geheimen Ort machen. Verstehe«, scherzte er, während er den Umschlag öffnete und die Fotos hervorzog. Seine fröhliche Sorglosigkeit wurde von dem Motiv der Fotos verdrängt und ließ Platz für den Schock, der sich nun darin ausbreitete.

Auf den A4-großen Fotokopien waren wir zu sehen, am Abend von Amelias Geburtstagsparty, in dem Büro, wo er mir sein Geheimnis verraten hatte, wo er mich geküsst hatte. Und genau das war zu sehen. Die Bilder, die unseren Kuss ablichteten, jagten automatisch jene Gefühle durch meinen Körper, die ich in dieser Sekunde gefühlt hatte. Ich erinnerte mich so gut daran, dass ich ihn fast auf meinen Lippen schmecken konnte. Mir wurde so verdammt heiß, wenn ich nur daran dachte, wie er mich an sich gepresst hatte, um mich zu küssen, als gäbe es kein Morgen und keinen Deal mit einer Verlobung als Einsatz. Das waren nur wir und ich wünschte mir diesen Moment zurück, aber das jemand diese Fotos geschossen hatte, machte mir weniger Sorgen als das, was er uns damit sagen wollte. Der anonyme Absender hatte mit rotem Edding etwas daruntergemalt.

»›Ihr werdet Romeo & Julia sein. Zwei minus zwei gleich null‹«, las Rowan vor.

»Das ist eine Drohung«, stellte er fest.

Ich schüttelte den Kopf. »Viel schlimmer, das ist eine Prophezeiung.«

»Wir müssen damit zur Polizei«, sagte Rowan.

»Da hast du recht, aber wir machen das in Westby beziehungsweise in Wirden. Du weißt nicht, wer dahintersteckt. Deshalb gibt es nur einen Polizisten, dem ich uneingeschränkt vertraue. Denn der ist auf jeden Fall auf unserer Seite.«

»Und wie stellst du dir das vor? Dass wir einfach so sechs Stunden lang zu einem Polizeipräsidium in ein anderes Land fahren? Ohne einen Grund?« Rowan klang alles andere als begeistert, aber er wusste nicht, was ich wusste. Wenn es wirklich Ferkel war, dann hatte er Verbündete.

»Wir haben einen Grund. Am Mittwoch bekomme ich meinen Abschluss am Westby-Internat und du bist mein Date.«

***

Die Bilder hatten für ein mulmiges Gefühl gesorgt, das den ganzen Tag nicht mehr verschwand. Wie eigentlich jeden Abend verschwand ich nach dem Abendessen direkt in mein Zimmer, ohne mich mit den anderen an den Kamin zu setzen und von meinem Tag zu erzählen. Anfangs hatte mich Rowan gedeckt, doch mit der Zeit war Lady Margret misstrauisch geworden, sodass ich sie in mein kleines geheimes Feuerproblem einweihen musste. Sie versprach niemandem davon zu erzählen und erzählte den anderen, ich müsse mich jeden Abend nach dem Essen bei Mr Brown melden und eine Art Statusbericht abgeben. Keine Ahnung, ob man ihr glaubte, doch trotzdem hinterfragte es niemand. Vermutlich einfach weil Lady Margret niemandem Rechenschaft schuldig war.

Ich putzte die Zähne und machte mich bettfertig, bevor ich es mir mit *Mord im Orientexpress* im Bett gemütlich machte.

Irgendwann riss mich der Vibrationsalarm meines Handys aus der Geschichte. Ich wusste genau, was jetzt kam, und die Nachricht von Rowan ließ mein Herz automatisch etwas schneller schlagen:

Rowan: Liegst du schon im Bett?

Alpha: Ja, tue ich. Wie spannend ist die kleine Gesprächsrunde auf einer Skala von 1–10? Solltest du nicht lieber aktiv an der Runde teilnehmen, bevor deine Mutter dein Smartphone einkassiert?

Rowan: Ich bin 21 und kann frei über meine Zeit verfügen … Es ist unter einem Kissen. Aber ich gebe der Runde eine glatte 9, würde ich sagen. Amelia und Matt sind heute zusammen ausgeritten. Sie hat ihm die Gegend gezeigt. Allerdings gibt es von ihnen kein so schönes Bild in der Hütte wie von uns. Und der Förster hat ein verletztes Eichhörnchen gefunden und aufgepäppelt und erzählt uns gerade, worauf man dabei achten muss.

Alpha: Awww, ich liebe Eichhörnchen, die sind so knuffig.

Rowan: Die können ziemlich fiese Krankheiten übertragen. Wills Vater ist zum Beispiel an der Hasenpest gestorben, weil die Ärzte zu spät erkannt haben, dass er keine einfache Grippe hatte.

Als ich das las, wurde ich traurig. Auch Will hatte jemanden verloren, der ihm wichtig gewesen war. Vielleicht die wichtigste Person in seinem Leben.

Alpha: Das tut mir sehr leid für ihn. Wie lange ist das her?

Rowan: Ein paar Jahre. Deshalb studiert er Medizin. Um Menschen zu helfen und seinen Vater stolz zu machen. Und um seine Mutter finanziell unterstützen zu können, sie hat ziemlich viel verloren.

Alpha: Das ist wirklich schlimm.

Rowan: Ja, ich weiß. Ich glaube, wir sollten das Thema wechseln. Hast du dir gut überlegt mich als deine Verabredung mit nach Westby zu nehmen?

Gute Frage, hatte ich das? Als ich es meiner Grandma heute Nachmittag erzählt hatte, hatte sie mit einer Mischung aus Begeisterung und Skepsis reagiert. Einerseits freute sie sich darauf, Rowan kennenzulernen, andererseits wusste sie nicht, was die anderen am Westby dazu sagen würden.

Alpha: Nein, aber du siehst gut aus. Das kommt bei meinen ehemaligen Klassenkameradinnen bestimmt gut an.

Rowan: Würde ein Welpe nicht eher dafür sorgen?

Alpha: Vermutlich, aber ich habe nur dich. Du siehst, meine Optionen sind begrenzt.

Rowan: Ist das der einzige Grund?

Alpha: Das wüsstest du wohl gern.

Rowan: Ja, sonst hätte ich nicht gefragt.

Alpha: Ich freue mich, dass du mitkommst. Wirklich ☺

Rowan: Das wollte ich hören. Bevor du schlafen gehst, solltest du noch einmal auf den Balkon sehen.

Alpha: Auf den Balkon? Wieso?

Ich tippte, während ich schon auf dem Weg zur Glastür war, die nach draußen führte. Gerade als ich die Tür öffnen wollte, vibrierte mein Handy.

Rowan: Das siehst du dann schon.

Ich drückte die Klinke herunter und befand mich wenige Sekunden später schon in der angenehm kühlen Nachtluft. Meine Augen wanderten direkt nach links. Dort war Rowans Balkon, doch Rowan stand nicht da. Stattdessen lag eine wunderschöne, handgroße weiße Blüte auf dem steinernen Geländer. Ein Lächeln stahl sich auf meine Lippen, als ich sie in die Hand nahm, um die seidigen Blätter zu betrachten.

»Lotosblumen sind Wasserpflanzen. Du musst sie einfach nur in eine Schüssel mit Wasser legen.«

Als ich aufschaute, sah ich Rowan mit verschränkten Armen an der Wand lehnen.

»Sie ist wunderschön. Woher hast du sie? Soweit ich weiß, wächst der Lotos in Europa nicht«, fragte ich neugierig.

»Mein Vater hat meiner Mutter früher so lange Lotosblumen vor die Tür gelegt, bis sie mit ihm ausgegangen ist. Er hat ein paar Samen mitgebracht und auch hier gepflanzt. Wir Gelarier verehren Blumen.«

»Ich weiß, deine Mutter hat mir die Geschichte erzählt. Aber wieso schenkst du mir eine?«, fragte ich verlegen.

»Weil sie schön ist und selten. Ich habe sie gesehen und musste an dich denken. Für die Ägypter waren die Lotosblumen so heilig wie ihre Könige und Götter.«

»Lernt man das an gelarischen Schulen?«

»Nein, dabei hilft Wikipedia«, sagte Rowan lachend.

»Danke schön, das ist ein wunderschönes Geschenk.«

»Gern. Schlaf später gut, Alpha«, verabschiedete Rowan sich mit einem Augenzwinkern, bevor er ging und mich mit einem warmen Kribbeln, kalten Füßen und einer besonderen Blume zurückließ.

KAPITEL 20

Ich war immer noch überrascht darüber, wie bereitwillig Rowan sich auf den kleinen Abenteuertrip nach Antira eingelassen hatte. Andererseits hatte er auch nicht unbedingt eine Wahl gehabt. Wir hatten Lady Calley erzählt, dass Rowan Westby und meine Grandma kennenlernen wollte. Zugegebenermaßen musste man sagen, dass sie auch nicht unbedingt begeistert gewesen war, aber abgelehnt hatte Lady Margret es immerhin auch nicht.

Die letzten Tage war Rowan mir mehr oder weniger aus dem Weg gegangen, wenn man von dem Abend, an dem er mir die Lotosblüte geschenkt hatte, mal absah. Auch die Autofahrt bis zum Hof meiner Grandma war ziemlich langweilig gewesen. Er hatte nur das Nötigste gesagt und den Rest der Fahrt mit Kopfhörern im Ohr geschlafen. Er war – soweit ich wusste – nicht sauer auf mich und tat das nur, weil das Parlament und seine Mutter uns nicht zusammen sehen wollten. Das machte es allerdings nicht weniger schwer aushaltbar. Ich mochte ihn. Ich mochte ihn wirklich sehr. Und jedes Mal, wenn er mich jetzt ansah, ohne auch nur die Spur seines charmanten Lächelns, krampfte sich etwas in meinem Magen zusammen. Es fühlte sich falsch an, aber ich hoffte, dass sich die Stimmung etwas heben würde, wenn wir gleich bei meiner Grandma eintrafen.

***

In der Sekunde, in der die Limousine auf der Hofeinfahrt zum Stehen kam, riss meine Grandma die Haustür auf und begrüßte uns mit dem breitesten Lächeln, das ich je bei ihr gesehen hatte.

»Alpha, meine Liebe! Schön, dass du gekommen bist!«, sagte sie und schloss mich fest in ihre Arme. Es war so schön, wieder auf dem Hof zu sein.

»Ich freue mich auch so, dass das geklappt hat, Grandma«, sagte ich. Als sie mich losließ und Rowan sah, der mit seiner umgehängten Reisetasche hinter mir stand, zog sie grinsend eine Augenbraue hoch.

»Ich weiß, wieso du ihn mitgebracht hast.«

Rowans Stimmung löste sich zum ersten Mal seit Tagen, weil meine Grandma ihn zum Lachen brachte. Er ging auf sie zu und gab ihr die Hand.

»Neil Rowan Calley, bitten nennen Sie mich Rowan. Es freut mich sehr, dass ich Ihre zauberhafte Enkelin herbegleiten durfte.«

»Nenn mich bitte, Katherina. Ich freue mich sehr dich endlich kennenzulernen. An dieser Stelle würde ich ja gerne sagen, dass Alpha mir schon viel von dir erzählt hat, aber das wäre gelogen.« Als meine Grandma ihm daraufhin die Hand gab, begann er zu lachen.

»Aber so haben wir immerhin die Möglichkeit, uns selbst kennenzulernen.«

Es war schön, dass sie sich direkt so gut verstanden.

Wir aßen gemeinsam zu Abend in der kleinen Hexenküche meiner Grandma. Es gab ihre superleckere Linsensuppe und auch Row schien es zu schmecken. Ich kam nicht umhin, ihn dabei zu beobachten, wie er sich jede Kleinigkeit genau ansah. Die vor Kurzem blau gestrichenen Schränke mit den verschiedenen Griffen, die vielen Einmachgläser voller Kräuter, Reis und verschiedener Nudelsorten und alle Gewürzbüschel, die kopfüber an der Gardinenstange hingen. Man sah ihm an, dass das hier für ihn ein ganz schönes Kontrastprogramm sein musste, aber er schlug sich wacker. Wenn ich so drüber nachdachte, war Aaron nie lange genug hier gewesen, um ihm anzusehen, wie er sich hier fühlte. Ich war mir nicht einmal mehr sicher, ob er unser Haus jemals betreten hatte.

Meine Gefühle für ihn wirkten mittlerweile irreal, ein wenig so, als wäre das alles nur ein Traum gewesen. Als hätten Aaron und ich als Paar nie existiert.

Nach dem Abendessen zeigte ich ihm, wie er sich bei uns zu Hause zurechtfand, was im Gegensatz zu dem Rundgang in seinem Anwesen nur ungefähr fünf Minuten dauerte, und das auch nur, weil ich ihm noch frische Handtücher in den Arm drückte. Er trug seine Sachen in das Gästezimmer am anderen Ende des Flurs, an dem auch mein Zimmer lag, bevor er sich in den Rahmen meiner Zimmertür lehnte und sich in dem Raum umsah, der ungefähr so groß war wie sein Badezimmer.

»Hier kommst du also her, Prinzessin«, stellte er fest, während seine Augen von meinem sehr spartanischen Interior zu mir wanderten und sich an mich hafteten wie ein Post-it.

»Ja, das tue ich. Es kann ja nicht jeder mit einem Silberlöffel im Mund zur Welt kommen. Überrascht?«, fragte ich ihn frech grinsend.

»Ehrlich gesagt schon. Irgendwie dachte ich, du kämst aus einem netten kleinen Vorstadthaus. Irgendwie hatte ich auch im Kopf, dass du in London gewohnt hast.«

»Ich habe so ziemlich überall schon mal gelebt, mit dem Einbruch in meine Londoner Schule hat letztes Jahr nur das ganze Theater hier angefangen. Aber in einem Vorstadthaus habe ich tatsächlich noch nie gewohnt.«

Rowan grinste und verschränkte die Arme vor der Brust.

»Magst du mir auch die Tiere zeigen?«, fragte er.

»Jetzt? Es ist doch schon dunkel draußen«, warf ich ein.

»Ja, für so was gibt es doch Taschenlampen oder habt ihr etwa noch kein elektrisches Licht?«, fragte Rowan sarkastisch. Das war für den Silberlöffel.

»Na gut, wenn das so ist, fangen wir bei meinem absoluten Lieblingsmitbewohner an.« Ich stand auf, schob mein Zimmerfenster hoch und klopfte auf das Metall, das sich darunter befand. Dann drehte ich mich zu Rowan um und deutete auf das Schweberegal über meinem Bett. »In der lila Box sind Leckerlis drinnen, magst du die mal rausholen?«

»Leckerlis wofür?«, fragte Rowan, während er das tat, worum ich ihn gebeten hatte. Wie geplant tauchte Grey wenig später auf der Fensterbank auf und holte sich schnurrend ein Katzenwürstchen bei Rowan ab. Der Trick mit dem Metall funktionierte eigentlich so gut wie immer bei meinem Kater.

»Darf ich vorstellen? Das ist Grey«, stellte ich den rot getigerten Kater vor, der sich gerade an Rowans Hosenbein kuschelte. »Hallo, Grey, du bist ja ein hübscher Kater«, begrüßte Row ihn, bevor er sich mir zuwandte. »Aber er ist orange?«

»Er war als Baby grau, es konnte ja keiner ahnen, dass er sich noch so sehr verändern würde.«

»Das macht ihn zu etwas ganz Besonderem. Wir hatten nie Katzen, mein Dad war allergisch.«

»Aber ihr hattet Pferde, gegen die war dein Dad nicht allergisch, soweit ich mich erinnere.«

Rowan nickte grinsend, während er Grey auf den Arm nahm, der sich an ihn schmiegte, als würde er Row schon sein ganzes Leben kennen.

»Richtig, Sportpferde. Robot ist das Letzte, was ich noch von ihm habe. Er hat ihn mir kurz vor seinem Tod geschenkt.« Die Trauer stand ihm ins Gesicht geschrieben. Ich wusste, wie es war, einen Menschen zu verlieren, der alles für einen gewesen war. Um die Stimmung wieder etwas zu heben, führte ich ihn zu unseren letzten beiden verbliebenen Pferden in die Scheune.

»Darf ich vorstellen: Amy ist die Braune und der Schimmelwallach ist Wisper. Auf ihm habe ich reiten gelernt.« Rowans Blick streifte beeindruckt durch die alte Scheune, in der neben den Pferdeboxen auch noch der alte Trecker und eine Menge anderer Sachen herumstanden, die nicht aussahen, als wären sie aus diesem oder dem letzten Jahrhundert.

»Es ist irgendwie magisch bei euch«, hauchte er, als er sich zu mir an Wispers Box lehnte.

»Bei euch doch auch. Du wohnst im Prinzenschloss und ich in der Hexenküche.«

Rowan lachte leise. »Normalerweise wird aus der Hexe und dem Prinzen nichts.« Er lehnte sich zu mir herüber, sodass unsere Gesichter nur noch ein paar Zentimeter voneinander trennten. Als er seinen Arm gegen meinen lehnte, durchzuckte mich ein warmer Schauer. Da war eine nicht zu beschreibende Spannung zwischen uns, die uns wie zwei Magneten zusammenhielt.

»Sie versuchen es ja auch nie miteinander«, antwortete ich.

»Warum nicht?«, fragte Row sanft. Ich wusste es nicht, ich hatte keine Ahnung.

»Vielleicht weil sie wissen, dass es keine gute Idee ist.«

»Vielleicht schon, aber vielleicht trauen sie sich auch nur einfach nicht, weil die Geschichten das nicht für sie vorsehen.« Ich sog stark die Luft ein, als er mir meine welligen braunen Haare hinter die Schulter strich. Eine Hitze nach mehr breitete sich in mir aus, die es fast unmöglich machte, einen klaren Gedanken zu fassen. Ich spürte, dass er vorhatte mich zu küssen, und auch wenn das eigentlich nicht zur Debatte stehen durfte, war etwas in mir, das es sich mehr als alles andere in diesem Moment wünschte. Rowans leuchtende graue Augen wanderten über meinen Körper wie über eine Karte. Mein Herz hämmerte gegen meine Brust, als wollte es direkt in seine Arme springen. *Reiß dich zusammen, Alpha. Du kannst dich nicht in ihn verlieben und wenn du so weitermachst, tust du das noch. Ihr habt gesagt, ihr tätet es nie wieder.* Als sein Blick meinen dann einfing, verlor ich die Kontrolle über mich. Ich wusste, dass es mein Vorschlag gewesen war, dass wir uns nie wieder küssten, was nichts daran änderte, dass ich mir in diesem Moment nichts sehnlicher wünschte, als genau das zu tun.

»Bitte«, stöhnte ich leise. Rowan schmunzelte und schüttelte den Kopf.

»Du weißt schon, dass wir das nie wieder tun wollten?«, raunte er. Ich nickte, unfähig etwas dazu zu sagen. Dann zog er mich sanft zu sich, was eine kleine Gefühlsexplosion auslöste, was für Gefühle es genau waren, konnte ich nicht mal genau sagen. Ich wusste nur, dass es dumm war und dass ich es trotzdem einfach nur wollte. Er drückte mich an sich und gerade als ich dachte, er würde mich jetzt küssen, stockte er.

»Und danach? Sagen wir dann wieder, dass wir es nie wieder tun?«, flüsterte er fragend. Er hatte Bedenken. Ich spürte, wie sehr er es wollte. *Aber er will es nicht genug. Er will mich nicht genug.*

Das, was ich dann tat, bereute ich bereits wenige Sekunden danach, aber er hatte recht, wir konnten so nicht weitermachen. Als ich den Schritt zurückmachte und mich von ihm löste, überkam mich ein kalter Schauer und etwas in mir zerriss ganz still und leise. Das war das erste Mal seit Aaron, dass ich mich einfach nur auf etwas eingelassen hätte.

»Du hast recht, das wäre nicht klug ... Außerdem bin ich auch müde, wir sollten ins Bett gehen. Morgen müssen wir repräsentativ aussehen.«

Rowan nickte zustimmend und ohne noch etwas zueinander zu sagen, gingen wir rein, stellten uns nebeneinander, putzten uns die Zähne in dem einzigen Bad, das es auf dieser Etage gab, und gingen dann ins Bett, ohne einander eine gute Nacht zu wünschen.

Ich lag einfach nur da und starrte an die Decke, während ich realisierte, dass ich schon wieder dabei war, mein Herz an einen Mann zu verlieren, der mich den Kopf kosten würde. Wenn auch auf eine andere Weise.

Trotzdem sah ich vor dem Einschlafen ein letztes Mal auf mein Telefon, so wie es in den letzten Wochen zum Ritual geworden war. Doch da war nichts. Und so schlief ich mit einem Bauch voller Enttäuschung ein.

KAPITEL 21

Das Aufwachen und Aufstehen fiel mir erstaunlich leicht, was daran lag, dass ich, wenn ich hier war, in meine Hofroutine verfiel. Nach dem Frühstück machten wir uns direkt auf nach Westby, wo die Abschlusszeugnisvergabe pünktlich um zehn Uhr begann. Jeder von uns wurde einzeln auf die Bühne gerufen, sodass das Prozedere ganze zwei Stunden in Anspruch nahm. Li, Nate, Matt und Anila waren vor mir dran und jeder von ihnen schenkte mir ein ermutigendes Lächeln. Ich musste zugeben, dass es mir nicht unbedingt leichtfiel, hier zu sein. Der Gedanke an Aaron war untrennbar mit Westby verbunden. Als sein Name aufgerufen wurde und alle schwiegen, weil niemand aufstand, um sein Zeugnis entgegenzunehmen, wurde ich traurig. Ich konnte nicht verhindern, dass eine Träne meine Wange herunterkullerte, um auf der Bluse eine kleine nasse Stelle zu hinterlassen, die für eine Sekunde zeigte, was ich gehabt und was ich wieder verloren hatte. Rowan und ich waren uns den ganzen Morgen aus dem Weg gegangen, weil niemand von uns zuerst über gestern Abend sprechen wollte, aber jetzt griff er nach meiner Hand. Es half. Ich klammerte mich an die Hand des anderen jungen Mannes, der wie Aaron Gefühle in mir auslöste, die ich nicht für möglich gehalten hatte. Nach der Veranstaltung, als ich mich mit meinen Freundinnen vor der Aula traf, löste sich meine Anspannung. Anila und Li hatte ich so lange nicht gesehen, dass wir uns einfach nur in die Arme fielen.

»Es ist so schön, dass du gekommen bist. Anila hat nicht dran geglaubt«, sagte Li, die in einem kurzen violetten Kleid wie immer hinreißend aussah. Anila stupste sie tadelnd an. »Das habe ich so nicht gesagt. Ich meinte nur, dass ich verstehen würde, wenn du nicht kommst, nach allem, was passiert ist.«

Für einen Moment entstand Stille zwischen uns, die Li direkt zu übertönen verstand.

»Und wer ist der überaus attraktive junge Mann an deiner Seite?«, fragte sie, ohne die Augen von Rowan abzuwenden, der neben mir stand.

»Neil Rowan, es freut mich, endlich Alphas Freunde kennenzulernen«, stellte er sich höflich vor.

»Ah, dann bist du Alphas Konkurrent. Der aus dem Zeitungsartikel. Keine Sorge, Alpha hat eine ziemliche Schwäche für dunkelhaarige Prinzen. Deine Chancen, bei ihr zu landen, stehen groß«, sagte Li mit einem Augenzwinkern. Rowan lachte kurz.

»Das ist gut zu wissen, vielen Dank.«

»Was habt ihr jetzt vor, wo eure Schulzeit vorbei ist?«, fragte ich interessiert, aber vor allem, um zu verhindern, dass Li diese Konversation mit Rowan weiterführte.

»Ich werde nach England gehen und europäisches Recht studieren, um das für meine diplomatischen Fähigkeiten als Vorteil nutzen zu können«, erklärte Anila stolz.

»Das klingt toll, Anila, aber ich gebe zu, dass ich nichts anderes erwartet habe«, sagte ich. Anila lachte.

»Natürlich, ich mache das, was mir liegt. Ich habe nicht vor mich zu verändern.« Ich liebte ihr Lachen. Die Prinzessin von Paras war eine bemerkenswerte junge Frau und ich war stolz sie meine beste Freundin nennen zu dürfen, genau wie Li.

»Ich werde in New York Mode studieren und ja, auch das war zu erwarten«, sagte sie und brachte uns so alle zum Lachen.

»Na gut, ich werde mal Nate suchen gehen, der müsste hier ja auch irgendwo sein. Es war schön, euch zu sehen«, verabschiedete ich mich.

»Wenn es dich nicht stört, bleibe ich noch einen Moment hier«, sagte Rowan. Ach ja, Nate und er waren ja nicht so gut aufeinander zu sprechen.

»Natürlich, bis später«, sagte ich.

In der Aula fand ich ihn nicht, weshalb ich beschloss auf dem Schulhof nachzusehen.

Nate stand vor dem plätschernden Springbrunnen in der warmen Frühlingssonne und unterhielt sich mit Cosmo. Sie waren die Einzigen, die draußen waren. Alle anderen standen quatschend in der Halle, tranken gemeinsam auf den Abschluss und sahen sich gemeinsam die Fotos an, die von einem Beamer an die Wand projiziert wurden, an der normalerweise die Speisetafeln hingen. Ich war auf keinem.

»Cosmo! Wie schön, dass du auch hier bist!« Ohne Vorwarnung umarmte ich ihn, was ihn zum Lachen brachte.

»Natürlich. Ich muss doch aufpassen, dass du in Sicherheit bist. Außerdem wollte ich dir persönlich sagen, dass die Überprüfung der Gästeliste nichts ergeben hat. Alle Personen, die da waren, sind echt, waren eingeladen und stehen in keiner Verbindung zu Ferdinand Kingston. Tut mir leid«, sagte er.

»Das ist übel, denn es gab eine weitere Drohung«, erklärte ich.

»Was für eine?«, fragte Nate etwas verlegen. Es schien ihm etwas peinlich zu sein, dass ich nach unserem letzten Gespräch mit seiner ... Was war sie denn überhaupt? One-Night-Stand, seine Affäre oder seine neue Freundin? Na ja, dass ich mit ihr, wer auch immer sie sein mochte, gesprochen hatte. Er hatte mich auch nicht mehr zurückgerufen, aber ich schätzte mal, dass Cosmo ihm erzählt hatte, was vorgefallen war. Ihm hatte ich immerhin per Mail geschildert, was vorgefallen war.

»Diese hier ...«, sagte ich und zog den Umschlag mit den Fotos hervor, um sie ihnen zu zeigen. Sowohl Cosmo als auch Nate sahen die Bilder seltsam an.

»Okay, das ist nicht gut. Darf ich das mitnehmen? Ich würde es im Labor mal durchchecken lassen. Vielleicht finden sich ja Fingerabdrücke oder andere Hinweise, die uns sagen können, wer dahintersteckt«, sagte Cosmo.

»Ja natürlich, alles, was hilft«, sagte ich und gab Cosmo den Umschlag.

»Ihr habt ziemlich schnell was miteinander angefangen. Das ist doch am Abend der Party«, stellte Nate etwas enttäuscht fest.

»Ja, aber das war eine einmalige Sache. Seitdem ist nichts mehr gewesen«, erklärte ich, was ihn aber nicht aufzumuntern schien. »Nate, wir hatten das doch schon.«

Nate nickte. »Ja, da hast du auch recht gehabt. Aber das ändert nichts daran, dass ich das für eine schlechte Idee halte. Wenn du wirklich was bewirken willst, wenn du diese Chance nutzen willst, dann wäre es dumm, das alles für eine kleine Liebelei wegzuwerfen«, sagte er. *Ich weiß.*

»Das ist uns bewusst.«

»Moment, er ist hier?«, fragte Nate und starrte in Richtung der Tür, die zur Aula führte. Ich drehte mich um und sah, dass Row direkt auf uns zukam, mit einem Ausdruck, den ich nicht deuten konnte.

»Ja, ich wollte nicht allein fahren. Wir wollten zu Cosmo«, erklärte ich, wobei ich zu Cosmo sah, der Rowan wie versteinert ansah.

»Shit. Okay, Alpha, hör mir zu. Da ist was, das wir dir noch erklären müssen. Cosmo ...«, sagte Nate nervös. Doch bevor er seinen Satz beenden konnte, war Rowan bei uns und zog mich ein Stück zurück.

»Er ist der Polizist, dem du so uneingeschränkt vertraust? Du kannst doch nicht so naiv sein«, herrschte Row mich an.

»Row, was ...?«

»Rede nicht so mit ihr!«, ermahnte Nate ihn.

»Stimmt, vielleicht sollte ich lieber dich dumm anmachen. Wie kannst du dich ihren Freund nennen und ihn gleichzeitig in ihre Nähe lassen?!«

Row schupste Nate, der ein paar Schritte zurücktaumelte.

»Das reicht, Row!«, ging Cosmo dazwischen.

»Das ist ja wohl ein schlechter Scherz. Ich hätte nie gedacht, dass du so dumm bist dich noch mal in die Nähe des gelarischen Königshauses zu wagen!« Rowans Ton war bissig und bitter. Er verhielt sich wie ein kläffender Hund, der sich vor sein Herrchen stellte, um es zu verteidigen.

»Ich bin nicht mein Vater, okay? Ich versuche es wiedergutzumachen!«, brüllte Cosmo. Was ging hier nur vor?

»Leute, beruhigt euch. Kann mich mal bitte einer aufklären?«

»Ja, Cornelius Rivers! Sag ihr, was dein Vater getan hat!«, sagte Rowan bissig. Cornelius?

»Cosmo?«, fragte ich verwundert. Angst vor dem, was er mir gleich sagen würde, stieg in mir auf.

»Alpha, bitte, hör mir zu. Ich kann nichts für das, was mein Vater getan hat. Ich war ein Kind«, begann Cosmo. Ich hatte ihn noch nie so verunsichert gesehen. Das, was jetzt kam, musste wirklich schlimm sein.

»Was, Cosmo, was? Sag's mir doch endlich!«, flehte ich.

Ich sah Tränen in seinen Augen.

»Mein Vater war der Attentäter, der deinen Vater vor neunzehn Jahren erschossen hat. Es tut mir leid.«

Das war schlimm.

KAPITEL 22

»Das ist nicht wahr!«, schrie ich ihn an und spürte, wie auch die Tränen meine Wangen hinabliefen.

»Doch, das ist es leider. Es tut mir so leid. Ich hätte es dir eher sagen sollen. Ich dachte, ich könnte alles wiedergutmachen! Der Moment, in dem du bei Scotland Yard aufgetaucht bist, weil du verhaftet wurdest, war meine Chance dafür!«

»Erklär's mir!«, brüllte ich.

»Mein Vater war damals Leiter des Sicherheitsdienstes des Königs. Als meine Mutter entführt wurde, zwang ihn der Entführer deinen Vater zu töten, damit wir sie lebend zurückbekamen. Ich war damals ungefähr fünf Jahre alt. Er tat es und trotzdem fand man meine Mutter kurz darauf tot in einem Graben.«

Er machte eine kurze Pause und wischte sich die Tränen ab, bevor er weitersprach.

»Mein Vater konnte mit der Schuld nicht leben und brachte sich um, als ich ein Teenager war. Deshalb bin ich Polizist geworden und deshalb habe ich meinen Namen von Cornelius in Cosmo geändert. Ich wollte rausfinden, wer dahintersteckte, und alle meine Ermittlungen führten zu Gren van Aerssen, deinem Onkel. Ich vermutete, er wollte den Thron. Als ich ihn dann endlich aufgespürt hatte und zur Rechenschaft ziehen wollte, erfuhr ich, dass er ein paar Tage vorher bei einem Autounfall gestorben war. Es tut mir leid.«

»Das kann man nicht wiedergutmachen.« Meine Worte waren nicht mehr als ein leises Flüstern.

»Ich weiß«, hauchte er. Ich ging ein paar Schritte zurück und atmete tief durch, damit mich meine Emotionen nicht überrollten. Er konnte nichts dafür, es tat ihm leid und er versuchte mir zu helfen, was meinen Schmerz darüber, dass er es mir verschwiegen hatte, ein bisschen milderte. Was hätte ich an seiner Stelle getan? Ich fürchte, ich hätte genauso gehandelt.

»Woher wusstest du es, Row?«, fragte ich mit zittriger Stimme und drehte mich zu ihm um.

»Cornelius' … ich meine Cosmos Vater hat sich und seinen Sohn bei uns versteckt. Wir waren damals Freunde, genau wie unsere Eltern. Meine Mutter kannte die Hintergründe, weshalb sie die beiden aufgenommen hatte. Als mein Vater es rausfand, mussten sie gehen«, erklärte er.

»Ich bin enttäuscht, dass es mir keiner von euch gesagt hat. Jeder von euch wusste, wer ihn getötet hat, und niemand hat es für nötig gehalten, es mir zu sagen«, schluchzte ich. Ich ging ein paar Schritte zurück, um etwas Abstand zwischen uns zu bringen.

»Lasst mich bitte allein«, bat ich. Sie nickten.

***

Die Rückfahrt und die Tage darauf redete ich mit keinem von ihnen. Anfangs war ich enttäuscht gewesen und hatte mich verraten gefühlt. Besonders von Nate, weil wir uns so nahestanden und er offenbar schon länger von Cosmos Vater wusste. Ich machte Cosmo nicht für die Taten seines Vaters verantwortlich, was nichts daran änderte, dass ich verletzt war. Trotzdem verstand ich jedes Mal, wenn ich an die Offenbarung in Westby dachte, ein bisschen besser, warum keiner es mir erzählt hatte. Sowohl Nate als auch Cosmo hatten mir eine Nachricht auf die Mailbox gesprochen, in der sie sich erklärt hatten. Row hingegen hatte mir einen kleinen Brief unter der Tür durchgeschoben.

Keiner von ihnen wollte mich so kurz vor dem Frühjahrsfest aus der Ruhe bringen und riskieren, dass ich mich stattdessen darauf konzentrierte herauszufinden, wer der Attentäter war, und so alles wegzuwarf, wofür wir gearbeitet hatten. Außerdem hatte Rowan zu diesem Zeitpunkt noch nicht gewusst, dass dessen Sohn schon längst ein fester Bestandteil meines Lebens war. Aber aufgrund der immer wieder aufflackernden Anziehung zwischen uns und der Tatsache, dass ich versuchte zu ignorieren, dass ich Gefühle für ihn entwickelte, nutzte ich es als Vorwand, um mich von ihm fernzuhalten. Zumindest bis zum Frühjahrsfest am kommenden Wochenende. Denn da musste ich voll bei der Sache sein.

Also hängte ich mich in meinen Plan, telefonierte mit verschiedenen Buchhandlungen, die auf dem Fest sein würden und Spenden für die erste Krankenhausbibliothek Gelarias annahmen. Ich versank so sehr in der Arbeit rund um das Fest, dass ich glatt vergaß das Kleid bei Emily abzuholen, das ich extra für das Fest bestellt hatte. Es war schwarz mit transparenten Ärmeln und über und über mit allen möglichen Blumen bestickt. Es war einfach wunderschön. Gott sei Dank übernahm Amelia das für mich.

Allgemein unterstützten sie und Matt mich enorm bei meinen Vorbereitungen, wofür ich ihnen sehr dankbar war, denn ohne sie hätte ich am Ende ganz viele halbe Sachen gehabt.

KAPITEL 23

Den Tag vor dem Frühlingsfest verbrachte ich so entspannt ich konnte, was bei meiner anhaltenden Nervosität nicht unbedingt einfach war. Im Grunde war alles fertig und ich hatte nichts mehr zu tun, aber irgendwas fiel einem doch immer wieder ein. Ich wusste nicht, wann ich das letzte Mal mit den anderen zusammen gefrühstückt oder zu Abend gegessen hatte, weil immer etwas dazwischenkam.

Lady Calley duldete das auch nur, weil es dabei um ihr heiß geliebtes Frühlingsfest ging, für das jedes Jahr zehntausende Gelarier anreisten, um an der sogenannten Flower Coast, die ganz in der Nähe lag, gemeinsam zu feiern.

Auch an diesem Abend verpasste ich das Abendessen, aber nicht weil ich so viel zu tun hatte, sondern um in der Badewanne auszuspannen und etwas runterzukommen. Das funktionierte sogar erstaunlich gut. Nach dem entspannten Schaumbad föhnte ich mir die Haare und zog mir eine dunkle Jeans mit Top und einen grünen Kuschelpullover an, um mich kurz darauf einfach mit einem Buch auf die Couch zu fläzen. Das klappte so lange, bis es an der Tür klopfte.

»Ist offen«, rief ich. Die Tür öffnete sich und ein in Schwarz gekleideter Rowan trat mit einem dunklen Knäul unter dem Arm ein und grinste mich frech an.

»Rowan, was wird das?«, fragte ich mit einer hochgezogenen Augenbraue und einem breiten Grinsen auf den Lippen. Ich ahnte, dass es um das Frühlingsfest ging, das ich morgen eröffnen sollte, auch wenn ich keine Ahnung hatte, was dieser Aufzug sollte. Seit Tagen war ich aufgeregt. Zwar war meine

Beliebtheit beim Volk nach Amelias Geburtstagsfeier und der Bekanntgabe des Parlaments, dass sie Rowans und meinen Entwurf zur Reform des Gesundheitswesens prüften, rapide gestiegen, doch das nahm mir nicht die Angst, vor so vielen Menschen zu sprechen.

»Das wirst du sehen, wenn wir da sind. Du kannst mir ja nicht ewig aus dem Weg gehen und sauer auf mich sein.«

»Ich bin nicht sauer, war ich ehrlich gesagt auch nicht, aber ich brauchte etwas Zeit für mich.«

»Dann bin ich jetzt mal so frei zu entscheiden, dass du heute Abend was vorhast.«

Er warf mir ein dunkelblaues Basecap und einen schlichten schwarzen Hoodie zu und gab mir zu verstehen, dass ich das anziehen sollte.

Ich knöpfte meine Bluse auf und hängte sie über die Couch. Dann zog ich den dunklen Pullover über mein Top, band meine Haare zu einem Pferdeschwanz und zog das Cap darüber.

»Hast du dir das so vorgestellt?«, fragte ich lachend und posierte in den unförmigen Sachen, die mich aussehen lassen mussten wie einen spärlichen Sack Kartoffeln. Rowan lächelte entwaffnend.

»Ich hatte eigentlich gehofft, dass du unter der Bluse nichts anhast.«

Ich spürte, wie sich meine Verlegenheit ihren Weg in meine Wangen bahnte. Meine Hände wurden warm und sehnten sich danach hinüberzugehen und ihn zu berühren. Dumm nur, dass ebendieses Verlangen zu den Gründen gehörte, weshalb ich mich von ihm ferngehalten hatte. Dass er mit mir flirtete, war mir ja schon nicht mehr fremd, aber irgendwie konnte ich nicht einschätzen, in welche Richtung das lief. Nachdem er mich das letzte Mal geküsst hatte, hatte Lady Margret mehr als deutlich gemacht, dass diese Verbindung vom Parlament nicht geduldet wurde. Und trotzdem fühlte ich mich ihm mit jedem Augenblick, den wir gemeinsam verbrachten, näher. Ich konnte nicht mehr abstreiten, dass er mich anzog wie ein Magnet. Egal wie sehr ich versuchte mich dagegen zu wehren, ich würde scheitern. Ich war dabei, mich in Rowan zu verlieben, und noch viel schlimmer war, dass ich absolut nichts dagegen ausrichten konnte. Das letzte Mal, als ich jemandem mein

Herz anvertraut hatte, war es zerbrochen, nein mehr noch, es war zersplittert. Aber das würde nicht jedes Mal so sein. Oder?

Rowans Outfit war meinem sehr ähnlich, nur dass ihm sowohl das Basecap als auch der Hoodie passten und er in absolut allem gut aussah. Er kam zu mir herüber und strich mir eine Strähne, die sich beim Aufsetzen der Kopfbedeckung gelöst haben musste, hinter mein Ohr. Er berührte mich nicht einmal richtig und trotzdem zog sich ein leichtes Prickeln über meinen ganzen Körper. Automatisch öffneten sich meine Lippen ein wenig. Ich musste dringend einen Weg finden, diese Gefühle zu kontrollieren, sonst würde ich mich irgendwann noch mal ganz verlieren.

***

Will fuhr uns in einer Limousine zu einem Ort, den Rowan ihm ins Ohr geflüstert hatte. Es war so dunkel draußen, dass ich nicht erkennen konnte, wohin uns unser Weg führte. Als er dann in einen Feldweg einbog, der nicht mehr beleuchtet war, wurde es beinahe stockdunkel im Auto. Wills Gesicht wurde nur spärlich von dem bläulichen Licht der Armaturen beleuchtet. Er sah entspannt aus, zumindest wirkte es vom Rückspiegel aus gesehen so. Auch wenn Rowan neben mir saß, bekam ich ein seltsames Gefühl. Mir kamen der Zettel und die Fotos wieder in den Sinn.

ICH SEHE DICH, DU KLEINES MISTSTÜCK, IM DUNKELN NOCH BESSER ALS BEI TAG. VERGISS DAS NICHT, ICH SEHE DICH, ICH BEOBACHTE DICH, DU WIRST NIE WIEDER ALLEIN SEIN.

2 - 2 = 0

Ich erinnerte mich an jedes Wort, an jede Zahl, an jede Einzelheit, an jeden Satz, an alles. Und doch war es irreal und fühlte sich auch genau so an. Zwar war, seit ich wieder hier war, nichts mehr vorgefallen, aber bei jedem Schritt, den ich alleine im Anwesen machte, fühlte ich mich beobachtet.

Rowan spürte, dass etwas nicht in Ordnung war, und nahm meine Hand.

Kurz darauf parkten wir an einem Waldrand. Durch die Bäume sah ich warmes Licht scheinen.

»Wo sind wir hier?«, fragte ich. Rowan verzog seine Lippen zu einem Lächeln. Ich mochte die Grübchen, die dabei entstanden.

»Das ist eine Überraschung. Komm, steig schon aus«, sagte er und stieß voller Elan die Tür des Wagens auf.

»Ich warte hier, viel Spaß«, sagt Will mit einem Augenzwinkern. Dann zog Rowan mich aus dem Wagen.

Wir gingen ein Stück durch den Wald, dem Licht entgegen.

»Row, das ist ein bisschen seltsam.«

»Keine Angst. Ich dachte nur, dass ich uns ein richtiges Date organisiere, nachdem das bei deiner Großmutter nicht so gut verlaufen ist.«

Ja, das konnte man so sagen.

»Moment, das war doch kein Date«, sagte ich.

»Du hast gesagt, dass es eins ist. Aber falls es keins war und du keins mit mir möchtest, schlage ich vor, dass du dir das schnell überlegen solltest, bevor du siehst, was ich vorbereitet habe. Ich dachte nur, da wäre was zwischen uns. Die Geschichte mit Cornelius ist sehr dumm gelaufen und das hier ist eine Art Entschuldigung.« Rowan gab sich lässig, obwohl ich genau sehen konnte, wie aufgeregt auch er war.

»Nein, natürlich ist da was zwischen uns, ich wundere mich nur.«

»Na, wenn das so ist. Herzlich willkommen auf dem Frühjahrsfest«, sagte er und machte eine ausladende Geste, nachdem wir aus den Büschen traten.

Ich konnte nicht verhindern, dass mir die Kinnlade herunterfiel, denn hinter ihm war ein gigantischer Jahrmarkt mit Achterbahn, Fahrgeschäften und allem, was dazugehörte.

»Wie hast du das geschafft? Der eröffnet doch erst morgen?«

»Ich habe uns als Tester angemeldet. Sagen wir einfach, durch meine Position habe ich einige Kontakte. Leider ist der Großteil trotzdem geschlossen, aber ich hoffe, dass wir uns amüsieren werden. Vielleicht nimmt dir das etwas die Nervosität, wenn du es nicht zum ersten Mal siehst.« Rowan klang stolz und ich konnte nicht anders, als ihm dafür in die Arme zu fallen.

»Danke«, flüsterte ich. Da war sie wieder, diese besondere Wärme, die entstand, wenn ich in seiner Nähe war.

Wir hatten eine Menge Spaß. Zuerst spielten wir Dosenwerfen, wobei keiner von uns etwas gewann. Dann fuhren wir mit den drei geöffneten Fahrgeschäften und aßen Zuckerwatte, die mir in den Haaren kleben blieb. Wir hatten den ganzen Markt für uns. Das war das beste Date, das ich jemals gehabt hatte und vermutlich haben würde.

Eine Stunde später, gegen zehn, schlossen die Buden dann aber wieder, damit sich die Schausteller auf den morgigen Tag vorbereiten konnten.

Will fuhr uns zurück zum Anwesen und ich war schon etwas enttäuscht darüber, dass es nun vorbei war.

Rowan brachte mich in mein Zimmer zurück, wo wir im Türrahmen der geöffneten Tür stehen blieben und uns in die Augen sahen.

»Danke, es war wunderschön«, hauchte ich.

»Ich danke dir, dass du mitgekommen bist und mir vertraut hast, dass ich dich nicht im Wald vergrabe«, scherzte er leise. Dann lehnte er sich zu mir vor und küsste mich. Ein Feuer loderte in meinen Adern. Ich schlang meine Arme um seinen Hals und zog ihn in mein Zimmer, wo die Tür hinter uns zufiel. Er drückte mich an sie und fuhr mit seinen Händen über meinen Körper, während er mich so leidenschaftlich küsste, dass ich dachte, ich würde gleich explodieren. Doch dann kam mir ein Gedanke, der mich in die Realität zurückholte.

»Stopp, warte, ich muss dich noch etwas fragen. Was ist mit Katherine?«, keuchte ich.

»Sie ist vor ein paar Tagen abgereist. Ich habe ihrem Vater gesagt, dass ich sie nicht heiraten kann, weil ich mich in eine andere verliebt habe. Jetzt muss ich mir zwar einen neuen Sponsor suchen, aber was soll's«, stöhnte er leise lachend.

»Okay, gut, dann tue ich jetzt etwas, das ich sonst nie tue. Ich verführe dich«, kündigte ich an.

»Aber wenn du es ankündigst, weiß ich doch, dass es passiert. Ist es dann noch Verführung?«, fragte er mit einem verruchten Unterton.

»Ich weiß nicht, sag du es mir.«

Ich zog ihn mit mir und lief langsam rückwärts auf mein Bett zu. Rowan hob eine Augenbraue hoch, als ich uns so drehte, dass er mit dem Rücken zum Bett stand. Er ließ sich darauf sinken und zog mich auf sich. Unser Kuss begann langsam und intensiv. Seine Hände fuhren an meinen Seiten entlang und jede Berührung prickelte wie eine Wunderkerze. Rowans Hände strichen über meinen Rücken bis zu meinem Hintern, den er etwas fester packte. Ein leichtes Stöhnen entwich mir, wofür sich Rowan mit einem dunklen Kichern bedankte. Unser Kuss wurde schneller, ungezügelter, bis ich es nicht mehr aushielt. Rowan spürte mein Verlangen so wie ich seins. Er umfasste mich mit starker Hand und drehte mich auf den Rücken. Nun gab er den Ton an, was mich beinahe um den Verstand brachte. Ich schob meine Hände unter seinen Pullover, wo ich auf heiße, nackte Haut traf. Den Hoodie rollte ich ihm über den Kopf. Nun lag er über mir und sah mich grinsend an.

»Bist du dir sicher?«, fragte er sanft.

»Ich glaube, ich war mir noch nie so sicher«, flüsterte ich, was Rowan zum Anlass nahm, mir den unförmigen schwarzen Sack, den ich trug, auszuziehen. Das Top flog direkt hinterher. Er zog eine Spur aus Küssen von meiner Wange meinen Hals entlang und stoppte an meinem Hosenbund, um dann seine Spur nach oben zurück zu ziehen. Ich keuchte auf, als er die dünne Haut meiner Brust einsog, was ein angenehmes Ziehen verursachte, das die Hitze zwischen meinen Beinen noch weiter anfeuerte.

Ich spürte durch seine Jeans, wie er an meinem Becken hart wurde. Rowan gab sich souverän, aber ich merkte, dass er Mühe hatte, sich zurückzuhalten. Im Gegensatz zu ihm war ich etwas aus der Übung und brauchte ein bisschen Anleitung.

Meine Hände fuhren über seine gespannten Rückenmuskeln, um sich unter seinen Hosenbund zu schieben. Etwas, womit er nicht gerechnet hatte, denn für eine Sekunde verlor er die Kontrolle und stöhnte mir in den Mund. Ich ließ meine Hände nach vorn wandern und öffnete den Knopf seiner Jeans. Row richtete sich für einen Moment auf, um sich die Hose abzustreifen.

Ich streichelte ihn durch den dünnen Stoff seiner engen Boxershorts, bis er keuchte. Ich hatte ihn so weit, er konnte nicht mehr. Row zog mir die Hose von den Beinen und hakte dann einen Finger gekonnt unter meinen Slip aus schwarzer Spitze, um ihn einfach auszuziehen. Dabei berührte er mich für eine Sekunde so, dass ich mich automatisch aufbäumte, was ihm sehr zu gefallen schien. Nachdem er mich aus meinem BH befreit hatte und ich völlig nackt vor ihm lag, hielt er für einen Moment inne.

»Ist alles in Ordnung?«, fragte ich etwas nervös. Rowan nickte schmunzelnd.

»Ja, ich genieße dich nur. Du bist wunderschön.«

Etwas verlegen wollte ich meine Beine kreuzen, was er zu verhindern wusste, indem er sich zwischen meine Oberschenkel schob. Ich drängte mich gegen ihn. Ich wollte mehr, so viel mehr. Nur der hauchdünne Stoff seiner Boxershorts zwischen uns verhinderte das noch. Bevor er auch das letzte bisschen Stoff von seinem Körper verbannte, griff er in die Hosentasche seiner Jeans und zog ein Kondom aus seinem Portemonnaie. Als ich es Row abnahm und ihm überstreifte, spürte ich, wie er in meiner Hand pulsierte. Rowan stöhnte laut auf.

In dem Moment, in dem seine Lippen dann wieder meinen nackten Körper zu küssen begannen, wir miteinander verschmolzen und alles in mir bebte und nach mehr schrie, wurde mir klar, dass ich mich bereits verloren hatte.

KAPITEL 24

Als ich am nächsten Morgen in meinem Bett nicht alleine aufwachte und mein Blick auf den friedlich schlafenden Row fiel, musste ich grinsen. Die letzte Nacht war die intensivste meines Lebens und sie war kein Traum gewesen. Rowan und ich hatten Gefühle geteilt. Gefühle, die ich viel zu lange zurückgehalten und geleugnet hatte, weil alle sagten, dass es falsch wäre. Aber was konnte falsch daran sein, sich in jemanden zu verlieben?

Ich stand auf und zog mir Rowans schwarzen Hoodie an, um kurz ins Bad zu verschwinden. Natürlich hätte ich auch meinen eigenen anziehen können, aber der roch nicht nach ihm. Als ich mich gerade wieder zu Rowan ins Bett legen wollte, klopfte es an der Tür. Überrascht lief ich zu meiner Zimmertür, denn es war erst sieben Uhr morgens und ich war mir nicht sicher, ob ich nicht einen Termin wegen des Fests verpasst hatte. Offiziell wollte ich mich erst in einer Stunde mit Lady Calley, Nate und Matt treffen, um über den Ablauf des Festes zu sprechen. Vielleicht hatte ich ja aber etwas vergessen. Das würde ich jetzt sehen.

Ich öffnete meine Zimmertür einen Spaltbreit und steckte meinen Kopf nach draußen, um zu fragen, was so früh schon los war. Doch als ich sah, wer da vor meiner Tür stand und darauf wartete, dass ich sie ihm öffnete, blieb mir die Frage im Hals stecken.

»Aaron«, hauchte ich geschockt.

»Hallo, Holmes«, sagte er mit derselben seidigen Stimme wie sonst auch. »Habe ich dir gefehlt?«

Ich starrte ihn mit offenem Mund an. Er war dünn und bleich, man sah ihm an, wie schwer sein Körper zu leiden hatte, und doch, wenn man ihn so sah, erkannte man ihn. Dieselben smaragdgrünen Augen, dasselbe volle braune Haar. Selbst in diesem Zustand war er derselbe charmante Aaron. *Der dich benutzt und verraten hat.*

Auch wenn mir dieser Gedanke kam, war ich so unfassbar froh ihn zu sehen. Er war nicht für mich gestorben. Er lebte. *Aaron lebt.* Ich brauchte einen Moment, um zu realisieren, was da gerade passierte. Und als ich das geschnallt hatte, fiel ich ihm um den Hals.

»O mein Gott, du lebst«, hauchte ich. Aaron grinste sein übliches Grinsen.

»So schnell bekommt man mich nicht klein. Da gehört schon etwas mehr dazu als ein Attentat, ein Koma und eine Infektionskette«, scherzte er nüchtern. Er war noch er selbst, aber ich hatte mich verändert. Es fühlte sich seltsam an, ihn zu umarmen, nicht nur weil sein Körper abgebaut hatte, sondern weil zu viel vorgefallen war. Ich löste mich von ihm und brachte etwas Abstand zwischen uns.

»Was tust du hier?«, fragte ich, wobei mir die Nachricht und das Foto einfielen.

»Ich wollte dich sehen. Seit ein paar Tagen darf ich das Krankenhaus wieder selbstständig und ohne Rollstuhl verlassen, weil ich gut im Training bin, sagt mein Physiotherapeut. Die Aussicht darauf, dich wiederzusehen, hat mich kämpfen lassen«, sagte er voller Stolz. Ich schluckte schwer. Es war, als wäre ich in einem bitteren Traum.

»Das freut mich für dich, das ist bestimmt ein großer Schritt für deine Genesung.«

Aaron nickte. »Kann ich reinkommen, damit wir uns kurz unterhalten können? Es ist einiges schiefgelaufen zwischen uns, das weiß ich, aber bitte hör mich an und gib mir die Chance. Ich will es versuchen, auch wenn es bedeutet, für immer Watson sein zu müssen.« Aarons Lächeln war immer noch entwaffnend charmant. Ich hatte keine Ahnung, was ich tun sollte. Ich würde ihm niemals verzeihen können, weil er an einem Komplott gegen mich beteiligt gewesen war. Ein Komplott, das mich mehr als einmal fast das Leben gekostet hätte. Wie sollte ich ihm je wieder vertrauen können?

Ich nahm all meinen Mut zusammen, denn ich wusste, dass ich ihm jetzt das Herz brechen würde. Ein trauriges Gefühl durchfuhr mich. Er war der Erste gewesen, der mir gezeigt hatte, wie es sich anfühlte, wirklich verliebt zu sein, wie es sich anfühlte, wenn man ins Bodenlose fiel.

Ich atmete tief ein und aus, bevor ich mich traute ihm in seine smaragdgrünen Augen zu sehen.

»Ich glaube nicht, dass das eine gute Idee ist.«

Aaron kam einen Schritt näher, weshalb ich einen Schritt nach draußen machte und die Tür hinter mir fast zuzog. Ich wollte nicht, dass er hindurchspähte und Rowan sah, aber noch viel weniger wollte ich, dass Rowan Aaron zu Gesicht bekam. Aarons Blick folgte meiner Bewegung, durch die wir nun so nah voreinanderstanden, dass ich seine Körperwärme auf meiner Haut spüren konnte.

»Ich habe gegen meinen Vater ausgesagt und alle seine Pläne offengelegt. Ich habe mich selbst gestellt.«

»Und wie wird es weitergehen, Aaron?« Ich verschränkte meine Arme vor der Brust, um etwas Distanz zwischen uns zu bringen.

»So wie es aussieht, werde ich eine Menge Sozialstunden machen müssen, und was danach passiert, weiß ich noch nicht. Ich bin frei, mein Weg ist nicht länger vorgezeichnet.« Ein leichtes Lächeln zeichnete sich trotz der Strafe auf seinen Lippen ab. Er schien wirklich erleichtert zu sein. Sein Lächeln wirkte nach wie vor ansteckend.

»Das freut mich für dich«, sagte ich aufrichtig.

Aarons Blick fiel auf meine Lippen, nur um dann einmal an mir herabzuwandern.

»Du bist noch genauso hübsch, wie ich dich in Erinnerung hatte.«

Meine Wangen erröteten.

»Danke und du siehst nicht so schlecht aus, wie ich dich in Erinnerung hatte«, versuchte ich mit etwas Humor meine Anspannung etwas zu lösen. Ich wollte nicht, dass er wieder anfing mit mir zu flirten. Schon der Gedanke daran fühlte sich falsch an. Rowan war der, der dafür sorgte, dass mein Herz schneller schlug. Er gab mir das Gefühl, dass ich alles konnte, was ich wollte. Aaron hatte seine Chance gehabt und er hatte sie verspielt.

»Und deinen Humor hast du auch noch. Meine schönen Beine habe ich einem Exoskelett zu verdanken, wenn wir schon mal dabei sind.« Ausladend deutete er an sich hinunter.

»Aaron, ich bin wirklich so unfassbar erleichtert, dass es dir gut geht, aber was wird das hier?«

»Ich wollte mich entschuldigen, aber ich bin nicht besonders gut darin. Ich weiß, dass ich dir unfassbar wehgetan habe, und ich hasse mich dafür. Und deshalb hoffe ich, dass du mir verzeihen kannst. Die Hoffnung, dass wir vielleicht wieder Freunde werden. Nicht jetzt, aber vielleicht irgendwann.« Aarons Blick spiegelte die Reue seiner Worte. Was sollte ich jetzt tun? Wie sollte ich reagieren?

»Aaron, ich weiß nicht, was ich sagen soll, wenn ich ehrlich bin. Ich bin nicht sicher, ob man dir erzählt hat, dass ich dich einige Male besucht habe, als du im Koma lagst. Ich hatte in dieser Zeit so viele Emotionen und ich habe mir alles Mögliche ausgemalt, was ich dir an den Kopf werfen wollte, und jetzt habe ich keine Worte mehr dafür. Du hast mich unendlich verletzt und das kann ich nicht einfach vergessen. Ich kann nicht versprechen, dass ich das jemals überwinden werde, aber ich werde es versuchen, wirklich ...« Meine stümperhaften Ausweichversuche wurden von dem Getrappel spitzer Absätze unterbrochen. Amelia lief aufgelöst auf uns zu.

»Matt hatte einen Motorradunfall. Er ist im Krankenhaus. Wir müssen sofort dahin. Alpha, sag Row Bescheid, wir fahren gleich los!«, rief sie uns zu. Ich nickte und war innerlich dankbar dafür, dass sie mir einen Ausweg aus diesem Gespräch bot.

»Aaron, geh du schon mal mit Amelia. Ich ziehe mich an und sage Rowan Bescheid, los!«, sagte ich und knallte ihm die Tür vor der Nase zu.

Gerade als ich zum Bett laufen wollte, um Row zu wecken, sah ich, dass er, abgesehen von seinem Pullover, längst angezogen war und mich mit düsterem Blick beobachtete.

»Row, was ist los?«, fragte ich ihn.

»Was los ist? Ich habe gesehen, wie sprachlos du warst und wie sehr du dich gefreut hast, als du dich ihm an den Hals geworfen hast. Der Held, der sein Leben für dich geopfert hätte, ist wieder da. Wie soll ich dagegen gewinnen?«, fragte er mit einem hoffnungslosen Unterton, der mir fast das Herz brach.

»Row, ihr seid keine Konkurrenten«, versuchte ich ihm klarzumachen.

»Ach nein? Er ist der totgeglaubte Underdog. Wie kann er dich da nicht bekommen?«

»Das kann er nicht, Rowan.«

»Wieso nicht, Alpha?«

»Aaron ist nicht der, für den du ihn hältst. Sein Vater war für die ganzen schrecklichen Dinge verantwortlich, die mir im letzten Jahr passiert sind. Und blöderweise war Aaron auch daran beteiligt. Er hat mich ausgenutzt und hintergangen, auch wenn er dann doch Gefühle für mich entwickelt hat. Aber noch viel wichtiger ist, dass sich mein Herz anders entschieden hat. Seit unserem ersten gemeinsamen Abend versuche ich mir einzureden, dass du der Feind bist, dass ich mich nicht zu dir hingezogen fühlen darf, dass ich nichts für dich fühlen darf. Aber ich habe auf ganzer Länge versagt und weißt du auch warum?«

Rowan schüttelte den Kopf. Ich ging zu ihm hinüber und nahm sein Gesicht in meine Hände.

»Weil man sich nicht aussuchen kann, an wen man sein Herz verliert. Du hättest dich genauso gut als der Whirlpoolboy entpuppen können. Herzen machen keine Unterschiede. Sie suchen sich ihr Gegenstück.« Unsere Augen verschlangen einander.

»Der Whirlpoolboy also?«, schmunzelte er.

»Oder der royale Bereiter. Such dir was aus«, sagte ich grinsend.

»Was glaubst du eigentlich, in was für seltsamen Berufen unsere Angestellten arbeiten?«, fragte er lachend.

»Ach halt doch die Klappe.«

Ich zog ihn zu mir heran und hauchte ihm einen sanften Kuss auf die Lippen.

»War's das schon?«

»Jetzt muss ich erst mal zu Matt ins Krankenhaus, ich hoffe, dass es ihm gut geht. Kommst du mit?«

Rowan schüttelte den Kopf. »Nein, fahr du nur. Ich informiere meine Mutter und schaue, ob beim Frühjahrsfest alles vorbereitet ist. Kümmere dich um ihn und Amelia und ruf mich an, wenn du mehr weißt.«

***

Als Nate, Aaron, Amelia und ich im nahegelegenen Krankenhaus ankamen, trafen wir auf einen Haufen Chaos. Hektisch liefen Ärzte und Schwestern durchs Krankenhaus und ließen mich beten, dass Matt nicht der Grund für diese Hektik war.

Wir meldeten uns an der Information, an der uns ein freundlicher älterer Arzt abholte und erklärte, was genau passiert war.

»Es geht ihm gut. Er ist mit ein paar Prellungen, einer Platzwunde und einer angebrochenen Rippe davongekommen. Wenn er sich gut macht, kann er heute Nachmittag entlassen werden. Ich frage mich jedes Mal, warum man mit solchen Höllenmaschinen unterwegs ist. Sie sind sein Bruder, Mr Kingston?«, fragte der Arzt Nate, der ihm mit einem deutlichen Nicken antwortete.

»Welche Blutgruppe haben Sie? Er hat doch etwas an Blut verloren. Es ist immer von Vorteil, wenn Familienmitglieder für den Notfall Blut spenden, zumal AB keine besonders häufige Blutgruppe ist«, erklärte der Arzt, während er uns zu Matts Zimmer führte.

Sowohl Nate als auch Aaron begannen zu grübeln.

»Und Sie sind sich ganz sicher, dass er Blutgruppe AB hat und nicht A?«, fragte Nate.

»Ja, ganz sicher, wieso fragen Sie?«, fragte der Arzt.

»Weil es bei uns in der Familie niemanden mit der Blutgruppe AB oder B gibt. Wir haben alle Blutgruppe A.«

Der Arzt sah zur Sicherheit noch mal auf sein Klemmbrett.

»Nein, definitiv AB.«

Als der Arzt die Tür öffnete, blieb uns allen die Kinnlade offen stehen. Das Zimmer war verwüstet und Matt war nicht da. Große Blutflecken waren auf dem Laken zu sehen.

»Rufen Sie die Polizei, mein Bruder ist entführt worden«, sagte Nate. Wir alle waren leichenblass. Dann rief Nate Cosmo an, der mit den Jungs nach Gelaria gekommen war, um sich das Frühlingsfest anzusehen. Er war direkt mit zur Unfallstelle gefahren und hatte stattdessen Nate und uns hergeschickt.

»Hey, Cosmo, wir haben schlechte Nachrichten. Matt ist verschwunden. Wir glauben, dass er entführt wurde. Was sagt der Unfallort? Gibt es irgendwelche eindeutigen Hinweise für Fremdverschulden?« Nate stellte das Telefon laut, sodass wir alle mithören konnten.

»Dann wird es jetzt noch rätselhafter. Die Maschine, mit der Matt unterwegs war, ist gestohlen und jetzt haltet euch fest. Es ist die Maschine, die Alpha letztes Jahr verfolgt hat«, sagte Cosmo. Mein Herz begann unkontrolliert zu rasen. Wieso sollte Matt diese Maschine haben?

KAPITEL 25

Als wir wieder am Anwesen der Calleys eintrafen, informierten wir als Allererstes die Kingstons und Lady Calley über die Situation. Beide Parteien machten sich Sorgen, wollten aber eine öffentliche Panik vermeiden, weshalb wir uns zumindest möglichst normal verhalten sollten. Das fiel mir ziemlich schwer, weil ich mich die ganze Zeit fragte, ob es Matt gut ging und was wohl dahintersteckte. Auf meine Eröffnung bereitete ich mich nur halbherzig vor, weil in meinem Kopf einfach zu viel los war. Deshalb beschloss ich, dass es eine gute Idee wäre, Rowan auf den neuesten Stand zu bringen. Damit ich schon fertig war, falls man mich brauchte, hatte ich mir schon das märchenhafte, mit Blumen bestickte Kleid von Emily angezogen. Falls es dann doch schnell gehen musste, würde ich immerhin gut aussehen.

Als ich an Rowans Zimmertür klopfte, machte niemand auf. Ich öffnete sie trotzdem, falls Row gerade Kopfhörer trug oder mich aus irgendeinem anderen Grund nicht hörte. Aber auch drinnen war er nicht. Nachdem ich die Büros, sämtliche Gästezimmer und den Speisesaal abgeklappert hatte, wusste ich mir nicht anders zu helfen, als Lady Calley und Nate darüber zu informieren, dass Row wie vom Erdboden verschluckt war.

»Und du bist dir ganz sicher, dass du ihn heute schon gesehen hast?«, fragte mich Lady Calley nun bereits zum dritten Mal. *Ja, verdammt noch mal, er ist in meinem Bett aufgewacht!*

»Ja, er war heute Morgen schon mal kurz bei mir. Als ich ihm von Matt erzählte, wollte er schon mal alles für die Eröffnung des Frühjahrsfestes vorbereiten«, sagte ich stattdessen.

»Hmm, ok, ich werde mal zum Festplatz fahren. Vielleicht ist er ja schon da und hat sein Smartphone ausgeschaltet. Du kannst ja mal deine Freunde fragen, vielleicht hat ja jemand ihn doch noch gesehen«, sagte Lady Calley.

Ich nickte und hatte schon eine Ahnung, wo ich Aaron, Nate und Amelia fand.

Ich klopfte an die Tür von Amelias Zimmer, in dem sich offenbar ein kleiner Krisenrat gebildet hatte.

»Leute, Rowan ist auch weg. Ich glaube, dass der, der hinter mir her war, die beiden haben könnte.« Meine Stimme war etwas panischer, als ich wollte, aber so war es nun mal. Ich hatte Angst. Angst um Matt, einen meiner besten Freunde, und Angst um Rowan.

»Das ist nicht gut, aber wer könnte ein Interesse daran haben, Matt und Rowan zu entführen?«, fragte ich ratlos in die Runde. Alle schwiegen. Alle bis auf Aaron.

»Mein Vater. Ich habe vor ungefähr einer Woche gegen ihn ausgesagt. Er hat mich angefleht es mir noch mal zu überlegen. Er sei so nah an der Krone wie noch nie.«

»Aber wie ist das möglich? Du bist ausgestiegen ... Bist du doch, oder?«, fragte ich.

»Ja, bin ich, ich habe nie gewollt, dass Menschen verletzt werden. Als ich dich kennengelernt habe, war es das alles nicht mehr wert.« Aaron sah mir tief in die Augen und ich konnte seine Reue sehen. Ich konnte es spüren. Er bereute es jetzt und das würde er für den Rest seines Lebens tun. In diesem Moment sah ich den Aaron, den ich in Westby kennengelernt hatte. Er hatte mich zum Lachen gebracht, mir geholfen und mir zum ersten Mal gezeigt, wie sich wirkliches Verliebtsein anfühlte. Aber ich war nicht mehr das hilflose und ahnungslose Mädchen, das er kennengelernt hatte.

»Und wie soll Ferkel da mit drinnen hängen?«, fragte ich ausweichend.

»Okay, das, was ich sage, mag sich seltsam anhören, aber mich haben die Worte des Arztes zum Nachdenken gebracht. Auf Nates Seite der Familie haben alle Blutgruppe A, was AB unmöglich macht. Wirklich alle. Meine Mutter hatte sie auch, aber mein Vater hat B. Als meine Mutter damals krank wurde, hat er versucht ihr Blut zu spenden, was deshalb nicht funktionierte«, erklärte Aaron.

»Du glaubst, dass Matt adoptiert wurde?«, fragte Amelia. Aaron und Nate schüttelten daraufhin beide den Kopf.

»Ich glaube, das, was Aaron versucht anzudeuten, ist, dass meine Mutter eine Affäre mit dem Bruder ihres Mannes, seinem Vater, gehabt haben könnte«, erklärte Nate.

»Aber wie könnt ihr dann Zwillinge sein?«, fragte ich misstrauisch.

»Können sie nicht. Ich glaube, dass Matt und Nate mindestens neun Monate auseinander geboren sind. Was, wenn Matt die andere Marionette meines Vaters ist?«

Im ersten Moment erschien mir das mehr als verrückt, bis ich begann darüber nachzudenken.

»Was, wenn Rowan das rausgefunden und Matt ihn deshalb entführt hat?«, warf ich in den Raum.

Amelia stampfte wütend auf.

»Jetzt reicht es. Beide sind verschwunden und es bringt rein gar nichts zu spekulieren und Geschichten zu erfinden. Wir müssen sie finden, denn wir können nicht außer Acht lassen, dass vielleicht beide Opfer sind!«, sagte sie entschlossen. Sie hatte recht.

»Wenn ich an einem Tag, an dem die ganze Region voll ist, jemanden entführen will, ohne aufzufallen, suche ich mir einen abgelegenen Ort und warte, bis die Feierlichkeiten vorbei sind«, warf Aaron ein. Wir alle sahen ihn an wie ein kaputtes Auto.

»Was denn? Ich weiß, wie mein Vater arbeitet.«

Wäre die Situation nicht so verdammt ernst, hätte ich vielleicht sogar gelacht. Aber mir war nicht nach Lachen zumute, ich wollte einfach nur Rowan und Matt finden. Die Hütte.

»Die Berghütte!«, rief ich aus, was mir gerade in den Kopf gekommen war.

»O mein Gott, ja! Es gibt keine bessere Möglichkeit. Die Hütte ist nah genug am Anwesen, um einfach dorthin zu verschwinden, und weit genug von den Touristen weg!«, bestätigte Amelia.

»Gut, Amelia, du rufst mit meinem Smartphone Cosmo an und beschreibst ihm den Weg zur Hütte. Er soll Verstärkung mitbringen. Wir wissen nicht, auf wen wir dort treffen werden, aber ich fürchte, dass uns keine andere Wahl bleibt, als hinzugehen.«

***

Wir fuhren mit dem Auto den Berg hoch, anstatt zu reiten, so wie Row und ich es das letzte Mal getan hatten. Das Auto ließ Nate ein Stück weiter die Straße runter stehen, damit uns niemand hören konnte. Ich hatte mir nicht mal die Zeit genommen, mich umzuziehen, weshalb ich noch immer das bestickte Ballkleid trug. Ich hob es über den weichen Erdboden, so gut es ging, damit ich nicht darüberfiel. Als wir den Pferdestall erreichten, hielt mich Nate zurück.

»Ich werde vorgehen, wartet bitte hier auf die Verstärkung.«

»Kommt nicht infrage, Nate, du bist der verdammte Thronfolger von Antira. Als ob ich dich da alleine hineingehen lasse!«, schaltete Aaron sich ein.

»Na gut, wir gehen zusammen und schauen erst mal durch die Fenster, um uns einen Überblick zu verschaffen. Du wartest auf die Verstärkung, Alpha«, sagte Nate. Ich nickte nur, da ich genau wusste, dass ich nicht dagegen angehen konnte, wenn Nate so überzeugt war.

***

Ich beobachtete, wie Aaron und Nate um die Hütte schlichen und durch die Fenster spähten. Allein vom Zusehen bekam ich schweißige Hände und Herzrasen. Trotz der warmen Frühlingssonne fror ich in dem Kleid.

Plötzlich hörte ich ein Knacken hinter mir. Als ich mich umdrehen wollte, um nachzusehen, war es bereits zu spät. Der Lauf einer Schrotflinte drückte an meinen Rücken.

»Aufstehen«, befahl eine Stimme, die mir durchaus bekannt war.

»Will? Du musst das nicht tun«, sagte ich zu dem jungen Mann, der mir so nett und freundlich erschienen war. Mit dem Lauf seiner Waffe zwang er mich zur Hütte zu laufen.

»Will, bitte. Lass uns gehen, du bekommst nur Schwierigkeiten. Du willst doch Arzt werden und den Menschen helfen. Dann hilf uns bitte.«

»Du verstehst es nicht, Alpha, ich habe keine Wahl.«

»Man hat immer eine Wahl.«

»Ich nicht«, sagte er rau. Dann lief ich die knarzenden Stufen nach oben. Hinter mir der zu allem bereite Will. Er stieß die Tür auf, wo ich Nate und Aaron entdeckte, die gerade dabei waren, Rowan und Matt zu befreien. Will hatte sie an Stühle gefesselt. Alle rissen die Augen auf, als sie mich hereinkommen sahen.

»Ganz ruhig. Tut nichts Unüberlegtes. Lasst sie gefesselt und setzt euch an die Wand!«, forderte Will Nate und Aaron auf, die stumm Folge leisteten. Ich konnte hören, wie schwer es ihm fiel, so mit uns umzugehen.

»Will, warum tust du das?«, fragte ich ruhig. Ich konnte Will hinter mir schlucken hören.

»Für Gerechtigkeit«, sagte Will, als er mir die Waffe gegen den Rücken drückte und mich zu einem Stuhl stieß, der an der Küchenzeile der Hütte stand.

»Setzt euch hin. Ich werde euch auch fesseln. Wenn ihr euch bewegt, schieße ich.«

»Will, das bist doch nicht du!«, sagte Row betroffen.

»Du hast keine Ahnung, wer ich bin, Rowan«, antwortete Will, der seine Flinte für eine Millisekunde zur Seite legte, um mir die Kabelbinder um die Handgelenke zu wickeln. Diese Millisekunde wurde ihm zum Verhängnis. Nate war aufgesprungen und hatte ihm blitzschnell ein dickes Buch über den Kopf gezogen, sodass Will bewusstlos zusammensackte.

Aaron kam Nate zu Hilfe und gemeinsam fesselten sie Will, bevor sie Row und Matt wirklich von ihren Fesseln befreien konnten. Row rieb sich die Handgelenke, als er zu mir herüberkam.

»Ich habe ihm vertraut, es tut mir leid, Alpha. Gott, wenn ich nur daran denke, wie oft du seinetwegen in Gefahr warst.«

»Das ist nicht deine Schuld. Keiner von uns kennt sein Motiv, das ist Sache für die Polizei«, flüsterte ich. Row schloss mich fest in die Arme und ich genoss es, seinen Duft einzuatmen und zu wissen, dass nun alles gut werden würde.

Als ich mich von ihm löste, sah ich Aaron, wie er uns ansah. Ich wusste, welchen Schmerz er gerade empfinden musste. Als unsere Blicke sich trafen, nickte er kurz. Akzeptierend. Ich brauchte seine Erlaubnis nicht, nicht nach allem, was passiert war, und doch strömte daraufhin Erleichterung durch meinen Körper. Erleichterung, die verschwand, als ich an mein klingelndes Telefon ging.

»Alpha, hier ist Cosmo. Amelia sagte mir, dass ihr in der Berghütte der Calleys seid. Wir sind auf dem Weg. Ferdinand wurde verhaftet und hat ausgesagt, dass Matt sein Sohn ist. Er hatte eine Affäre mit der Königin, der Frau seines Bruders. Sie haben es vertuscht, aber Matt hat es letztes Jahr herausgefunden. Es sind Matts Fingerabdrücke auf dem Bild. Er ist gefährlich, Alpha!« Cosmo klang angespannt und mir klappte einfach nur die Kinnlade runter.

»Das ist nicht möglich, bist du sicher?« Alle sahen mich fragend an. Alle bis auf Matt. Als wir uns ansahen, wusste er sofort, was gerade passierte. Ehe ich reagieren konnte, griff sich Matt die Schrotflinte und zielte in die Runde.

»So ein Mist, das hätte so schön werden sollen«, seufzte Matt.

»Du warst das alles?«, fragte ich schockiert an Matt gewandt. Ein diabolisches Lächeln huschte über sein Gesicht. Er ließ seine Maske fallen und offenbarte sich als der hinterhältige Prinz, der er offenbar war.

»Natürlich. An dem Abend, als wir uns kennengelernt haben, habe ich erkannt, wie naiv du sein kannst. Aber ich gebe zu, dass du es mir wirklich schwer gemacht hast.«

»Was wird das?«, fragte Nate verunsichert. Matt richtete den Lauf in seine Richtung.

»Wie Will schon sagte: Gerechtigkeit. Wisst ihr, wie es ist, immer nur der nette Junge im Schatten zu sein? Nein, wisst ihr nicht. Ich habe mich so lange gefragt, warum Nate von unserem Vater als Thronfolger ausgewählt wurde, obwohl wir ja Zwillinge waren. Mich hatte er nicht mal in Betracht gezogen. Ich dachte immer, ich wäre nicht gut genug, aber daran lag es nicht. Nein, es lag daran, dass unsere Mutter ein Verhältnis hatte, mit Aarons Vater. Neun Monate lang haben sie mich versteckt wie ein Weihnachtsgeschenk, um mich dann als deinen Zwilling zu präsentieren, damit nicht auffliegt, dass die königliche Familie ein Witz ist. Ich habe meine echte Geburtsurkunde gefunden, als ich nach einem Weg gesucht habe, dich auszustechen. Und das war mein Weg«, sagte Matt, während er Nate fixierte und immer weiter auf ihn zuging. »Willst du wissen, was mein ursprünglicher Plan war? Als ich von deinen Recherchen über Alpha erfuhr, suchte ich Ferdinand auf, der mir versprach der Thronfolger zu werden, wenn ich tat, was er sagte, und es klang so plausibel. Eigentlich dachte er, er würde mit deiner Vormundschaft den gelarischen Thron bekommen, Alpha. Aber so einfach war das nicht, weil du ihn einfach in den Wahnsinn getrieben hast«, richtete sich Matt nun an mich.

»Wie wollte er das anstellen?«, fragte ich.

»Er hoffte, wenn er deine Mutter heiratete, König von Gelaria zu werden. Er wollte es seinem Bruder Adalmar zeigen. Er wollte ihm zeigen, dass er der bessere König ist. Allerdings untersagt ihm das der Vertrag, der zwischen den Ländern geschlossen worden ist. Also musste er sich zuerst Antira holen, damit er beides bekommt. Aber wie, wenn du doch dabei warst herauszufinden, dass du den Vertrag erfüllen und die Länder spalten könntest? Er setzte Aaron auf dich an, um dich zu manipulieren, allerdings war der dumm genug sich in dich zu verlieben, weshalb er mich in der Hinterhand behielt. Wir dachten uns, wenn wir es schaffen, dich aus dem Weg zu räumen, dann würde das Land sich nicht verändern, und Nate loszuwerden wäre ein Klacks. Aber du warst eine harte Nuss. Du hast dich einfach nicht abschrecken oder töten lassen. Selbst jetzt hast du dich nicht kompromittieren lassen oder aufgegeben, aber das hat jetzt ein Ende.«

Ich konnte den Wahnsinn in seinen Augen sehen. Wie hatte er das so lange verstecken können?

Das hatte er nicht. Wir hatten nur nicht genauer hingesehen.

Bilder flackerten in meinem Kopf auf. Bilder von Erinnerungen, die mir das Blut in den Adern gefrieren ließen.

»Du hast mir den Punsch gegeben, auf dem Halloweenball. Das war nicht Aaron.«

Matt lachte. »O ja, das war ich. Carolina war ein Bauernopfer. Sie muss dein Glas versehentlich ausgetrunken haben, als du es abgestellt hast. Damit konnte ja keiner rechnen. Damit klebt ihr Blut sogar mehr an deinen Händen als an meinen, findest du nicht?«

»Du verdammter Mistkerl!«

»Na, na. Ich finde, du könntest schon ein bisschen anerkennen, was ich alles geleistet habe. Ich habe dich verfolgt, seit du in Westby ankamst. Ich gebe zu, dass ich am Anfang noch etwas wackelig auf dem Motorrad war, aber als mein Vater mich anrief, um mir zu sagen, dass du kämst und ich dich im Auge behalten solle, tat ich das. Natürlich wusste ich von Aarons Auftrag, weshalb ich dir auch zu diesem miefigen China-Imbiss hinterhergefahren bin. Das hat ihn wesentlich weniger verdächtig gemacht. Sag mir mal jemand, ich wäre ein schlechter Bruder. Ich bin sogar bei dir eingebrochen und habe deine Geburtsurkunde gesucht, aber die war zu gut versteckt, aber das weißt du ja.«

»Hast du auch die Fotos von uns gemacht? Und die Drohung im Grammophon versteckt?«

»Das hat Will gemacht, in meinem Auftrag. Ihr seid ganz schön miteinander beschäftigt, wenn ihr zusammen seid. Vermutlich hätte nicht mal eine Horde Paviane euch dazu gebracht, die Augen voneinander zu lassen. Gut für mich, schlecht für euch. Allerdings waren sowohl Zeitungsartikel als auch das Romeo-und-Julia-Foto nicht ausschlaggebend genug dich zurückzuziehen, Alpha. Das mit dem Grammophon war nicht so leicht, weil der Ton nicht durch die Wände drang. Da hat eine kleine Soundbox auf dem Flur nachgeholfen. Er hat sich um das Grammophon gekümmert und ich mich um die Box. Das war Teamarbeit.«

»Wie hast du Will dazu bekommen, dir zu helfen? Er ist ein guter Mensch! Was hast du ihm getan? Hast du ihn bedroht?«, fragte Rowan. Seine Stimme war kalt wie Eis.

»Erpresst passt besser. Der liebe Will hat nämlich auch keine weiße Weste. Wusstest du, dass er betrogen hat, um Medizin an der besten Universität Gelarias studieren zu können? Witzigerweise hat ein Freund von Aileen ihm dabei geholfen. So schließt sich der Kreis. Also hat Will mir geholfen, denn ohne das Studium hätte er keine Perspektive gehabt und das wäre doch ungerecht, wo reiche adelige Kids wie wir solche Uniplätze doch quasi hinterhergeschmissen bekommen, damit sich die Einrichtungen mit unseren großen Namen schmücken können. Van Aerssen, Calley, Kingston.«

»Du bist doch verrückt zu glauben, dass du damit durchkommst! Wir kennen jetzt alle die Geschichte. Die Flinte hat zwei Kugeln, damit kannst du uns nicht alle töten! Du hast verloren!«, brüllte ich ihn an, doch Matt lachte nur bitter und schüttelte seine kurzen Locken.

»Ich werde den Kamin anzünden und auweia, da fällt mir doch ein Kanister Brennspiritus um.« Matt lief langsam ein paar Schritte rückwärts, ohne die auf uns gerichtete Waffe runterzunehmen, die er noch mit der linken Hand am Abzug hielt. Er schraubte den runden Deckel des Kanisters ab, den er offenbar schon vorher neben den Kamin gestellt hatte, und trat ihn um. Die stinkende Flüssigkeit verteilte sich großflächig fast im ganzen Raum und lief sogar bis zu Tür.

»Es tut mir sooo leid, aber ich sehe keine andere Möglichkeit. Wenn ihr alle tot seid, bin ich der letzte verbleibende Erbe und niemand verrät meine Geheimnisse. Ich bin der Älteste, ich fordere mein Recht ein, auch wenn mein Vater nicht der richtige Royal ist. Wenn es nur noch mich gibt, hat der König keine Wahl mehr. Und das Praktischste an der ganzen Geschichte ist, dass nur Will auf den Überwachungsbändern des Palastes zu sehen ist, wie er Rowan entführt. Ich konnte aus seinen Fängen fliehen. Auch wenn es mir ein bisschen leidtut, ihn dafür benutzt zu haben, aber er wollte es so, er brauchte das Geld für seine krebskranke Mutter.« Matts Stimme war düster und sarkastisch, etwas, das ich niemals von ihm erwartet hätte. Er war ein erstklassiger Psychopath.

»Was ist mit Amelia? Ihr seid doch ein Paar. Sie würde es dir nie verzeihen, uns getötet zu haben«, versuchte es Rowan.

»Sie würde es mir auch nicht verzeihen, euch entführt und Will für meine Zwecke manipuliert zu haben, was macht das also für einen Unterschied? Nein, ich werde in ihre Arme fliehen und um euch alle trauern, nachdem ihr in den Flammen qualvoll gestorben seid. Frauen lieben es, sich um einen zu kümmern. Irgendwann werde ich ihr sagen müssen, dass ich nicht mehr mit ihr zusammen sein kann, weil sie mich immer daran erinnert, was euch geschehen ist. Natürlich werde ich enorm traurig darüber sein. Amelia war nur ein Mittel zum Zweck, um noch näher an euch heranzukommen, um planen zu können. Es war leichter als gedacht, auch wenn es schlussendlich nicht dafür gereicht hat, euch genügend Angst einzujagen, um zurückzutreten. Hättet ihr das getan, müsstet ihr jetzt nicht sterben. Tja, so schnell kann es gehen. Das habt ihr euch selbst zuzuschreiben.«

»Cosmo weiß, dass du dahintersteckst. Ferkel hat gegen dich ausgesagt, deine Fingerabdrücke sind auf den Fotos und deine Hintergrundgeschichte kennt er jetzt auch!«, brüllte ich ihn an. Matt grinste fies.

»Wird ihm noch jemand glauben, wenn herauskommt, dass sein Vater König Royland getötet hat? Ich glaube nicht. Ja, kleine Alpha, ich habe meine Augen und Ohren überall. Ich weiß noch genau, wie er es Nate erzählt hat, als er ihn darum bat, Sicherheitschef unserer königlichen Familie zu werden.«

Matt ging rückwärts zur Hüttentür, zog eine Packung Streichhölzer aus der Tasche und lehnte das Gewehr von außen gegen die Wand der Hütte. Er grinste, als er ein Streichholz mit einem lauten Ratschen anzündete und in den ausgekippten Spiritus warf. Keiner von uns wäre schnell genug an der Tür, um ihn zu überwältigen und das zu verhindern. Wahrscheinlich wäre derjenige, des es versucht hätte, in Spiritus getreten und in Flammen aufgegangen.

Der Spiritus entflammte in Sekundenschnelle mit einer hohen, lodernden Stichflamme. Ich bekam Panik. Feuer. Der Geruch von verbranntem Spiritus stieg mir in die Nase und ließ mich erstarren. Meine Brust zog sich zusammen und ich war unfähig mich zu bewegen. Der Geruch kroch in meinen Kopf wie eine böse Erinnerung und schickte eine panische Todesangst durch meinen gesamten Körper. Feuer.

Einatmen. Ausatmen. Einatmen. Ausatmen. Reiß dich zusammen, Alpha, beweg dich, sonst stirbst du!

Doch es ging nicht, ich konnte nicht. Ich sah die Flammen sich ausbreiten und so wie Aaron und Rowan mich ansahen, wussten sie genau, was gerade in mir vorging. Aaron rief etwas, doch ich hörte es nicht. Es war wie Worte unter Wasser. Nate versuchte Will zu entfesseln, der gerade wieder sein Bewusstsein erlangt hatte. Noch hatten die Flammen nicht auf die Gegenstände um uns herum übergegriffen, aber das würde in den nächsten Sekunden passieren. Dann spürte ich, wie sich von hinten starke Arme um mich schlangen und ein warmes Gefühl mich durchflutete. Es war nicht die Hitze von Feuer, sondern die von Rowan. Er hielt mich.

»Du kannst das, wir müssen hier raus. Es wird alles gut. Ich bin da«, flüsterte er mir ins Ohr. Sein sanfter Ton nahm mir ein wenig der Angst.

»Okay, zur Tür kommen wir nicht, wir müssen durch die Fenster«, rief Nate, der mit Aaron dabei war, dem noch etwas benommenen Will aufzuhelfen. Rowan zog mich zu dem Fenster über der Küchenzeile und öffnete es mit einem lauten Knacken, bevor er mir half hinauszusteigen. Will und Nate entkamen durch das Fenster neben dem Bett. Draußen angekommen rannten wir in den Wald, während die Flammen hinter uns sich ihren Weg durch das Haus bahnten. Der durch die Fenster eindringende Sauerstoff hatte dem Feuer zusätzliche Kraft gegeben.

Wir liefen durch ein Stück des Waldes, bis Rowan uns zu einer schmalen Asphaltstraße führte, die den Wald durchquerte. Und da sahen wir es. Blaurot blinkende Sirenen umstellten eine Limousine. Matt wurde mit den Händen auf dem Dach von einem Polizisten abgetastet, während drei weitere ihre Waffen auf ihn richteten. Cosmo stand hinter ihm. Als mein Blick den von Matt traf, wich ihm sämtliche Farbe aus dem Gesicht.

»Es ist vorbei, Alpha. Jetzt wird alles gut«, flüsterte Row und schloss mich in seine Arme. Es war vorbei.

EPILOG

Als ich an diesem Morgen aufgewacht war, hatte ich mich zum ersten Mal seit einem Jahr wirklich frei gefühlt. Die letzten Tage waren hart gewesen. Vier Tage nach dem Zwischenfall auf der Berghütte hatte ich das Frühjahrsfest zwar nicht eröffnen können, aber meine Freunde zu retten war wichtiger gewesen und das hatte das Parlament verstanden. Mr Brown und meine Grandma waren noch am selben Tag angereist, nur um mich in den Arm zu nehmen und zu schauen, ob wirklich alles gut ausgegangen war.

Dass Matt ebenfalls mit Ferkel unter einer Decke steckte, war für alle eine Überraschung gewesen, aber besonders Nate hatte es hart getroffen. Er und Matt hatten sich durch die Annahme, sie wären Zwillinge, immer sehr nahegestanden. Für Nate war das Kartenhaus seiner Familie nun endgültig zusammengestürzt, und das vor den Augen der ganzen Welt. Nun war jedes noch so dunkle Geheimnis der Kingstons ans Licht gekommen. Die Welt wusste nun, dass König Adalmar und seine Frau gelogen und einen ihrer Söhne misshandelt hatten. Die Aufdeckung von Matts wahrer Identität hatte Nate dazu gebracht, auch seine Eltern anzuzeigen, weil sie ihn misshandelt hatten. Dass Ferkel meine Mutter nur geheiratet hatte, weil sie zuvor heimlich mit König Royland verheiratet gewesen war, war das beliebteste Thema der Klatschpresse. Die Kingstons hatten jegliches Ansehen verloren, wenn man von Nate absah, den das Volk wie einen Helden feierte, weil er das alles zutage gefördert hatte. Nun würde er früher König werden, als er erwartet hatte. Aber Nate war stark, herzensgut und vor allem loyal. Sein Vater hatte keine andere Wahl, als abzudanken und seinem Sohn das Feld zu überlassen, und Nate würde alles daransetzen, die Fehler seiner Familie wiedergutzumachen. Aaron versuchte seine Fehler ebenfalls zu revidieren, indem er als Kronzeuge gegen Ferkel aussagte. Ich war stolz auf Aaron, denn er hatte mir versprochen, dass er nun im Sinne des Gemeinwohls handeln würde.

»Hey, ist alles in Ordnung? Du schaust so abwesend«, fragte Row, der gerade mit mir und unseren Bodyguards in den Fahrstuhl des Great Gelarian Hospitals stieg. An ihm war das Ganze auch nicht spurlos vorbeigegangen, selbst wenn er das vor der Öffentlichkeit mit seinem Charme besser verbergen konnte als ich.

»Ja, ich war nur in Gedanken.«

»Alpha, ich weiß, dir geht schon viel durch den Kopf, aber da gibt es was, das ich dir sagen muss«, setzte er an.

»Und was?« Es schien wichtig zu sein, wenn er es unbedingt jetzt raushaben wollte, wo wir doch gerade auf dem Weg zu der Kinderstation waren, auf der Tira sich befand.

»Wenn mir in den letzten Tagen eins klar geworden ist, dann dass das Leben zu kurz ist, um sich zu verstecken. Ich habe mich in dich verliebt und das weißt du und auch wenn du es nicht sagst, weiß ich, dass es dir nicht anders geht. Warum würdest du sonst nachts in mein Zimmer schleichen, um neben mir einzuschlafen?«

»Vielleicht nutze ich dich nur aus«, witzelte ich. Rowan schüttelte lachend den Kopf.

»Nein, tust du nicht. Aber im Ernst, Alpha, ich möchte, dass wir zu unseren Gefühlen stehen. Ich will, dass wir offen sagen und zeigen können, dass wir zusammen sind. Ich will an deiner Seite stehen, wenn es hart wird, denn das wird es, wenn du erst mal Königin bist«, gab er zu. Und er hatte recht. Genau das wollte ich auch. Ich hatte mich in ihn verliebt, auf eine viel tiefere, vertrautere Art und Weise, als ich es jemals zuvor gewesen war. Unweigerlich musste ich an die Lotosblume denken, die in einer Wasserschale in meiner Suite wuchs. Ein Lächeln konnte ich mir nicht verkneifen, weil ich insgeheim die ganze Zeit gewusst hatte, dass er der Richtige war. Na ja, fast die ganze Zeit.

»Natürlich liebe ich dich«, flüsterte ich.

»Weiß ich doch.« Es war Rowan, der im Fahrstuhl neben mir stand und mich sanft anlächelte, bevor er sich zu mir beugte und mich küsste. Die Berührung seiner Lippen jagte ein ganzes Funkenmeer durch meinen Körper. Es fühlte sich einfach nur richtig an. Bis es mir wie Schuppen von den Augen fiel. Was hatte er da gerade gesagt? Ruckartig löste ich mich von ihm. Rowan sah mich überrascht an.

»Moment, warte kurz. Du hast gesagt, dass du an meiner Seite stehen willst, wenn ich Königin werde. Aber noch sind wir beide im Rennen. Das ist doch der Grund, warum wir nicht zeigen, dass wir zusammen sind.«

Rowan grinste mich etwas verschlagen an, während er die Hände in die Hosentaschen seines schwarzen Anzugs schob. »Tja, also was das angeht ...« Das Klingeln des Fahrstuhls unterbrach ihn und verkündete gleichzeitig, dass wir nun auf der richtigen Station angekommen waren. Als wir den Fahrstuhl verließen, zog ich ihn in einen Nebenflur der Krankenstation.

»Rowan, was ist los?«, fragte ich ihn mit geweiteten Augen, weil ich etwas Angst vor dem hatte, was jetzt kommen könnte.

Er lächelte und machte einen Schritt auf mich zu. Ich spürte die kalte Wand in meinem Rücken.

»Ich habe auf den Thron verzichtet, Alpha«, gestand er und senkte seinen Blick.

»Was? Warum? Wann? Bitte sag, dass du das nicht für mich getan hast. Ich würde doch genauso an deiner Seite stehen, wenn man dich zum König krönt. Du hast es genauso verdient. Das ist doch der Grund, warum wir die ganze Zeit konkurriert haben.« Eine seltsame Mischung aus Nervosität und Irritation stieg in mir auf.

»Ich habe es nicht für dich getan, sondern deinetwegen. Wir sind nie wirklich Konkurrenten gewesen. An dem Abend, als ich dich kennengelernt habe, habe ich verzichtet, weil ich wusste, dass du die Richtige dafür bist. Du warst freundlich, höflich, witzig und du hattest keine Angst vor dem, was passieren könnte. Ich bin nicht in mein Zimmer gegangen, sondern in das Büro meines Vaters und habe Lord Triburry über meinen Rücktritt informiert. Wir haben es dir nur nicht gesagt, damit du dich anstrengst und dich nicht von mir ablenken lässt, auch wenn Letzteres ja nicht so gut geklappt hat.«

Mit offenem Mund stand ich da und starrte ihn an. Ich war die ganze Zeit die zukünftige Königin gewesen. Ich.

»Das ist doch verrückt.«

»Nein, ich war nur sicher, dass du deine Aufgabe gut machen würdest, und das bin ich noch, also enttäusche mich nicht.« Rowans Grinsen verlief über sein ganzes Gesicht. Er genoss es, mich aus dem Konzept zu bringen, weil er genau wusste, dass er auch der war, der mich wieder reinbringen würde.

»Aber ihr habt mich angelogen. Wie soll ich das jetzt machen? O mein Gott, ich werde Königin.« Durch meinen Kopf schossen urplötzlich tausend Gedanken. Was, wenn ich es nicht schaffte? Was, wenn die Menschen enttäuscht von mir wären? Was, wenn ich niemandem helfen konnte?

»Ganz ruhig, Alpha. Du schaffst das und wir alle werden dir helfen. Das Parlament, Nate, deine Grandma, meine Mutter, Mr Brown und natürlich ich. Ich bin da und das werde ich immer sein. Du musst nur du selbst sein, dann bist du perfekt.«

Seine sanften Hände zogen mich an seine Brust. Eine beruhigende Wärme durchfuhr meinen Körper.

»Wir sollten langsam zu den Kindern gehen. Du sollst ihnen immerhin von deinen Plänen erzählen. Sie werden dir sagen, was sie sich wünschen, und du wirst tun, was du kannst. Bist du bereit, meine Königin?«

Rowan lächelte mich mit diesem unvergleichlichen Lächeln an, das die Welt um uns herum stillstehen lassen konnte. In diesem Moment wurde mein Körper von Glück geflutet. Ich realisierte, dass ich in die Fußstapfen meines Vaters treten würde, dass ich die Chance bekam, etwas zu verändern, und dass ich dabei nicht allein sein würde. *Mum wäre stolz auf mich.*

Ich nickte zustimmend. »Komm, lass uns Gelaria retten.«

Rowan grinste. »Etwas anderes habe ich auch nicht erwartet.«

ENDE von Band 2

DIE MACHT DER GEFÜHLE
TAUCH EIN IN ROMANTISCH-FANTASTISCHE GESCHICHTEN.
IM
PRE
SS
#IMPRESSBOOKS
ALLES VON IMPRESS HIER:
IMPRESSBOOKS.DE

NEW ADULT ROMANCE

Alice Ann Wonder
LOVING THE ENEMY
ISBN 978-3-551-30303-5
Softcover
Auch als E-Book erhältlich

Nachdem Elaine ihren Nebenjob verloren hat, fallen ihre Pläne für den Sommer in sich zusammen. Sie kehrt nach drei Jahren der Abwesenheit zurück in ihre alte Heimat und läuft prompt dem Sohn der Familie in die Arme, die ihrer eigenen alles genommen hat – Cole Cunningham: Frauenheld, Angeber und verboten gutaussehend.

Anja Tatlisu
NOT OVER YOU
ISBN 978-3-551-30280-9
Softcover
Auch als E-Book erhältlich

Hayleys Leben könnte nicht besser laufen. Sie ist eine aufstrebende Fotografin in New York und steht kurz vor der Hochzeit mit ihrem bodenständigen Verlobten Dean. Doch nach ihrem Junggesellinnenabschied trifft sie auf ihre erste große Liebe. Noah bittet sie um ein allerletztes Date, bevor sie zum Altar schreitet.

Lana Rotaru
CRUSHED-TRUST-REIHE 1: KISS ME NEVER
ISBN 978-3-551-30278-6
Softcover
Auch als E-Book erhältlich

Andrew starb vor sechs Monaten bei einer Fahrt mit seinem Motorrad. Alle glauben an einen Unfall. Nur seine Schwester Amanda ist sich sicher: Es war Mord. Ganz oben auf ihrer Liste der Verdächtigen steht der selbstverliebte, arrogante Frauenheld Dante. Auf der Suche nach Beweisen kommt sie dem attraktiven Dante gefährlich nahe.

WWW.IMPRESSBOOKS.DE

VERBOTENE LIEBE

Anna Savas
FORBIDDEN LOVE STORY. WEIL ICH DIR BEGEGNET BIN
ISBN 978-3-551-30109-3
Softcover
Auch als E-Book erhältlich

Schon als Vesper Alex zum ersten Mal über den Weg läuft, fühlt sie sich unwiderstehlich zu ihm hingezogen. Seine leuchtend grünen Augen scheinen direkt in ihr Herz zu blicken. Bis sie ihm bei einem Essen mit ihrer Mutter und deren neuem Verlobten samt Familie wiedersieht. Und ihnen wird klar, dass ihre Liebe niemals sein darf.

Veronika Mauel
KAI & ANNABELL 1: VON DIR VERZAUBERT
ISBN 978-3-551-30069-0
Softcover
Auch als E-Book erhältlich

Sie gehen seit Jahren auf dieselbe Schule und haben noch nie miteinander gesprochen: Annabell, die behütete Arzttochter, und Kai, der jede Nacht mit seiner Gang um die Häuser zieht. Doch was sie voneinander trennt, ist letztlich, was sie verbindet. Wie sehr sie einander brauchen, merken sie jedoch erst, als sich die ganze Welt gegen sie stellt.

IMPRESS

WWW.IMPRESSBOOKS.DE

Impress

Die Macht der Gefühle

Unser Versprechen für mehr Nachhaltigkeit

- Klimaneutrales Produkt
- FSC®-zertifiziertes Papier
- Hergestellt in Europa

Impress

Ein Imprint der CARLSEN Verlag GmbH

April 2021

Lektorat: Rebecca Steltner

Umschlagbild: shutterstock.com / © Mari Dein / © Shebeko / © Eisfrei / © oatawa

Umschlaggestaltung: formlabor, Vivien Summer

Satz und Umsetzung: readbox publishing, Dortmund

ISBN 978-3-551-30361-5

www.impressbooks.de